D1391885

КИНОРОМАН

АНДРЕЙ КИВИНОВ
ОЛЕГ ДУДИНЦЕВ

ВЫГОДНЫЙ ЖЕНИХ

ИЗДАТЕЛЬСТВО
МОСКВА
«Астрель-СПб»
Санкт-Петербург
2006

УДК 821.161.1
ББК 84 (2Рос=Рус)6
К38

Серия: «Кинороман»
Серийное оформление: *Д. А. Райкин*

Фотоматериалы предоставлены Первым каналом
Фотографии на обложке: *Елизавета Брагинская*

Кивинов, А.

К38   Выгодный жених / Андрей Кивинов, Олег Дудинцев. —
М.: АСТ; СПб.: Астрель-СПб, 2006. — 286, [1] с. — (Кинороман).

ISBN 5-17-038864-0 (ООО «Издательство АСТ»)
ISBN 5-9725-0456-1 (ООО «Астрель-СПб»)

Убойные страсти кипят вокруг питерских вузов. Студенты расправляются с преподавателями, абитуриенты-неудач-
ники мстят за провал на экзаменах. Майор Виригин оказывается в центре событий и подозревается в убийстве — на
кону его честь и жизнь дочери. Штабист Егоров внедряется
в банду, которая охотится за богатыми иностранными женихами, и находит... любовь.

УДК 821.161.1
ББК 84 (2Рос=Рус)6

Подписано в печать 10.03.06. Формат 84×108 ¹/₃₂.
Усл. печ. л. 15,12. Тираж 10 000 экз. Заказ № 3158.

Общероссийский классификатор продукции
ОК-005-93, том 1; 953000 — книги, брошюры

Санитарно-эпидемиологическое заключение
№ 77.99.02.953.Д. 001056.03.05 от 10.03.2005 г.

Благие намерения

В зале суда было душно. Решетки не позволяли широко отворить окна, да если бы и позволили, воздух на улице напоминал топленое молоко. Судья Семенова, не самая молодая и, деликатно выражаясь, не слишком стройная женщина, читала приговор уже скороговоркой, глотая слова, поскорее бы закончить.

— Фыдралнысудкырвскырнагдасппетербурга... — впрочем, все понимали, что имеется в виду «Федеральный суд Кировского района города Санкт-Петербурга».

— Пыдпрдырстыдытнароднсудисеменовой... — разумеется, под председательством народного судьи Семеновой.

Вон она, Семенова, стоит, зачитывает, и все на нее смотрят. И то, что народный она судья, тоже всем ясно. У нас все судьи народные, кроме присяжных. Но даже без очков видно, что присяжных здесь нет. Трое всего за столом. Так что и это можно пропустить: интересно, что будет дальше...

Изнывали от жары сержанты-конвоиры Малышев и Наумов, в соответствии с Уставом застегнутые по самое не могу. Изнывал прокурор Павлюченко в своем строгом кителе. Маленький ушастый адвокат Беломлинский, известный своей невезучестью, мог бы, в принципе, не изнывать: закон не требовал от него облачаться в черный шерстяной костюм и так крепко затягивать петлю галстука. Но Беломлинский уважал суд и всегда одевался подчеркнуто церемонно.

Легче было публике — свидетелям да родственникам, одетым откровенно по-летнему. Да еще, пожалуй, подсудимому Кедрову, кряжистому мужику, который в кроссовках, трениках и широкой спортивной куртке чувствовал себя посвободнее. Если, конечно, так можно выразиться о человеке, который в следующую секунду услышал:

— ... признал виновным гражданина Кедрова Сергея Федоровича в совершении преступления, предусмотренного частью второй пункт «а» и частью третьей пункт «б» статьи сто пятьдесят девятой Уголовного кодекса Российской федерации,— мошенничество в крупном размере, совершенное группой лиц,— здесь судья Семенова продемонстрировала, что может говорить уверенно и внятно. Но все же потянулась перед решающей фразой к графину. Ее услужливо опередил сухонький старичок — народный заседатель, налил воды в граненый стакан. Семенова сделала глоток.

В этот момент в зале суда появилась муха. То есть в зале были и другие мухи, но вели они себя тихо, уважая значимость момента. К тому же все это были мухи невеликие размером. Но теперь в зале возникла муха-гигант, муха-монстр. Она гудела громче и грознее Семеновой. Бесцеремонно заявляя о себе в напряженной тишине.

Муха облетела краснолицего прокурора Павлюченко — тот гордо не повел густой бровью.

Муха продефилировала перед глазами адвоката Беломлинского — тот дернулся, хотел ударить наглое насекомое, но передумал и лишь нервно поковырялся в носу.

Муха приземлилась на лоб сержанта Малышева, но конвоир согнал зловредную тварь энергичным кивком головы.

Наконец муха залетела в клетку к подсудимому... и мгновенно оказалась в плену. В двойном плену. Во-первых, внутри клетки. Во-вторых, Кедров махнул рукой,— казалось бы, почти лениво, но возмутительница спокойствия уже жалобно и приглушенно забилась у него в кулаке.

Кедров опустил кулак и с достоинством кивнул: продолжайте. В смысле, заканчивайте уже.

— ...И назначил ему наказание в виде восьми лет лишения свободы с отбыванием его в колонии строгого режима. Приговор может быть обжалован в течение семи дней с момента его провозглашения.

Зал загомонил, судья и заседатели стали собирать бумаги со стола. Адвокат Беломлинский позволил себе ослабить узел на галстуке, расстегнул верхнюю пуговицу.

— Что, Юлик, опять проиграл?.. — хлопнул его по плечу прокурор.— На сколько лет ты ставил, на шесть?.. Сто грамм за год. Значит, с тебя двести грамм. Только «пятизвездочного», Юлик!

Адвокат вздохнул. Подсудимый выпустил муху. Она взвилась к потолку и обиженно загудела, кружась вокруг люстры. Наумов приготовил наручники и загрохотал ключами, открывая дверь клетки. Малышев, соблюдая все правила страховки товарища, внимательно следил и за его действиями, и за движениями подсудимого. Дверь клетки открылась, Наумов сделал шаг внутрь. И тут произошло невероятное. Осужденный Кедров Сергей Федорович выхватил из-под куртки пистолет имени Макарова и, наставив его на Наумова, заорал так, что хлопнула оконная створка:

— Все на пол!! Убью, нах!!

Присутствующие словно поперхнулись своим гомоном.

— Кедров, не усугубляйте... — нерешительно произнес прокурор.

— Кедров, где вы взяли пистолет? — истеричным фальцетом выкрикнул адвокат.— Я вам его не приносил!

При этом адвокат быстро оглядел присутствующих, словно бы призывая их в свидетели: не приносил я ему «макарова», не приносил!..

Но кого это сейчас волновало?..

Грохнул выстрел. Кедров пальнул над головой Наумова в потолок. Никто из присутствующих даже не заметил, что пуля, как зенитная ракета, срезала на лету гигантскую муху. Наверное, и сама супермуха не успела этого сообразить...

— На пол, я сказал!!! — орал Кедров. И больно ткнул стволом в грудь Наумова.— А ты назад, нах!.. И без глупостей!!

Первым опустился на пол старичок-заседатель. За ним остальные. Наумов, пятясь, вышел из клетки.

— Ко второму пристегнулся — быстро!! — скомандовал Кедров, кивая на Малышева.— Живо или башку разнесу!!!

Наумов медленно опустился на колени, нацепил один наручник на правую руку Малышева, второй — на свою левую. Кедров, продолжая держать его под прицелом, попятился к двери. Шустрый осужденный уже взялся за ручку, когда Наумов резким движением выхватил из кобуры пистолет...

Но инициатива была на стороне беглеца. Он дважды выстрелил Наумову в грудь и, не попрощавшись, покинул зал судебного заседания.

Юля Виригина всю жизнь проучилась в одной и той же школе. Всю жизнь прожила в одном и том же доме. Бессчетное количество раз ходила по одной и той же дороге.

Через садик (или в обход — в те два или три года, когда в школе была вторая смена и возвращаться домой приходилось темными зимними вечерами).

Мимо кинотеатра, который некоторое время работал салоном по продаже дорогих автомобилей, потом вообще ничем не был, а теперь, как написали в газете «Мой район», снова скоро станет кинотеатром с гордым названием «Синема-караван». Мимо булочной, которая так и осталась булочной.

По мостику через речку.

По бульвару мимо кафе «Пегас» (раньше называлось «Снежинкой», а еще раньше никак не называлось), где — совсем ведь недавно!..— был выпит первый бокал шампанского...

Летом, когда вдоль бульвара липли к поребрикам бесконечные ленты тополиного пуха, и они так красиво и длинно горели, если бросить спичку... Юля вспомнила, как классе в пятом они с Антоном чуть не устроили настоящий пожар и убегали от дворника...

Весной, когда вдоль поребриков журчали ручьи, и мальчишки запускали там смастряченные из спичечных коробков кораблики...

Каждый день. Туда и обратно. Десять лет. Минус три месяца летних каникул, минус каникулы зимние-весенние... Ой, не сосчитать. Много тысяч раз!

— Юльк, ты о чем задумалась? — наклонился к плечу Юли Виригиной друг ее детства (и юности!) Антон Зеленин. Он обдал ее запахом горького одеколона — раньше за Антоном любви к парфюмерии не водилось. Что ж, день сегодня особенный.

— Слушай, а почему тополиного пуха нет на бульваре? — прошептала Юля.

— В смысле?..

— Но он же в июне раньше был, помнишь?.. Когда нас дворник ловил... Сейчас июнь, а пуха нет. И в прошлом году не было.

— Элементарно, Ватсон!.. Тополей-то нет. Их давно на липы поменяли. И так во всем Питере.

— Почему?..

— Чтобы пух не летал. Так экологичнее. И вообще...

На Юлю и Антона зашикали. Они срочно придали своим лицам торжественные выражения.

В этом актовом зале Юля была... ну, не тысячи, но сотни раз. Играла лису Алису в драмкружковой постановке «Золотого ключика». Антону тогда предложили роль Пьеро. Он обиделся и отказался.

И вот алые ленты повсюду. Хор младшеклассников на сцене: стоят, переминаются с ноги на ногу. Директор такой благодушный, нарядный. И совсем не противный.

Директор взял со стола первый аттестат, торжественно объявил:

— Аксенова Елена Сергеевна.

Аксенова маленькая, щупленькая, невзрачная, вся в веснушках... даже она сегодня кажется хорошенькой. Кто бы мог подумать.

Директор с улыбкой вручил аттестат, пожал девушке руку:

— Надеюсь увидеть твои картины в Русском музее.

— Спасибо, я не против! — бодро ответила Аксенова.

— Между Шишкиным и Айвазовским! — добавил директор.

— Мне больше нравятся Кандинский и Малевич,— возразила осмелевшая Аксенова.

Директор не нашелся что ответить, лишь улыбнулся.

Юля — по алфавиту вторая.

— Виригина Юлия Максимовна,— возвестил директор.

Юля поднялась на сцену, взяла аттестат... Аплодисменты...

— Желаю тебе, Юлечка, успешного поступления. И исполнения всех желаний.

— Спасибо, Валентин Александрович!

Юля вернулась на место. Антон мягко прикоснулся к ее руке. Все, школа закончена! Вот он — документ о первых ее достижениях. Все случилось так быстро...

А вот интересно, задумалась Юля,— какие у нее желания, кроме поступления в Университет? МР3-плейер хочется, но это не слишком важно. А из важного: чтобы мама не болела, чтобы отец чаще дома бывал, чтобы...

Вот парадокс: майор Максим Павлович Виригин, оперативник «убойного» отдела, всегда уютнее чувствовал себя на опасной операции или на осмотре происшествия, чем на торжественных мероприятиях. А уж тем более в школе, где, с одной стороны,— празднично одетые детишки, детство золотое, хрупкая юность... страшно прикоснуться и разбить. Как хрустальную вазу. А с другой стороны — учителя, жрецы знания. Их Максим Павлович с самых младых ногтей уважал и побаивался. Он не забыл еще контуженого педагога, который в первом классе ударил его линейкой по рукам за то, что будущий майор криво ставил в тетрадь дурацкие палочки, которые почему-то нужно было ставить прямо.

Короче, за всю Юлькину одиннадцатилетку («Мы-то десять учились, и ничего»,— вспомнил Виригин) он был в школе раза три или четыре. Максимум пять. Однажды выступал с лекцией-рассказом о нелегких, но полных адреналина буднях российской милиции, а в особенности «убойного» отдела главка с Суворовского проспекта. А как-то раз, очень давно, был на родительском собрании. О чем шла речь, не помнил, хоть убей. Помнил лишь, что впереди сидела тетка в высокой зимней шапке. И не снимала ее всю дорогу, хотя в классе было довольно жарко. Бывают такие странные тетки...

— Красавица наша Юлечка! — ворвалась в мысли майора сидевшая по правую руку жена Ирина.

— Да... Быстро время пролетело.

— Для кого как,— возразила Ирина.— Я думала, и не доживу. После всех операций и терапий.

— Ладно тебе, Ириш. Мы еще внуков понянчим,— эту фразу майор Виригин произнес автоматически. Есть такая расхожая фраза. На самом же деле никаких внуков он себе не представлял и на пенсию пока не собирался.

— Сейчас ей главное — поступить,— вздохнула жена.— Я уже свечку в Никольском поставила.

— Будет заниматься, поступит,— рассудил Виригин. Сам он в свое время поступил в школу милиции безо всякой свечки. Да и не было принято это тогда — свечки ставить. Со свечкой бы и не приняли никуда, только по заднице бы наваляли.

— Ой, Максим. Теперь одних знаний мало.

— Зеленин Антон Станиславович! — провозгласил директор.

Антон бросил короткий взгляд на Юлю, взбежал по ступенькам, протянул директору ладонь...

— Ну, за тебя, Антон, я спокоен,— довольно сказал директор.— Поздравляю!

— Спасибо.

— Удачи.

— Чего это он за него спокоен? — удивился Виригин лаконичному, но энергичному диалогу.

— Антон — отличник.

— Ты-то откуда знаешь?..

— А он за нашей Юлькой ухаживает!

— Надо же,— удивился Виригин, стараясь получше рассмотреть парнишку, но Антон уже занял свое место в первом ряду.— А я и не в курсах.

— А чего ты вообще... «в курсах»? — улыбнулась Ирина.

— И как он? Что за парнишка, кроме того, что отличник? — Виригин постарался изобразить строгий голос.

— Хороший мальчик. Вежливый. Мне нравится.

— А Юльке?

Ирина молча пожала плечами. В кармане у Виригина зашебуршился поставленный на вибрацию мобильный телефон. Виригин глянул на экран, шепнул жене: «Жора звонит» — и вышел из зала, отдавив несколько родительских ног в туфлях на каблуках и начищенных по случаю праздника ботинках.

Пару минут спустя он снова заглянул в зал. Директор уже закончил раздавать аттестаты, родители оживленно переговаривались, а хор мелких школьников набирал в воздух легкие, чтобы подарить выпускникам прощальную песню. Учительница музыки взмахнула указкой, игравшей роль дирижерской палочки, и хор грянул нестройными голосами:

— Когда-а-а уйдем со школьного дво-ора...

Виригину нужно было покинуть школьный двор прямо сейчас. Он пытался привлечь внимание Ирины знаками. Но жена была так увлечена песней, что даже смахнула слезу. За странными жестами крупного мужчины в дверном проеме: подрагивание средним и указательным пальцами (дескать, пошел) и хватание себя двумя руками за горло (дескать, во как надо!) — некоторое время с изумлением следили другие родители. Наконец, Ирина обратила на мужа внимание. Вздохнула и махнула рукой.

— И чего же ты в него не стрелял?.. — пристально смотрел Рогов снизу вверх на тугодумного увальня сержанта Малышева. Доверяют же таким недотепам охрану опасных преступников...

Впрочем, Рогов еще не знал обстоятельств дела. Не знал, что сбежавший Кедров особо опасно аттестовал себя лишь в зале суда, а до этого числился просто мошенником.

— Да-а то-гоо... — тянул Малышев.— Народу мно-ого-о. Задеть бо-оялся.

— А чего же ты в коридор за ним не выскочил?

— Наручник отцепил, побежал и то-гоо... зацепил-ся. И того...

— Чего «того», ёлкин пень?!

— Растя-янулсяя...

Рогов сплюнул. Санитары «скорой» укладывали на носилки истекающего кровью Наумова. Малышев смотрел на напарника коровьими, мало что выражающими глазами, шевелил толстой губой.

Судья Семенова оказалась женщиной крепкой. Присутствия духа не потеряла, сама отпоила валидолом старичка-заседателя.

Любимов как раз говорил по телефону с Виригиным:

— Да, две пули в грудь. Из «макарова»... Пока жив. Его сейчас «скорая» увозит. А этот с концами — в коридоре окно оказалось открыто... Восемь лет строгого. По сто пятьдесят девятой. Давай, Макс, подъезжай. Нет, сюда нет смысла. Сразу в главк.

— Ребята, я вам нужна? — спросила судья Семенова, обращаясь одновременно к Рогову и Любимову.— А то мне бы Николая Николаевича домой доставить... Сердечник.

— Пять минут, не больше.

— Хорошо. Пройдемте туда, в совещательную?

— Пойдемте... Вась, здесь побудешь? Этот — что?

Про «этого» — про конвоира Малышева — Любимов спросил у Рогова шепотом.

«Этот» стоял у клетки, по-прежнему беззвучно шевеля губами. Он явно еще не отошел от происшедшего.

— Губошлеп какой-то,— также шепотом ответил Вася.— Возьмем с собой, но толку, боюсь, мало...

Жора последовал за судьей в совещательную комнату. Стол, три скрипучих стула, старого образца электрический чайник, несколько чашек, банка растворимого кофе — вот и вся обстановка. Еще на столе у Семеновой лежало несколько томов уголовного дела.

— Как вы думаете, мог кто-нибудь передать Кедрову пистолет здесь, в зале заседаний? — спросил Любимов.

— Исключено. В зале к нему никто не подходил. А уж тем более пистолет передать...

— Вы уверены?

— Молодой человек, у меня зрение хорошее... И там же конвой рядом был.

— С конвоем разговор особый. Я этого второго — Малышева — к себе заберу. Вы следователю передайте.

— Его же допросить надо...

— Мы сами допросим. Куй железо, пока горячо, а то... Сами понимаете.

— Понимаю,— кивнула головой судья Семенова.— Вообще, в моей практике такое впервые.

— В моей тоже,— согласился Жора, секунду подумав. Был случай, когда им же самолично пойманный уркаган бежал из зала заседаний, отобрав у конвойного наручники и расчищая ими путь как нунчаками... Но того пристрелили на выходе. И потом — пистолет в клетке: уму нерастяжимо...

Любимов кивнул на тома уголовного дела.

— Что там за фабула?..

— Около года назад они продали партию оргтехники. Липовую. На сто тысяч долларов. Потерпевшие Кедрова задержали, а второй с деньгами скрылся. Покупатели осторожные, даже номера купюр выборочно переписали, да что толку...

— Личность второго установлена?

— Есть только приметы и фоторобот. Кедров его не выдал. Потому и восемь лет.

— Крепкий, значит, орешек. Хорошо. Скопируйте мне приметы, пожалуйста. И еще адрес Кедрова. Надо засаду ставить.

— Здесь адреса его матери и сожительницы,— открыла Семенова один из томов.

— Хорошо, дайте оба...

Душным июньским вечером акватория Невы от моста лейтенанта Шмидта до Большеохтинского моста заполнена малым пассажирским флотом. Нет времени лучше, чтобы полюбоваться гармонией гранитных питерских набережных, золотым заревом куполов, гордыми контурами гранитных дворцов, надышаться свежим воздухом близкого моря.

Но в один день — в день выпускного праздника — катеров и катерков, кораблей и корабликов на Невской глади становится еще больше. Буквально якорю негде упасть. И белые платья барышень, вчерашних девчонок, и темные пиджаки кавалеров, вчерашних пацанов, и алые ленты, и смех, и брызги шампанского, и музыка, музыка, музыка, под которую так прекрасно кружиться, кружиться, кружиться!..

— Ой, Антон, я больше не могу... Останови! Остановись же! — хохотала Юля Виригина в объятиях Антона Зеленина, и огромное голубое небо, как компакт-диск в открытом проигрывателе, кружилось над ее головой...

Музыка смолкла. Юля без сил опустилась на скамейку теплохода. Антон плюхнулся рядом. Юля, задыхаясь, схватила его за руку.

— Ой, Антон, держи меня. Ой, ну ты меня закружил... Ой, мне кажется, что стрелка Васильевского сейчас оторвется и поплывет на нас!..

Антон посмотрел на стрелку. Вокруг Ростральных колонн так же кипело празднично-белое и ярко-алое. Скоро там должен был начаться фейерверк.

— Не оторвется,— солидно сказал Антон.— Это знаешь, какое усилие должно произойти, чтобы стрелка от острова оторвалась!

— Какое же? — кокетливо спросила Юля.

— В миллиарды тонн! Можно точно рассчитать. По сопромату.

— По споромату? — Юля залилась звонким разливистым смехом, запрокинула голову. В этот вечер ей явно не хотелось говорить на такие серьезные темы.— Значит, Антоша, ты твердо в Военмех решил?.. И весь споромат уже выучил?

— Да, решил. Не споромат, а сопромат. Наука о сопротивлении материалов. Я еще не выучил, но...

— И кем ты после окончания будешь? — Юля явно подкалывала Антона, но он отвечал на полном серьезе. Ответственно. Он ко всему привык относиться ответственно.

— Инженером. Космические исследования.

— Космос сейчас не очень... В смысле престижа,— не унималась Юля.

— Не знаю про престиж,— не сдавался Антон.— Мне нравится.

— А я? — спросила Юля после небольшой паузы.

— Что «я»? — стушевался Антон.

— Нравлюсь?..

— Ты — тоже! — выпалил Антон.— Я давно хотел сказать... сегодня...

И снова замолчал, разглядывая свои руки.

— Говори! — улыбнулась Юля.

В белом платье с тонкой бирюзовой ленточкой на шее, в бирюзовых сережках, с едва-едва, самую малость, подведенными ресницами и подкрашенными губами, на фоне массивного здания биржи и неба, полного воздушных шаров, она выглядела удивительно красивой. И очень взрослой. Настоящей женщиной. У Антона ком в горле застрял. Он не мог вымолвить ни слова.

— Ну же! — Юля требовательно нахмурилась.

— Я... Да. Ты ведь сама понимаешь...

Антону стало жарко. Он почувствовал, что краснеет.

— Хороший ты, Антон, парень, умный... — уже совсем другим тоном сказала Юля Виригина.

В этот момент на палубе с подносом в руках появился Валера. Первый красавец класса, единственный из парней в белом пиджаке. На подносе искрились фужеры с шампанским. Пузырьки в них щелкали быстро-быстро...

— Предлагаю выпить за наш непотопляемый одиннадцатый «б»! Налетай, торопись, пока пузырьки булькают!

Танцующие пары сбились с ритма, все потянулись к подносу.

— Хороший ты парень, Антон,— тихо сказала Юля.— Но совсем...

Она замолчала, подыскивая слово. Антон напрягся, опасаясь, что прозвучит что-нибудь очень обидное.

— ...не рыцарь! — произнесла Юля.

Вскочила и, придерживая подол, побежала к Валере с задорным возгласом:

— Валера, а где мои пузырьки?..

Рогов смотрел в открытое окно. Воздух — закачаешься. К вечеру зной спал, осталось одно ласковое тепло.

По Суворовскому гуляли нарядные девчонки.

Сзади них шествовали парни-одноклассники с бутылками пива. «„Балтика“,— подумал Рогов.— А у этого вообще „Тинькофф“ платиновый, етишкин кот!»

— Народу мно-ого-о. Задеть бо-оялся,— тянул Малышев. Губошлепа пытались разговорить Виригин с Любимовым.

— Хорошо, задеть боялся! — возмущался Любимов.— А почему не побежал за ним?..

— Да я побежал и то-гоо...

— Чего «того»? — еле сдерживался Жора.

— Зацепи-и-илcя,— ответил за Малышева Рогов.

— Зацепился,— повторил Малышев.— И того...

— Чего «того»?!

— Растя-янулся-я... — продолжал дразниться Рогов.

— Растянулся,— подтвердил Малышев.

Любимов угрожающе зарычал.

— Погоди! — остановил его Виригин и обратился к Малышеву.— Ты из какой деревни?

— Из Сосновки, товарищ майор,— неожиданно четко отрапортовал сержант. Очевидно, на этот вопрос ему приходится отвечать часто.

— Из Сосновки, говоришь... — Виригин обратился к сослуживцам.— Помните, маньяк-то этот, Рабинович, который старушкам груди отрезал,— тоже был из Сосновки. Земляк, значит...

— Да не, Макс,— возразил Рогов.— Ты забыл, мы «пробивали» тогда — в России полторы тыщи Сосновок. Тот был из Биробиджанской области.

— Понятно,— Виригин снова повернулся к сержанту.— А ты из какой?

— Под Псковом...

— В органах-то давно?

— Второй год, после армии,— Малышев опять стал отвечать как-то заторможено.

— А служил где?

— На Се-евере. Во внутренних войсках.

— Значит, не салага. Тогда объясни, откуда у него «ствол» взялся?

— Не знаю.

— Как это — «не знаю»?! — эмоционально переспросил Жора.

— Кто-то передал,— предположил Малышев после короткого раздумья.

— Догадливый! И кто же?! Не ты, случайно?!

— Точно не я. Может, в «Креста-ах». Или адвокат.

— А вы тогда на хрена?! — Любимов ударил ладонью по столу. Рогов едва успел подхватить полетевшую на пол чайную чашку.

Малышев пошевелил губами, но ничего не сказал.

— Чего замолк?! — наседал Любимов.

— Погоди, Жор,— опять остановил его Виригин.— Вы что, его не обыскивали? Когда в суд везли?..

— Их в «Крестах» шмонают. После нам отдают.

— А вы — нет?

— Если только Серега,— все так же заморожено ответил сержант.— Он старший конвоя.

— А в автозаке кто ехал?

— Мы и еще водитель.

— Привезли — и сразу в зал?..

— Да.

— И пока вели, никто не подходил?

— Нет...

— Макс, дело ясное,— подытожил Любимов.— Пустой номер... Растяну-улся-я...

— Ты прав,— согласился Виригин.— Поехали в «Кресты». Там потолкуем. Вась, а ты Игоря с Гришей дождешься — и в засаду.

— Только к утру смените,— Рогов снова уставился в окно. Очередная стайка выпускников волокла целый жестяной бочонок пива, литров на пять.

— А ты нас в дежурке жди. Ясно? — велел Любимов Малышеву.

Тот печально кивнул головой.

Рогов догнал Жору и Макса на лестнице:

— Слышь, мужики... Чё-то не похоже, чтобы этот губошлеп из Сосновки...

— Не очень похоже,— согласился Виригин.— Но всякое бывает, сам знаешь.

— Адвоката еще надо проверить,— сказал Любимов.— Судья говорит, он прям там, в зале, закричал,
что пистолет не проносил... С чего бы ему там паясни-
чать?

— В смысле: на воре шапка горит?..— спросил Рогов.— Да, подозрительно.

* * *

— Слушай, хорошо устроился! — Рогов окинул
взглядом уютный двор.

— Кто? — не понял Гриша Стрельцов, коллега и
приятель Васи.

— Ну, этот, Кедров. Которого мы ловим...

— А... Ты ж сказал, что тут не он, а сожительница
его.

— Какая разница! Если она сожительница, то он
сожитель, и если она хорошо устроилась, то и он хорошо устроился!

Двор у «марухи» сбежавшего преступника и впрямь
радовал глаз. Новый асфальт, аккуратные, недавно
выкрашенные скамеечки с полным комплектом ре-
бер, целые — и даже красивые, фигурного литья! —
фонари... Детская площадка укомплектована разно-
цветными качелями и песочницами.

— Могут же, если захотят! — обрадовался Рогов.

— Да, если захотим, можем... — кивнул Гриша.

— Не все у нас так плохо, как могло бы показаться.

— Не все так плохо, как могло бы быть!..

— Точно!

Рассуждая таким образом, приятели подошли к уг-
ловому подъезду. Здесь, на третьем этаже, располагалась квартира пресловутой сожительницы. Немного,
конечно, шансов, что прямо из зала суда беглец дернул сюда, но с чего-то ведь начинать надо...

Стрельцов открыл тяжелую дверь, за которой чер-
нела непроглядная тьма.

— Блин, Вася, я, кажется, на что-то наступил...

— На что?

— На что, на что... Догадайся с трех раз!

— На кошачье, на собачье или...

Закончить свою мысль Рогов не успел, ибо сам наступил — на этот раз на саму кошку. Или на кота. Животное с диким криком вылетело из-под роговского башмака и едва не сбило с ног великана Стрельцова — он пошатнулся и больно стукнулся обо что-то головой.

— Блин, надо же, такой двор и такое парадное...

— Петербург — город контрастов.

— И куда только участковый смотрит?

— А жильцы куда смотрят? — вдруг распалился Рогов.— Каждый день в такой тьме, и еще с этим... И сожительница эта — о чем она думает? Неряха, наверное...

— Точно! Не повезло Кедрову!

На площадке третьего этажа, впрочем, оказалось светло. Даже очень светло — благодаря хоть и давно не мытому, но огромному окну. Рогов придирчиво оглядел себя и напарника и решительно нажал на кнопку звонка. Тишина. Еще раз нажал. Опять тишина.

— Давай лучше я,— предложил Гриша.

— А какая разница? — поразился Рогов.

— На удачу,— пояснил Стрельцов. Палец на кнопке он держал долго.

— Не открывают,— сделал правильный вывод Василий.— Если он там, так и не откроют.

— Точно!

— Надо здесь караулить.

— Точно!

Господа огляделись. Большая лестничная площадка, на которой не было ничего, кроме старинной мебельной тумбы, прекрасно просматривалась из дверного глазка.

— Здесь глупо светиться,— заметил Рогов.

— Точно,— согласился коллега.

Он осторожно подошел к тумбе, открыл дверцы.

— Пусто... Поместишься?

— Издеваешься?

— А я помогу.

— Ёшкин кот!

Рогов посмотрел на тумбу. Потом на Стрельцова. Потом опять на тумбу, потом опять на Стрельцова. Все не мог понять, издевается коллега или нет. Потом крякнул и нехотя забрался внутрь. Гриша аккуратно прикрыл дверцы.

— Хорошо устроился?

— Как у Кио в цирке.

— Тогда сиди, а я выше поднимусь. Приятной засады.

> И, не пуская мглу ночную,
> На золотые небеса
> Одна заря сменить другую
> Спешит, дав ночи полчаса!

Юля, опьяневшая от шампанского, от присутствия друзей, от белой ночи, от осознания значительности ушедшего дня, от... От себя самой, великолепной и удивительной. Она декламировала Пушкина, подняв к небу руки,— рукава платья падали, Юля любовалась своими локтями и запястьями и удивлялась, как это Антон не понимает, насколько она прекрасна...

Одна заря между тем действительно сменила другую, и белая ночь предстала во всем своем трогательном величии. Жидкое золото изливалось с небес сквозь фольгу облаков, и нежный свет струился, словно стал видимым воспетый Пушкиным эфир.

Многие туристы, приезжая в Петербург на белые ночи, уезжают, так ничего и не поняв. Дождавшись позднего заката, полюбовавшись сапфировым багрянцем, они недоумевают: ну да, красиво, но вовсе не так сногсшибательно, как настаивают на том впечатлительные поэты. Этим туристам никто не объяснил, что настоящее чудо начнется на рассвете, буквально через

полчаса, когда короткая полоска тьмы исчезнет, словно ее сдернет рука кого-то, кто сидит очень высоко...

Видели ночь, гуляли всю ночь до утра!..

Валера бил по струнам гитары, ребята, взявшись за
руки, кружились вокруг и распевали стихи другого
любимого Юлиного поэта, Дима невесть откуда вытащил еще одну бутылку шампанского, вызвав настоящую бурю восторгов, и только Антон выглядел грусг-
ным и задумчивым. Как Пьеро.

— Медный Всадник! — возвестил Валера, протяги-
вая руку так, как протягивал ее восседающий на коне
Петр.— Самый знаменитый монумент лучшего на
свете города! Кто что про него знает?..

— Я частушку знаю! — закричала заводная Оля, самая смелая девчонка в классе, розовощекая, немножко пухленькая, но очень привлекательная.

У Петра Великого
Близких нету никого!..
Только лошадь да змея —
Вот и вся его семья!

Все засмеялись. Дима открыл шампанское. Бутылка мгновенно опустела, и ее насадили на один из коль-
ев опоясывающей памятник ограды, едва отыскав
свободный.

— А знаете,— сказал вдруг Валера,— что выпускни-
ки Дзержинки, когда получают лейтенантские погоны, надраивают этому коню...

Валера что-то шепнул на ухо Диме, тот расхохотался.

— До блеска! — громко закончил Валера.— Такая у
них морская традиция.

— Ты и нам предлагаешь?..

— Валер, мы тоже знать хотим,— Лена капризно
поджала губы, сделала вид, что обижается.

— Путеводитель купите,— посоветовал Дима.

— А фрунзенцы,— вступил обычно молчаливый Саша,— на памятник Крузенштерну тельняшку натягивают. У меня отец там учился.

— Могу свою кофту снять,— засмеялась Оля,— только, боюсь, на Петра не налезет.

Все с интересом стали оглядывать Олю. Действительно, не налезет...

— Может, попробуем? — предложил Дима.

— Легко,— ответила девушка, вызывающе глядя Диме в глаза.— Снимать?

Дима выдержал ее взгляд.

— Давай попозже. Тут народу много...

Оля хихикнула: «О'кей, попозже».

— Давайте просто залезем и сфоткаемся на память.

Идея понравилась. Вчерашние одноклассники полезли на памятник. Нет, не на сам памятник, туда лестницу надо,— на постамент.

— Пошли,— потянула Юля за руку по-прежнему насупленного Антона.

— Не хочу,— выдернул он руку.

Юля пожала плечами и побежала вслед за всеми. В туфлях на каблуках лезть наверх было сложно, и в какой-то момент она споткнулась. Валера протянул ей руку, потащил, Юля села с размаху, высоко махнула ногами, подол ее платья задрался...

Антон закрыл глаза.

— Эй, Тоша,— услышал он спокойный голос Валеры.— Щёлкай!..

Анатолий Павлович Шишкин прибыл в главк в хорошем настроении. Выходные они с женой провели на даче. Жена копалась в огороде, Анатолий Павлович поправил забор, сходил на рыбалку. Безрезультатно, правда, но хороший сиг нашелся в магазине в райцентре. Так что опилки, привезенные для коптильни, даром не пропали... Посидели с соседом, выпили «Синопской», обсудили погоду, футбол, политику, сосед рассказал свежий анекдот. Подъезжая к главку, Шишкин думал: не забыть бы парням его рассказать. А тут — такая новость...

В кабинете он застал Любимова и Виригина. Любимов читал какой-то документ, а Виригин пытался работать за компьютером, но голова его все время заваливалась на плечо. Пахло легким перегаром. Ночь была бессонной.

— Всем здравия желаю... Макс, ты что, в засаде сидел?

— Не, там Игорь, Вася, Гриша и постовые из района. В двух адресах,— ответил вместо Веригина Любимов.

— Сменить бы их,— пробормотал сквозь дрему Виригин.

— Сейчас договорюсь,— кивнул Шишкин.— В двух словах: какие новости?

— Ну, главную ты знаешь,— Любимов смахнул бумаги в стол.— Я тебе, Палыч, весь вечер звонил. Никто не отвечал.

— Мы с женой на даче были, а утром вернулся — дежурный обрадовал.

— Ну вот. А мы с Максом в «Кресты» ездили. Пытались выяснить, кто «ствол» передал. Весь наряд там на уши поставили...

— И что?

— Глухо,— сонно буркнул Виригин.

— Кедрова в суд три цирика отправляли. Обыскали его, оформили и конвойникам передали. Все честь по чести,— пустился в подробности Любимов.

— Кто-то из них? Из цириков?

— Только если все трое в сговоре,— покачал головой Жора.— Но это сомнительно. В суде тоже отпадает. Я с судьей говорил.

— Выходит, все-таки конвойники? — сделал вывод Шишкин.

— Один,— зевнул Виригин. Он все никак не мог проснуться. Встал, проверил, есть ли вода в электрочайнике, нажал кнопку, сунул нос в банку с растворимым кофе...

— Тот, что живой и невредимый. Малышев фамилия. Второй вряд ли при делах, иначе бы пулю не схлопотал.

— Вася сомневается, что это он,— вступил Виригин.— Слишком, говорит, губошлеп. Он и впрямь губошлеп, но больше вроде некому... Если только не раненый. Кедрову что — он мог и в помощничка пальнуть. С другой стороны, Наумов-то сам пушку выхватил, стрелять вроде пытался... Так что...

— Малышев, больше некому! — решительно подытожил Шишкин.— Где он?

— Мы с Максом его отпустили.

— Не понял,— удивился Шишкин.— Почему?

— Сделали вид, что поверили.

— На пустом месте его хрен «расколешь», Палыч,— пояснил Виригин.

— Смотря как колоть! Давайте его... обратно.

— Погоди, Палыч, пусть лучше успокоится.

— Чего ждать-то? Пока Кедров сам придет?

— Мы за ним «наружку» пустили,— сообщил Жора,— вместе с уэсбэшниками. Они и телефон обещали послушать.

— Это все... — Шишкин махнул рукой,— для кино хорошо.

Отдохнув на природе, он набрался сил и рвался теперь в бой.

— А чего мы теряем? — рассудил Любимов.— Кто-то ведь его нанял, не сам же он инициативу проявил. Вдруг проявится. У Кедрова, кстати, подельник есть, которого он не сдал... Крепкий кедр: я со следаком говорил, работали жестко, в том числе и неформально, а не сдал.

— Подельник и нанял,— предположил Виригин.— Долг отрабатывает.

— Ладно, уговорили,— нехотя согласился Шишкин.

— Я бы и за адвокатом «ноги» поставил,— продолжал Жора.— Без связи с волей такой фокус не провернешь.

— На всех ног не хватит.

— А что, Палыч, они, что, ангелы с крыльями? Или альтруисты? Тоже люди.

— «Адвокаты тоже люди!» — громко продекламировал Виригин, отпивая из кружки горячий кофе.— И подпись: Г. М. Любимов. И в вестибюле повесить на красном фоне...

Его зажигательная речь была прервана очередным зевком.

— Ну, лады, давайте и адвоката... Макс, ты чего зеваешь-то? Если в засаде не был?

— Я дочку до утра ждал. Юлька школу закончила.

— Поздравляю,— Шишкин хотел добавить: «С тебя бутылка», но что-то его удержало.

В тесной клетке в зале суда Серега Кедров выглядел куда увереннее и спокойнее, чем в комнате дачного домика в поселке Горелово. За окном сияло солнце, за околицей текла речка, в которой он на рассвете, пока безлюдно, рискнул искупаться, на столе красовался натюрморт из свежих огурцов и помидоров, стройных стрелок лука, завитка украинской колбасы. Смачную картину дополняла початая бутылка беленькой. Все то, о чем мечталось в следственном изоляторе. Мечты сбываются...

Но руки у Сереги тряслись — и вовсе не от водки, которую он почти не пил. И левый глаз дергался. На суде Кедров держался куда лучше — собран был, как волчара перед прыжком. Ведь на кону — свобода.

И вот он свободен. Нет ни наручников, ни конвойных. Он совершенно один. А одиночество в данной ситуации — отнюдь не лучший спутник. Голос сообщника в мобильной трубке не в счет.

— Так есть шанс, что выживет?..

— Есть,— после некоторой паузы ответил голос.

Подельник Кедрова с космической фамилией Лунин вообще все делал неторопливо и обстоятельно. Для мошенника — наипервейшее качество.

— Без сознания, но шанс есть. По телевизору сказали. Зря два раза палил. Остановить — одного бы хватило.

— Ты даешь, нах! — обозлился Кедров.— Тебя бы на мое место. Разы считать! По любому сваливать надо срочно. Как там у тебя?..

— Лучше пережди, пока менты успокоятся,— рассудительно предложил Лунин.

— Сколько можно ждать?!

— Все равно паспорт пока не готов.

— Так поторопи их, нах!..

Своей неторопливостью Лунин часто раздражал Кедрова, но в нынешней ситуации — особенно. Конечно, над ним не капает...

— Они работают и не подведут. Но у каждого свои проблемы. Продукты не кончились?

— Да пошел ты со своим продуктами!!

— Ну, тогда отсыпайся,— напутствовал Лунин.— Все, до связи.

Сообщник отключился.

Кедров схватил со стола помидор, сжал его в ладони... На пол брызнул кровавый... нет, всего лишь томатный сок.

Вряд ли можно где-нибудь увидеть такое скопление взволнованных и растерянных людей, как в дни приема документов и вступительных экзаменов у дверей высших учебных заведений. Исторический факультет Санкт-Петербургского Государственного университета в этом смысле исключением не был. Лица абитуриентов и их родителей, входивших в массивные двери и выходивших из них, выражали все возможные степени неуверенности — от минимальной до абсолютной.

На этом мрачноватом и нервозном фоне человек в легком, но изящном светлом летнем костюме, листавший на скамейке у входа «Вестник Академии наук», казался инопланетянином, случайно залетевшим на нашу беспокойную планету. Он был расслаблен и спокоен, он элегантно закинул ногу на ногу, по светлой парусиновой туфле его ползла большая божья коровка, а выражение лица свидетельствовало, что человек бесконечно далек от мирской суеты. И действительно, суета эта — ничто в сравнении с теми вселенскими проблемами, которые обнажили результаты новейших фундаментальных исследований...

— Юль, ты иди, сдавай документы, а я здесь подожду,— сказала Ирина Виригина.— Чего там толкаться-то...

— Хорошо, мам.

Юля открыла тяжелую дверь. Мать хотела ее перекрестить, но подумала, что еще не время. Три экзамена впереди...

Она огляделась и вдруг заметила солидного мужчину с академическим журналом. Вся его фигура излучала уверенность. Ирина как-то сразу успокоилась.

— Извините, можно рядом с вами присесть?

— Пожалуйста-пожалуйста...

Лунин — а это был именно он, мошенник широкого профиля, который гордился не только своим талантом изменять внешность (сейчас он вышел на дело в накладных бороде и усах и казался гораздо старше своих лет), но и впечатляющим диапазоном своих афер, от «вузовских» до «промышленных»,— слегка подвинулся. Мог бы и не двигаться, и так сидел ближе к краю скамейки, но этим движением он еще больше бессознательно расположил к себе собеседницу.

— Что, дочка поступает?..— участливо поинтересовался он.

— Да... документы вот подаем.

— История нравится?

— С детства увлекается. Даже на районных олимпиадах побеждала.

— Умница!..

— А теперь вот об университете мечтает,— Ирина и не заметила, как втянулась в разговор.

— Похвально,— кивнул Лунин.— Наш факультет котируется. Одна из лучших в стране научных школ.

— Вы здесь работаете?..

— Преподаю,— Лунин чуть наклонил голову, достал из кармана серебристую визитницу.— Печатников Виктор Тимофеевич. Доцент. Десять лет на одном факультете. Ветеран, можно сказать.

Ирина повертела в руках визитку. Подумала. И решилась. А чего теряться, если судьба сама предлагает шанс.

— Тогда можно вам вопрос нескромный задать?..

— Что ж, попробуйте,— улыбнулся лжедоцент.

— Сюда поступить возможно? Я имею в виду просто так, с улицы.

— Отвечать честно? — переспросил «Печатников».

— Ну, разумеется! Как же еще!

— К сожалению, практически нереально. Слишком большой конкурс. Это же не пустые слова: «Одна из лучших школ»! Только если на платное.

— И даже при хороших знаниях?..

— Даже при отличных,— в голосе Лунина сквозило деятельное сожаление.

— Так я и думала,— вздохнула Ирина.— А что бы вы посоветовали?

— Давайте пройдемся,— предложил Лунин.— Мне, старику, порой хочется размять свои косточки...

«Доцент» поднялся. В руке у него оказалась деревянная трость, которую Виригина поначалу не заметила. Ирина и доцент побрели по коридору с колоннами, который опоясывал здание факультета.

— Репетиторов, конечно, грамотных можно подыскать,— продолжил Лунин после некоторого молчания.— Из моих же коллег. Но это без полной гарантии.

— А с полной?..— решительно спросила Ирина. Дочь-то у нее одна...

«Доцент» чуть заметно прихрамывал. С ответом не торопился. Было видно, что он взвешивает все «за» и «против».

— С нашим деканом, Григорием Николаевичем, у меня отношения хорошие, разумеется...

— И сколько это будет стоить? — Ирина решила обойтись без эквивоков.

— А вы деловая женщина!

— Жизнь научила.

На самом деле Ирина собиралась дать взятку впервые в жизни.

— Думаю, тысячи три.

— Долларов?

— Евро. Петербург — подлинно европейский город, не так ли? — улыбнулся «доцент».— Культурная столица.

Примерно такую цифру Ирина и ожидала услышать. Но в глубине души надеялась на меньшую.

— Немалые деньги.

— Меньше вряд ли получится,— мягко сказал Лунин.— Хорошо бы в эти уложиться... Но это, я думаю, реально...

Из дверей факультета показалась Юля, нашла взглядом мать, махнула рукой.

— Дочка идет. При ней не надо...

— Там, на визитке, мой мобильный,— поклонился Лунин.— Надумаете — звоните... Всего доброго.

И он прохромал мимо Юли, опираясь на элегантную трость, ко входу на заветный факультет.

Проведя бессонную и бесполезную (Кедров не появился) ночь и все утро (до полудня!) в тесной тумбе, Рогов думал, что будет чувствовать себя гораздо хуже. Ан ничего: кости хоть ломило, но не смертельно. Своим ходом Вася смог добраться до дома и даже душ принял, прежде чем завалился в кровать. «Обошлось...» — удовлетворенно подумал он, проваливаясь в черный квадрат сна.

Во сне он увидел себя артистом цирка — его выносили на арену в прямоугольном ящике, а великий фокусник Кио на глазах у тысяч зрителей распиливал офицера «убойного» отдела ровно пополам. Было много аплодисментов, цветов, а маленькая девочка в розовом платье принесла Васе букет роз и сунула прямо в зубы... Васина челюсть, вдруг выросшая до невероятных размеров, легко сомкнулась, удерживая массивные стебли, усеянные колючками. На рукав Рогова закапала кровь, но букет он не выронил, заслужив бурные овации зрителей.

В общем, аншлаг и триумф!..

Потом, правда, снилось, что его пытаются похоронить живьем. Как в свое время писателя Гоголя. Шишкин выступает на похоронах: «Мы навсегда запомним Василия Ивановича как самого сметливого и прыткого», а Вася пытается закричать из гроба, что жив, и не может открыть рот...

Но это ведь сон, всего лишь сон, пусть и неприятный.

Однако, проснувшись на следующий день ни свет ни заря, Вася понял, что ничего не «обошлось». Во-первых, он не смог распрямиться. Не смог, и все. Так и чистил зубы (к счастью, они не увеличились в размерах), и кофе пил, согнувшись в три погибели, как питекантроп на картинке в школьном учебнике. Во-вторых, все тело страшно болело, будто бы... Будто бы... Даже сравнить не с чем: словно провел много часов в мебельной тумбе.

— Вась, ты чего такой скрюченный? — удивился Жора.

Рогов злобно промолчал.

— А... в тумбе сидел! — догадался Любимов.— Ну, ничего, не переживай. Знаешь, как древние говорили: тяжело в засаде — легко на параде.

— Все паясничаешь? — возмутился Рогов.— Я туда больше не полезу! Не дождетесь!

— Ну, не туда, так мало ли какие еще дела будут...

— Я тебе, ёшкин кот, щас покажу дела...

В кабинет заглянул Шишкин.

— Мужчины, цифры по полугодию требуют к середине июля, так что готовьте заранее... Василий, привет. Тебя чего так перекосило? Водка «несвежая» попалась?..

— Так он же, Палыч, в тумбе ночевал,— напомнил Жора.

Весь главк уже знает! Шутники...

— А... точно. Ничего, Вась. Как старики говорят — во всем нужна сноровка, закалка, тренировка.

— Да какая тренировка, Палыч, ядреный пень! Для чего?..

— Ну, мало ли... Ты фильм «Откройте, полиция» смотрел?.. Там французский комиссар в мусорный бак залез, чтобы за наркоторговцами наблюдать. Заметь: комиссар! А не какой-то там опер... Слушай, если ты такой к столу прибитый, так займись отчетом пока. А разогнешься — натравим тебя на адвоката...

* * *

Виригин с двояким чувством относился к так называемым «тихим семейным вечерам». Вот, например, сегодня: после сытного ужина они с Ириной расположились перед телевизором с чашками чаю. Шел большой эстрадный концерт, в конце которого были обещаны любимый супругой Меладзе, а также Татьяна Буланова, которую предпочитал всем остальным певицам Максим как верный болельщик «Зенита».

При этом даром времени супруги не теряли: Ирина вязала Максу шарф на будущие холода (готовь сани летом!), а Макс, в свою очередь, чинил утюг, который собирался починить уже почти месяц. Идиллия!

Но Максим хорошо знал, что продлись такая идиллия десять, например, дней кряду — без дежурств, без тревожных звонков — и он заскучает смертельно. Уровень адреналина понизится до такой отметки, после которой — хоть на пенсию... В том числе и за это Виригин любил свою малооплачиваемую работу: расслабляться не давала.

Свои «семейные» размышления Виригин завершил практическим предложением:

— Надо бы к моим старикам в выходные съездить, в огороде помочь. Ты как?..

— Я что-то неважно себя чувствую, давление скачет. Съездишь один?..

— Ладно... если ничего не стрясется.

Ирина кивнула на утюг.

— Что-нибудь получается?

— Жить будет. Но недолго.

— Ну, хоть недолго... Мы сегодня с Юлькой документы сдали.

— Молодцы. Насчет конкурса не узнала?

— Да что конкурс... Я там с родителями пообщалась. Говорят, без денег не поступить.

— Во как! — Виригин оторвался от утюга.— Это в государственный-то университет?

— Ты как с Луны свалился. Даже если все выучишь — блатных вперед пропустят. Но мне один человек помощь предложил. За три тысячи.

— Рублей?!

— Евро. Петербург, говорит, культурная столица.

— Не кисло,— мрачно сказал Максим.

— Зато с гарантией,— мягко настаивала Ирина.

— Предлагаешь взятку дать? — Виригин был явно недоволен.

— Максим, я в газете читала статистику, что три четверти россиян хотя бы однажды давали взятку. А треть делает это регулярно.

Виригин промолчал. Завинчивал последний шуруп.

— Максим, дочка у нас одна. Мы же не виноваты, что такая система в стране. Еще пять лет назад, говорят, все по-другому было.

— Эту систему мы сами и подпитываем. Не давали бы... И сажали бы почаще...

— Тебе бы только сажать. Хорошо, посади его, давай! Только за что: он же не убийца, а ты у нас по трупам спец... Да вот по утюгам еще,— Ирина уже не могла сдерживать эмоций.— А Юльку тогда на первом же экзамене срежут. И в черный список занесут, и вообще никогда никуда она не поступит... У них же там круговая порука!

Про «черный список» и «круговую поруку» Ирина сама домыслила, но была в этот миг уверена, что говорит правду.

Виригин не хотел нагнетать обстановку.

— Ну, во-первых, у нас таких денег нет...

— Можно занять,— быстро отозвалась Ирина.

— А во-вторых... Не поступит сейчас, поступит на следующий год.

— Думаешь, что-то изменится? Максим, не будь наивным. Что изменится-то у нас? Ты телевизор посмотри...

В телевизоре холеный Меладзе пел: «Девушкам из высшего о-о-бщества трудно избежать одиночества-а-а...»

Ночью Ирина спала плохо. Сначала обиделась на Максима, что тот, как улегся, сразу захрапел, даже не обняв... Ну, понятно, когда муж после дежурства или вообще после спецоперации. Но сегодня-то — такой тихий был вечер.

Потом задумалась о более важном. Об университете. Вспоминала бородатого доцента с палочкой и «Вестником Академии наук». Человек, похоже, положительный, внушает доверие. Ночью встала, выпила рюмку коньяка из «стратегических запасов». Но все равно еще несколько раз просыпалась. Утром чувствовала себя совершенно разбитой.

После завтрака взялась за телефонный справочник. Максим заглянул с бутербродом в зубах. У него началась очередная гонка. С утра ему уже звонили.

— Все, Ириш, я побежал.

— Опять допоздна?..

— Как получится.

— Сообщи, когда домой поедешь.

— Хорошо! — бодро пообещал Виригин, дежурно чмокнув ее в щеку.

В коридоре хлопнула дверь. Ирина набрала номер.

— Деканат слушает,— раздалось в трубке.

— Здравствуйте,— Ирина посмотрела на визитную карточку.— Скажите, у вас работает доцент Печатников?.. Виктор Тимофеевич?..

— Да, но сегодня его уже не будет, звоните завтра,— ответила трубка.

Есть такой доцент! Впрочем, стоило ли сомневаться. Вечная совковая подозрительность. Вот визитка, все официально: университет, герб...

— А Григорий Николаевич?..— на всякий случай уточнила Виригина.

— Декан на совещании в ректорате,— вежливо ответил голос.— Ему что-нибудь передать?..

— Нет, спасибо. Всего доброго...

Где занять три тысячи, Ирина знала. Было даже несколько вариантов. Многие подруги по-другому живут. Не у всех ведь мужья — специалисты по «жмурикам».

— Чего задумался? Или опять не спал? Смотри, вот сводка по Малышеву.— Любимов протянул пухлую папку. «Наружка» или поработала неплохо, или — что не менее вероятно — научилась хорошо отчитываться.

— Да нет, все в порядке,— Виригин стряхнул мысли о Юлькином высшем образовании. Жора сбил его с размышлений на утешительном моменте: дочка — не пацан, не поступит — хоть в армию не загремит...

— Есть что-нибудь интересное?

— В выходные ездил в Сосновку к матери, дом строил,— стал зачитывать Любимов избранные места из малышевской сводки.— Заботливый сын, видишь ли. Потом всю неделю на службе... Так... Короче, ни с кем не встречался... Соседи и сослуживцы не в счет.

— Жаль. По подельнику Кедрова тоже глухо.

— Ничего, недельку еще «попасем»...

— А что адвокат?

— Рогов распрямился вроде,— хмыкнул Любимов,— и плотно с ним работает...

— Ну-ну.

В кабинет заглянул Егоров, бессменный начальник отдела штаба ГУВД.

— Привет, сыскари...

— Здрасте, Сергей Аркадьевич,— отозвался Любимов.

— Парни,— Егоров взял быка за рога,— у вас в Мухинском училище никого нет?

— В смысле?

— Ну, может, по делам проходили? Тут родственница из Саратова приехала, поступать хочет. Очень талантливая, лучше Репина рисует, но, боюсь, не примут.

— Лучше Репина — это, может, и перебор,— дипломатично заметил Любимов.

— Ну, не лучше Репина, но очень талантливая!

— Почему же не примут, если талантливая? — воскликнул Виригин голосом человека, которому наступили на больную мозоль.

— А вы сами не понимаете?..— многозначительно произнес Егоров.— Времена-то какие... Вот и хочу подстраховаться.

— А-а-а... Подстраховаться — дело святое,— Любимов задумался.— Сейчас... Да, есть один мужик. Экспертом был по делу о Миневре, у которой в Летнем саду курсанты копье выломали... Как же его фамилия? Кажется, Гудон...

— Как?.. Гвидоп?..

— Нет, Сергей Аркадьевич, Гудон. Точно: Гудон. Имя-отчество не помню. Спросите, его там все знают. Личность известная. Скажите, от Любимова, он обязательно поможет.

— Ладно, спасибо! Выручишь — за мной не заржавеет. Гудон, Гудон...

Егоров ушел, твердя про себя редкую фамилию.

— Слышь, Жор,— задумчиво сказал Виригин,— да что это за фигня, что даже талантливых без денег и блата не берут?.. Им же самим потом их учить — охота возиться с бездарями?

— Не знаю, Максим... Может, и берут и без денег — как тут проверишь. Да ты же помнишь историю «группы Петровского»! По всем ведь вузам орудовали!

— Не помню...

— Да ну! Замечательная история. Петровский этот — светлая голова — «разводку» придумал, а потом они по всем институтам сети закидывали... Короче, подходит к тебе чувачок и говорит: могу помочь с экзаменами. Такса такая. Если не поступаешь — деньги верну, все по понятиям, чужого не надо.

— И что?

— И то — честно возвращали деньги. Всем, кто не поступил.

— А в чем смысл? — не мог понять Виригин.

— А в том, что они ничего не делали... Ну, то есть совсем ничего. Бабки собирали, а потом часть обратно отдавали — тем, кто не прошел. А деньги тех, кто поступил, оставляли себе. Красиво, да?

— Вообще ничего не делали, никак не помогали?..

— Ну, наконец-то допер! Не прошло и полгода...

— Ничего себе! И когда это было?

— Давно. При Собчаке еще.

— Вот ведь... Надо жене рассказать...

— Ой, Юля, ты уже?.. Я и не слышала, как ты вошла. Ну что?..

Юля Виригина застала маму за измерением давления. Ирине стало неловко: ей не хотелось показывать дочери свое волнение. Да и что волноваться... Меры приняты.

— Как сдала, Юль?

— Мамуль, ты только не переживай!

— А я и не переживаю. Какая оценка?

Нехорошее предчувствие охватило Ирину.

— Пара! — нарочито беззаботно ответила Юля.

— Шутишь?

— Да нет, серьезно. Надо было по пушкинской лирике писать.

— Как?! — Ирина схватилась за сердце.

— Ну так... Я же люблю Пушкина. А тему современную взяла: «Буддизм у Пелевина и Сорокина». Сама виновата...

— Как?! — продолжала лепетать Ирина. Юлю она уже не слушала.

— Мам, не волнуйся! Ничего, работать пойду, на репетиторов заработаю, а там видно будет.

— Этого не может быть!!

Ирина вскочила, прибор для измерения давления полетел на пол. Вещи из сумочки — на стол. Среди ключей, зеркала-помады, записной книжки, расчески, половины шоколадки и прочих мелочей, на которые так богаты недра женской сумочки, Ирина нашла визитку Печатникова, схватила телефон и набрала номер. И услышала механически-равнодушное:

— Номер телефона временно заблокирован...

Ирина без сил рухнула в кресло.

— Дочка, принеси воды.

Юля прибежала с водой. Уже подавая матери кружку, обратила внимание, что налила воду в «произведение» Ломоносовского фарфорового завода с картинкой из сказок Пушкина. Руслан держит за бороду колдуна... Ну почему она не стала писать по Пушкину? Дурочка...

— Мам, что случилось? Кому ты звонишь?

— Так... Одному человеку...

Юля взяла визитку, изучила ее. Доцент какой-то с исторического.

— Мам, кто это?

— Я ему деньги дала... — еле слышно пробормотала Ирина.

— Зачем? — не сразу сообразила Юля.

Ирина молчала. По щеке у нее катилась слеза.

— Зачем дала, мама?..

— Я думала... За твое поступление...

— Да ты что?! — изумилась Юля.

Ирина только руками развела.

— И сколько?!

— Три тысячи... евро,— заплакала Ирина.— Только, смотри, отцу не говори, он не знает.

— Дела... — Голос Юли стал вдруг спокойным и твердым.— Где же ты взяла?

— В долг у тети Светы. На год.

— Мама, не плачь!

— Такие деньги... — Мать уже не сдерживала слез.

— Давай папе скажем, он его прижмет и все вернет.

— Ты что! Не надо! — Ирина даже замахала руками.— Он был против. Я ему пообещала...

Юля задумалась. Дурацкая ситуация. И провалилась-то по своей дурости... Но это ладно, уже забыли. И деньги эти... Тоже, конечно, не смертельно, но мать так убивается... Надо попробовать их вернуть, по горячим следам, так сказать.

— Мам, одевайся, поехали,— решительно произнесла Юля.

— Куда?

— Искать твоего доцента.

По дороге — в метро, а потом в троллейбусе — Ирина постепенно успокоилась. Слезы высохли, жизнь перестала выглядеть совсем уж в черном свете. Юлька молодец, пыталась шутить, и один раз Ирина даже улыбнулась — когда дочка вспомнила бритоголового «доцента» из фильма «Джентльмены удачи».

Юля между тем выспросила у матери все подробности происшествия. В частности, поняла, что обманщик — тот самый пижон с тросточкой, рядом с которым она видела мать после того, как сдала документы. Он сразу Юле не понравился. Было в нем что-то такое... нарочитое, что ли?

Чего обманывать: вновь открывать тяжелые двери факультета Юле было не особенно приятно. Она собиралась сюда вернуться через год. Ну, может, даже раньше — осенью, на подготовительные курсы. Но пришлось прийти в тот же день, когда душевная рана еще и не начала заживать!

Юле казалось, что у всех абитуриентов, попадавшихся в коридорах, глаза горят победительным счастьем. Что все они поступили на истфак, заслужили заветные студенческие билеты... Конечно, это было не так. Экзамены только начались, а в коридорах, помимо тех, кто написал сочинение на «хорошо» и «отлично», хватало и таких же, как Юля Виригина, неудачников... Но сегодня Юле казалось, что все невзгоды мира обрушились на нее одну. И нужно совершить волевое усилие, чтобы стряхнуть их с себя. А то ведь завалят с головой. Не выберешься.

Доцент Печатников, по словам секретарши (она немножко удивилась вопросу, но Виригины этому значения не придали), преспокойно себе сидел в двести десятой аудитории. Никуда не сбежал.

Увы-увы... Двести десятая аудитория существовала, и доцент Печатников действительно там сидел — готовил билеты к предстоящему устному экзамену по истории. И бежать явно никуда не собирался. Доцент Печатников вообще не любил бегать: у него была одышка, вызванная лишним весом и неистребимым пристрастием к продукции корпорации «Балтика». Но вот чего у доцента Печатникова никогда не было — так это бороды и усов. И элегантной трости, кстати, тоже.

— Мы доцента Печатникова ищем,— с порога объявила Юля.

— Я Печатников,— доцент поднял глаза от билетов.

— Вы?! — удивилась Юля.

— Это все... — выдохнула Ирина и стала медленно оседать на пол.

Печатникову даже пришлось выскочить из-за стола, чтобы помочь Юле поддержать мать.

— И вас обманули? — спросил Печатников.

— Да. А что — не только нас?

— Сегодня вы четвертые...

И все же разговор с доцентом не оказался для Юли бесполезен. Он клятвенно заверил ее, что хотя наверняка кто-то поступает за взятки (куда же без этого!), но подавляющее большинство абитуриентов попадает на факультет честно. Что же, преподаватели идиоты, чтобы вместо талантливой молодежи набирать богатеньких буратин?.. Так что имеет смысл спокойно записаться на подготовительные курсы, а через год выбрать темой сочинения Пушкина.

— А не этих,— поморщился настоящий Печатников,— буддистов-авангардистов...

Адвокат Беломлинский заметно нервничал. За столиком в «Макдональдсе» он с дикой скоростью, буквально за пару минут, проглотил полдюжины замысловатых куриных штучек... Или как они называются?.. Рогов американскую закусочную посещал нечасто, и названий блюд не знал. Кусочки куриного мяса в кляре. Ну, штучки и есть, иначе не скажешь.

Вася поразился механическому однообразию движений адвоката: штучку в соус, штучку в рот, запястье с часами к глазам — время проверить; штучку в соус, штучку в рот, вновь запястье к часам, хотя прошло пятнадцать секунд...

Беломлинский явно нервничал и явно кого-то ждал.

Рогов взял рожок мороженого и сел за соседний столик. Отметил, что у «объекта» разные носки. Причем, сильно разные: белый и зеленый. «Нервничает! — с теплотой подумал Василий Иванович.— Интересно-интересно, с чего бы это...»

Юрист доел курицу и закурил сигарету. «Оборзел кот! — возмутился Рогов.— В «Макдональдсе», в общественном месте, наплевав на Гос. Думу. Во дает...»

Окружающие смотрели на адвоката с недоумением. Тот поймал два-три взгляда, понял, что происходит что-то не то, хлопнул себя по лбу рукой с сигаретой, обжег лоб, затушил сигарету в стакане с «колой» и тут же попытался сделать из этого стакана глоток.

«Н-да...» — Вася сразу засомневался, что этот человек мог пронести в «Кресты» пистолет Макарова.

Крупная крашеная блондинка средних лет вошла в «Макдональдс», огляделась и решительными шагами направилась к адвокату.

— Анастасия! Любовь моя! — вскочил из-за стола Беломлинский.

Как это Любимов пошутил?.. Адвокаты — тоже люди.

— Не ори,— поморщилась Анастасия,— люди вокруг. Вот твои ключи. Я забрала все вещи. Квитанция из прачечной в коридоре на тумбочке. Все, прощай...

Эффектная, решительная Анастасия. Рогову такие нравились.

— Анастасия!..— Адвокат уцепился за рукав блондинки.— Не уходи! Присядь! Дай мне шанс!

— Да не ори ты.— Блондинке было явно неудобно.— Ну вот, присела. Что ты хочешь сказать?..

— Анастасия! Ты не права! Я уже извинился перед тобой, Анастасия, но, Анастасия, по существу дела мне не в чем перед тобой извиняться. В моих действиях не было злого умысла. Я перепутал, я просто перепутал!

— Юлий, ты говоришь глупости. Как нас можно перепутать?.. Я блондинка, а Наташа брюнетка, мой вес семьдесят килограмм, а у нее пятьдесят, у меня нос прямой, а у нее горбатый...

— Но она же твоя сестра! Следовательно, объективно имеет место быть фамильное сходство. И потом — там было темно!..

— А то, что она лежала не в нашей кровати, а на диванчике в кухне?

— О том и речь, Анастасия, о том и речь! Я еще был очень удивлен, что ты легла не в комнате, а на кухне! Я был удивлен и решил выяснить...

— Дурак!

— Анастасия, я говорю правду!..

— Вот я и говорю: дурак! Прощай, Юлий... Да уж, не Цезарь.

Анастасия гордо двинулась к выходу. Незадачливый защитник бросился за ней, зацепился за собственную ногу, упал...

Рогов достал мобильный телефон.

— Палыч, привет. Василий на линии. Слушай, это не адвокат. Не способен... Стопудово. Скорее, уж тот, «губошлеп»...

К вечеру Ирина совсем разболелась. Слегла в постель. Пыталась читать — не глядя вытянула книгу из шкафа, в руках оказался старый потрепанный том «Трех мушкетеров». На десятой странице начала думать, как можно было бы раскрыть в сочинении образ Д'Артаньяна... И снова заплакала. Включила телевизор — сразу попала на программу о взяточниках. Речь, правда, шла не о трех тысячах, а о миллионе долларов за какой-то землеотвод в историческом центре... Бизнес-центр в восемь этажей отгрохать вместо пяти утвержденных — это не мне доцента с деканом подкормить... Но все равно — смотреть было неприятно. Ирина даже каналами щелкать не стала, выключила говорящий ящик. Пришел Максим с работы, сделал чай с медом.

— Да не переживай ты, Ириш,— попытался утешить.— Просто не повезло. На следующий год поступит. Она девушка умная. И в армию ей не идти.

— Обидно, Максим...

— Ну, обидно, конечно... Может, ты права была, стоило взятку дать? Лучше уж так, чем твои слезы... Давай, я до следующего лета накоплю,— Виригину самому не нравилось, что он говорит, но очень уж хотелось успокоить жену.

Слова его, однако, вызвали новый водопад слез. Ирина зарылась носом в подушку. Понимала, что сейчас самый момент рассказать мужу о взятке, но... не смогла. Не нашла в себе сил.

— Ир, тебе заснуть надо. Димедролу, что ли, выпей. А где у нас Юлька-то?..

Юля в этот момент сидела с Антоном на скамейке около школы. Настроение у нее было — соответствующее ситуации. То есть — отвратительное. Да еще скамейка эта... Сколько часов на ней пересижено, сколько разговоров переговорено... В старые, беззаботные времена. Надо же — взрослая жизнь не успела начаться, а проблемы навалились — взрослее некуда!

Антон — о чем, конечно, не подозревал — обращался к Юле с теми же словами, какими в тот самый момент утешал супругу Максим Виригин:

— Не переживай ты, Юль. Валерка вон тоже на сочинении срезался, а Женька на трояк написала, а у нее ведь всегда по «лит-ре» пятак. Просто не повезло.

— Ты-то как? — Юля вспомнила, что не спросила Антона о его успехах, и ей стало на секунду неловко. Впрочем, в успехах Антона она, как и директор школы, не сомневалась.

— Да ничего,— смущенно ответил Антон.

— Ничего — это пятерка?

— Ну... пятерка. Тема удачная — помещики в «Мертвых душах». Юль, ты, главное, не парься. Через год поступишь. Вся жизнь впереди, чего там...

— Тут ведь еще неприятность,— вздохнула Юля.

— Какая?

— Мама отличилась. Одному жулику деньги дала, чтоб я поступила. Три тысячи евро. У знакомых одолжила.

— Ничего себе! — оторопел Антон.

— Мы с отцом даже не знали.

— Где ж она его нарыла... этого жулика?

— Около универа, когда документы отвозили. Пижон такой с тросточкой. За версту видно, что аферюга. Он ей доцентом представился, визитку с телефоном дал... Ну и...

— У тебя же отец в ментовке. Майор! Пусть он... — Антон сделал замысловатые пассы пальцами и клацнул зубами.

— Мама говорить ему не хочет. Отец против был, и она пообещала, что не станет... деньги давать.

— А если просто в милицию заявить, чтоб отец не знал? — перебирал Антон варианты.

— Тогда и ее судить будут. Она же взятку дала. А это статья.

— Да-а-а... Серьезная ситуация.

Антон задумался. Он вдруг ощутил некое новое, неведомое возбуждение. Может быть, это его шанс доказать Юле, что...

— Мама разболелась. Чуть ли не приступ какой-то. И долг еще отдавать.

— Давай попробуем его найти! — предложил Антон.— Хромого доцента.

— Как, Антоша?

— А номер телефона?..

— Там код «Новофона». Они же без паспортов продают номера. Купил карту, попользовался — выкинул,— вздохнула Юля.

— Ясно. Тогда по институтам поездить. Вдруг он и в других местах промышляет. Сезон! Ты его запомнила?

— Да. Только ведь экзамены уже идут, поздно «промышлять»-то.

— В разных вузах по-разному. Кое-где позже. Я завтра по справочнику обзвоню.

— Ну, найдем. А дальше?

— Там видно будет. Как говорил Наполеон: «Главное — ввязаться в бой».

Аналитический ум Антона подсказывал, что в любом случае сначала надо решить задачу номер один, а уж потом можно ломать голову над задачей номер два.

Это потом его в Военмехе научат, что проблему нужно сразу представлять себе в комплексе.

Пока Антон этого еще не понял.

Ночью он долго не мог заснуть. Рисовал себе в уме сцены блестящей операции по обнаружению и изобличению жулика-доцента. Пойманный жулик в его мечтах покорно поднимал лапки вверх, возвращал все деньги и еще норовил приплатить за доставленный моральный ущерб. Антон не брал, но жулик настаивал: за моральный, за моральный... Потом, уже на самой границе яви и сна, Антон представлял себе горячую Юлькину благодарность... Впрочем, тут мы его оставим наедине со своими мечтами.

На утро была запланирована подготовка к экзамену по математике. Учебники разложены на столе, блокнот открыт, карандаш заточен... Уходя на работу, родители могли видеть, что сын встал в рань-ранешенькую и тут же целеустремленно ринулся грызть гранит науки. Но едва захлопнулась дверь, Антон Зеленин переквалифицировался в сыщика.

«Желтые страницы» предлагали адреса и телефоны ста пятидесяти высших учебных заведений. Надо же, как много. Антон думал, их штук тридцать в Питере. Ну, пятьдесят. А тут — полторы сотни! От Аграрного университета в Пушкине до Ядерно-энергетического института в Сосновом бору. Включая институт народов Севера на проспекте Стачек и Государственную Полярную академию на Воронежской...

Антон засек время и набрал первый номер — аграрный. Пять секунд — посмотреть на номер и набрать его. Секунд пять трубку не брали. Взяли, буркнули «сейчас», положили, видимо, трубку на стол... Какое-то время раздавалось невнятное бу-бу-бу.

— Да, аграрный слушает!

— Извините, у вас уже начались вступительные экзамены?

— Давно. А что?

— Ничего, спасибо...

Антон глянул на таймер. Ничего себе, минута набежала. Надо же. А где-то будет занято, где-то будут отсылать на другой номер, где-то придется перезванивать... Там, где экзамены еще не идут, выяснять подробности... А дух перевести, воды выпить... В общем, минуту надо умножать на три. И на число вузов. Четыреста пятьдесят минут. Семь с половиной часов. Не годится.

«Главное — логистика»,— сказал себе Антон Зеленин.

Сейчас половина десятого. Не позже одиннадцати надо выезжать «на места». Есть час для обзвона. Один человек за час успеет обзвонить двадцать вузов. Но если будут звонить трое... Вторая — Юлька. Пусть участвует. Лицо заинтересованное. Третий тоже есть.

Антон пошел будить младшего брата.

Сергей Аркадьевич Егоров, начальник отдела штаба ГУВД, редко снимал форму. На работе — само собой, но и в свободное время, в выходной, на рынок или просто с женой прогуляться — почему бы и не в форме? Форма Егорову шла, в форме Егорову было комфортно, и он нисколько ее не стеснялся.

Но на деликатное дело в училище имени Мухиной, известное в народе как «Муха», пришлось нарядиться в гражданское. А в гражданском Егоров чувствовал себя не столь уверенно. Такое странное ощущение... Будто бы раздетый. А король-то голый... Гипсовые головы, расставленные вдоль всего коридора, смотрят в упор. И вообще атмосфера непривычная. Одеты абитуриенты Бог знает во что. Слишком живописно. У парня штаны лиловые, рубаха зеленая в желтый горошек, и пионерский галстук повязан. У другого волосы оранжевые. А вот две барышни вообще без волос. Лысые, то есть. Какие времена — такие нравы! А одна маленькая, вся в веснушках, притащила картину — размером больше авторши раза в два — а что нарисовано, не поймешь. Птица, вроде бы, но вся из квадратов составлена.

Картину пристроили на подоконнике, вокруг столпилась богемная молодежь.

— Тебе бы, Ленка, не на дизайнерский, а в Академию художеств!..

— А я считаю,— звонко парировала веснушчатая,— что в дизайне нужно смелее использовать новаторские идеи! А пока предлагаю по пиву!

Надо же, пигалица такая, а туда же! Идеи у нее!

Егоров выбрал человека поприличнее, по виду — преподавателя. У него, по крайней мере, кроме джинсов и шейного платка, был еще и дорогой по виду пиджак.

— Простите, как найти товарища Гудона?

— Кого? — удивился преподаватель.

— Гудона.— Егоров уточнил по бумажке.— К сожалению, имя-отчества не знаю.

— А зачем он вам? — почему-то усмехнулся преподаватель.

— У меня к нему дело.

— Что ж, пойдемте.— Педагог подвел Егорова к двери, открыл.— Вам сюда.

— Спасибо.

В аудитории никого не было. Если не считать гипсовой фигуры мужчины. И не простой фигуры, а как бы без кожи. Все мышцы видны, где какая. Не очень приятное зрелище. Впрочем, в судебно-медицинском морге Егоров и не такое видал.

— А где же Гудон? — обернулся Егоров к своему проводнику.

— Это и есть Гудон. Пособие для студентов...

Антон и Юля тем временем вели у «Мухи» наружное наблюдение. Вернее, вел уже один Антон — высматривал в толпе людей с бородками и пихал Юлю в бок: не этот? Не тот?.. Юля всерьез опасалась, что к вечеру на боку появится синяк.

Вчера они объехали пять мест, сегодня прибыли в четвертое. Результат — нулевой. Правда, у «Тряпочки» (так петербуржцы именуют институт технологии и дизайна текстильной промышленности) встретили Томку Меринову, которая училась с ними до пятого класса, а потом переехала в Автово и пропала из виду. Когда-то они все втроем дружили. Было приятно встретить старую подругу. Они договорились непременно созвониться, но главная цель — увы и ах...

— Антош, бесполезно это,— в который раз сказала Юля.— Второй день мотаемся. Бессмысленно. Ты сам посуди — по теории вероятности, среди ста с лишним вузов... Оп!

— Что — «оп»? — не понял Антон.

— Это он, Антоша! Надо же, выследили...

Благообразный Лунин вышел из дверей «Мухи» вместе с человеком, лицо которого показалось Юле немножко знакомым. Она не узнала Егорова, который несколько лет назад приходил к ним в гости на день рождения отца. Но главное — они выследили коварного «доцента».

Лунин и Егоров перешли на другую сторону пешеходного с недавних пор Соляного переулка, оживленно о чем-то беседуя. Потом Лунин достал визитную карточку, протянул Егорову...

— Новую жертву клеит,— заметил Антон.— А ты говорила: подозрительный. Очень даже импозантный... Доверие внушает.

Юля поморщилась.

Егоров откланялся. Лунин пошел к дверям училища.

— Все, вечером я позвоню,— деловито пообещал Антон.— Иди домой. Может, маме чем помочь надо...

— А ты?!

— А я его провожу...

Самому понравилось, как сказал. С небрежным профессиональным достоинством.

И следить — понравилось. Антон держался от «клиента» на расстоянии метров десяти-пятнадцати, ни на секунду не выпускал его из поля зрения, был готов в любую секунду — если Лунин обернется — шмыгнуть за угол или остановиться, чтобы завязать шнурок...

Других уловок из фильмов про слежку Антон не помнил, но уловки, в общем, не понадобились. Лунин совершенно не беспокоился, что за ним могут следить. Не обернулся ни разу. В «Мухе» он зашел в туалет, скрылся в кабинке, вскоре появился — без бороды и усов. Двинулся в сторону Летнего сада. Немного понаблюдал сквозь решетку за кружениями лебедей в пруду. Потом неторопливо, наслаждаясь теплой погодой, продефилировал до Спаса-на-Крови. Мужчина, фланирующий вокруг храма с коробкой банок черной икры, принял изящного Лунина за иностранца, предложил ему товар. «Доцент», шельмец, артистично отказался по-английски.

На Конюшенной площади Лунин зашел в «Пироги „Штолле"», купил мясной пирог на вынос. Прошел мимо дома-музея Пушкина, свернул во двор. В подъезде как раз кто-то переезжал, большая вереница людей таскала вещи, так что Антону, во-первых, удалось незамеченным проводить Лунина почти до квартиры, а во-вторых, подслушать в разговоре новых жильцов код подъезда.

Антон почувствовал себя настоящим сыщиком. Может, он не прав — насчет Военмеха? Сыщиком, оказывается, тоже интересно быть, и аналитические способности в этом деле важны.

Вечером, в Юлином дворе, гордый Антон докладывал девушке результаты спецоперации.

— Адрес: Мойка, четырнадцать, корпус один, квартира пятьсот тридцать три. Четвертый этаж. Код я выяснил. Представляешь, рядом с Пушкиным устроился, гад! В соседнем дворе! Знал бы Александр Сергеевич....

Юля с интересом глянула на приятеля.

— Это ты уже перегнул...

— Насчет чего?

— Насчет «знал бы Пушкин»...

— А... Ну ты же помнишь, как Пушкин обращался с мерзавцами! Чуть что — за пистолет!

— Он плохо кончил, Антон.

— Ну и что? Дантесов бояться — на дуэль не ходить. Короче, надо его припугнуть и заставить вернуть деньги.

— И кто это сделает?...

— Я! — решительно заявил Антон.

— Ты?! — растерялась Юля.

— А что такого?

— Да он же тебя прибьет,— как-то жалобно сказала Юля. Теперь ей вовсе уже не хотелось, чтобы Антон срочно становился рыцарем и шел за нее в бой. Да Бог с ними, с деньгами...

— Еще посмотрим, кто кого прибьет... Хорошо б оружие достать.

— С ума сошел?

— Я же не стрелять — так, припугнуть,— пояснил Антон.

Юля не знала, что и ответить.

— У твоего отца ведь есть пистолет? — наседал Антон.

Юля аж со скамейки вскочила:

— Ну, есть. И что?

— Может, одолжишь на пару часов? Вечером или ночью?

— Ты точно спятил...

Юля Виригина была очень разумной девочкой. Конечно, искры авантюризма в ее душе тлели, но она всегда знала предел разумного. Да и Антона Зеленина нельзя было назвать ни сумасбродом, ни сорвиголовой. Сам себя он скорее мог упрекнуть в излишней осторожности, нежели в безрассудстве.

Так что одному Гудону известно, откуда у Антона взялись силы уговорить Юлю «занять» у отца пистолет, и тем более — как дочь мента поддалась на уговоры приятеля.

Возможно, все дело было в том волшебном сне с участием Юли, который прошлой ночью увидел Антон...

Вечером он попробовал слиться в экстазе с математикой. Все-таки на носу экзамен. Но синусы и логарифмы в голову упорно не лезли.

Ночью Антону снова приснилась Юля Виригина...

Наружное наблюдение за «губошлепом» Малышевым принесло свои бонусы в воскресенье.

С утра сержант приехал на Василеостровский рынок, долго бродил по рядам, попробовал творог у трех продавщиц, вкусил меду гречишного и горного, но ничего не купил. Плотно опекающий сержанта «топтун» из «наружки» вспомнил, что жена как раз наказала купить меду, задумался, не нарушить ли служебную инструкцию и не попросить ли взвесить баночку, но именно в этот момент тягостных раздумий Малышев решительными шагами направился к выходу.

У дороги его ждал Лунин. Причем на счастье «топтунов» встреча состоялась в непосредственной близости от сиреневых «Жигулей», из которых второй филер «наружки» спокойно сделал несколько прекрасных фотоснимков: Лунин передает Малышеву конверт, Малышев прячет конверт в карман...

Дальнейшее было делом техники. «Наружка» отзвонилась Рогову и отправилась провожать Малышева, который медленно побрел по пешеходной Седьмой линии, по-собачьи принюхиваясь по дороге к шашлычным и пиццериям.

Рогов разбудил Любимова. Тот матом покрыл преступников, выбравших для передачи денег выходной день. Нет, чтоб в будни и желательно — в рабочее время!..

Вася горячо поддержал негодование коллег, но заметил, что ехать на задержание все равно придется.

Малышев тем временем решил отметить удачное завершение сделки чебуреком и соточкой водки — словно бы давая операм время добраться до Седьмой линии.

Телефон Виригина был занят, а второй раз Рогов набирать не стал. Вспомнил, что у Макса жена болеет и с дочкой какие-то нелады, и решил сегодня его не дергать.

Когда Вася безуспешно пытался дозвониться до товарища, в квартире Виригиных зазвонил телефон.

— Алле! — взяла трубку Юля.— Валера? Привет. Нет, сегодня никак. Совсем-совсем никак. Да, занята... Валера, извини, не могу говорить сейчас... Да, пока...

— Юль, кто там? — высунулся из комнаты Максим.— Не меня?

— Не-е... одноклассник бывший...

— Ну, хорошо,— голова отца исчезла.

А набери Рогов тот же номер на мгновение раньше Валеры, и Виригин, чертыхаясь, собирался бы сейчас на службу...

Под окном во дворе маячил Антон, подавая знаки. Юля кивнула. Ею овладело удивительное хладнокровие. Она не задумывалась над тем, что сейчас происходит, и к чему вся эта затея может привести. Она ощущала себя роботом, запрограммированным осуществить план.

Девушка заглянула в комнату родителей. Мать лежала в постели, отец сидел рядом. Они тихо беседовали.

— Ну, как вы тут?

— Ничего, Юлечка, я уже лучше... — ответила Ирина.— Обсуждаем планы на отпуск.

— А... Молодцы. Я в ванную пошла, будут звонить — меня нет.

— Давай...

Юля прикрыла дверь, вытащила из висевшей на вешалке куртки Виригина связку ключей, открыла шкаф, внутри которого был прикреплен к стенке небольшой сейф. Ровно на один пистолет. Его-то Юля и достала, сейф закрыла, ключи — обратно в карман, быстро, уверенно, четко, сама себе удивилась.

Пистолет сунула в пакет с логотипом какого-то магазина, открыла в своей комнате окно... Во дворе, кроме Антона, никого не было. Ни одного свидетеля. Антон счел это добрым знаком. Он подобрал пакет, кивнул и деловито двинулся к арке. А Юля уже через десять секунд включила горячий душ...

Малышева тормознули на входе в метро «Василеостровская».

«Взять» его, впрочем, можно было голыми руками — сложнее в таких ситуациях уговорить пару граждан стать понятыми. Рогов, впрочем, с этой задачей справился быстро, и дело оставалось за малым. Малышев с сытым выражением простоватого лица поднимался по ступенькам станции, когда перед ним выросли две знакомые фигуры.

— День добрый,— недобро улыбнулся Любимов.

— Здрасте... — растерянно пробормотал сержант. В голове у него защелкала, будто заевшая пластинка, немудреная мысль: «Вот и все... Что же делать? Вот и все. Что же делать...»

— Давай-ка, вынимай все из карманов,— приказал Любимов.

— А чего такое?.. Зачем? — засуетился Малышев.

— Давай, давай, не стесняйся,— мотнул головой Вася.— Здесь все свои.

— Ну, вы хоть объя-ясните... — Малышев затоптался на месте, как стреноженный мустанг.

— После объясним,— пообещал Рогов и махнул красным удостоверением в сторону зевак, которые уже начали замедлять шаги.— Граждане, все в порядке! Программа «Розыгрыш»! Проходим и не волнуемся...

— А санкция есть? — выпалил сержант. Пискнул, скорее.

— Что?! — Любимов грозно двинулся на Малышева, тот отпрянул.— Права качать вздумал?.. Обыск по подозрению в терроризме, понял?! Быстро все из карманов, я сказал!..

Малышев подчинился. Ключи, помятая пачка «Явы», китайская зажигалка, кошелек из кожзамена... и конверт. Больше ничего в карманах у конвоира не оказалось.

А ничего больше и не требовалось.

Любимов кивнул понятым: внимание. Забрал из рук Малышева конверт, раскрыл... и вытащил веер нарядных светло-зеленых бумажек.

— Евро, ёшкин кот!..— удивился Рогов.— А что, баксы среди вертухаев уже не в ходу?

— Понятые, попрошу зафиксировать,— сухо сказал Любимов.

— Это не мое... — воскликнул Малышев и тут же сам себя перебил: — Вернее... Приятель долг вернул.

— Какой приятель?

— Э-э... — Малышев заикнулся и замолчал.

— Вась, составляй протокол!

— Уже пишу. Итак, Малышев Губошлеп... как тебя по батюшке-то? Долг ему приятель вернул, надо же... Может, мне пару штук одолжишь?.. Тебе ведь долго теперь не понадобятся.

На десятые сутки заточения в поселке Горелово Сергей Федорович Кедров не выдержал-таки и напился. Надо отдать ему должное — большинство сорвалось бы раньше. Выкушав две бутылки «Охты» под сало и лук, Кедров повесил на стенку круглую алюминиевую крышку, нарисовал на крышке мишень и стал пулять в нее помидорами. Раз!.. Раз!.. Раз!.. И все — в центр мишени.

— В центр! — орал Кедров.— В центр! В центр!..
Томатный сок обильно стекал на пол.

— В центр!.. В центр!.. Целую в центр!

Кедрову нельзя было пить больше двух-трех рюмок — крыша съезжала моментально. Кедров хорошо знал это, но ведь и на старуху бывает проруха.

Помидоры кончились.

Кедров схватил мобильник и набрал Лунина.

— Рома, нах! — заорал он в трубку.— Помидоры мне привези, помидоры...

— Серега, я как раз набирать собирался. Паспорт готов! Я сегодня приеду к вечеру...

— Помидоры кончились, нах,— не слышал подельника Кедров.— Помидоры, бля, понял?!

— Сергей, что с тобой? Ты надрался, что ли?

— Помидоры привези! Помидоры! Томаты, бля, привези!

— Ну дела... — вздохнул Лунин.— Сергей, я сейчас перезвоню, кто-то в дверь ломится...

«Зачем ему помидоры?»

В тот момент, когда Рогов начал составлять протокол, примерно в двух километрах от «Василеостровской», на набережной Мойки, набирал код на подъезде Антон Зеленин, сжимая под мышкой черную папку из кожзаменителя. С первого раза код не сработал, и Антон испугался, что неправильно запомнил цифры. Но вторая попытка оказалась успешной. На лестнице, как и во дворе у Юльки, ему никто не встретился. И вновь Антон счел это добрым знаком.

У двери «доцента» он немного помедлил. Зачем-то перекрестился. В Бога Антон не верил, в церковь не ходил, но решил почему-то в трудный момент вспомнить о Власти Небесной. Впрочем, Антон был крещеный (в детстве бабушкой), так что имел полное право... Антон позвонил. Тишина. Еще раз позвонил. За дверью послышались неторопливые, но словно раздраженные шаги.

— Кто там? — раздался недовольный голос.

Антон открыл папку, достал большой конверт и помахал перед глазком.

— Вам счет за мобильник.

— В ящик внизу брось!

— Надо расписаться. Новые правила.

Грохнул замок. Дверь отворилась. На пороге стоял Лунин. У Антона душа ушла в пятки...

— Давайте же, молодой человек,— уже нормальным, миролюбивым голосом сказал Лунин. Он умел владеть собой.

Антон решился. Вытащил из папки пистолет. Направил в живот мошеннику. Некстати подумал, что по злой иронии судьбы Пушкин получил смертельную рану именно в живот. Отчаянно и долго вспоминал заготовленную заранее фразу...

— Сначала поговорим!

Лунин окинул взглядом лестничную площадку. Спросил спокойно:

— Тебе чего надо?

— Если что — выстрелю, я не шучу,— выдавил Антон. Руки его тряслись. Господи, что же он затеял! Больше всего Антону захотелось оказаться за письменным столом перед учебником математики.

Лунин неторопливо оглядел нервного юношу, пожал плечами:

— Ну, тогда заходи.

Спокойно повернулся к Антону спиной и пошел в глубь квартиры. Антон, стараясь не выронить пляшущий пистолет, шагнул следом.

На улице Жору удалось удержать от самосуда, но в главке Любимов дал волю чувствам. Не то чтобы он не умел справляться с эмоциями, но когда «сдавали» своих... Предателей Жора не выносил. Тем более что Шишкин только что сообщил: состояние Наумова ухудшилось.

Малышев в глазах Любимова был хуже насильника и убийцы. Поэтому Жора безжалостно тряс «губошлепа» за отворот куртки. Так тряс, что голова «губошлепа» болталась из стороны в сторону, как у тряпичной куклы, грозя оторваться, а губы, соответственно, шлепали в такт качающейся голове. Вася пытался оттащить Любимова — не вышло.

— Что ж ты, сволочь, людей под пули подставил?! — шумел Жора.— Я из тебя, подла, душу сейчас вытрясу! Вместе с костями.

— Я не хоте-ел! — жалобно тянул Малышев. В глазах его стояли слезы.

— А чего ты хотел? Баксов две штуки хотел, сука?!

— Евро,— подсказал Рогов.— Жор, слушай...

— Евро, гад, две штуки хотел?

— Он обещал не стрелять,— скулил Малышев.— Попу-угать только...

— «Попугай» нашелся! Не стрелять обещал?! А что он собирался делать с «Макаровым»? Ствол сосать?!

— Ладно, брось, Жор,— со второй попытки Рогову удалось оттащить Любимова от сникшего конвоира. Тот нехотя отошел в сторону и сел на стул.

— Так... А почему же все-таки евро, сержант? — заинтересовался он.

— Да не евро, не евро... — едва не плакал конвоир... Теперь уже бывший конвоир и бывший сержант.— Мы в долларах догова-аривались, на две с половиной. Просто он в евро принес...

— Тогда понятно,— успокоился Рогов и бросил на стол пачку ссгодняшних фотографий с Василеостровского рынка.— Фамилию его знаешь?..

— Только имя. Борис Романыч,— тяжело дыша, ответил Малышев.

Он не перепутал. Роман Борисович Лунин и впрямь представился сержанту как Борис Романович.

— И как он на тебя вышел?

— Сам нашел меня. Три недели назад. Подошел после смены. Знал, что я в день суда дежурю...

— Откуда? — нахмурился Рогов.

Малышев пожал плечами:

— У нас график висит. Он и про дом знал.

— Какой еще дом?

— У матери в Сосновке дом сгорел. Она уже год у соседей живет.

— Решил, значит, новый построить? — взвился Любимов.— На чужой крови, гаденыш?

— Я не думал, что все так случится... Клянусь... — замахал руками Малышев.

— Где его найти? — кивнул Рогов на фото Лунина.

— Набережная Мойки, четырнадцать, корпус один, квартира пятьсот тридцать три. Я за ним проследил, когда он пистолет и аванс принес... На всякий случай.

— Молодец, на суде зачтется,— Любимов решительно встал.— Поехали, Вась.

— Остынь, Жор, с утра съездим с ордером. Выходной все-таки...

Юля стояла у окна и грызла ногти. Вообще от этой дурацкой детской привычки она окончательно отучилась еще в шестом классе, но... Сейчас она снова стала маленьким глупым ребенком. Ноготь исчезал со скоростью горения спички.

Юля шагнула в глубь комнаты. В большом зеркале, вделанном в платяной шкаф, колыхнулось ее отражение. Она посмотрела и ахнула. Лицо какое-то черное... Сморщенное. Откуда эти морщины через весь лоб? Что происходит? Она будто бы постарела за этот день... на двадцать лет!

Предчувствие беды охватило Юлю сразу, как она вылезла из горячей ванной. И не оставляло с тех пор ни на секунду.

Остановить Зеленина она не могла: мобильника у Антона не было.

Где он сейчас?

Что с ним?

Где этот дурацкий пистолет?

И зачем она только согласилась? О чем думала?

Телефонный звонок разорвал тишину, как выстрел. Юля вздрогнула. Выскочила в коридор, схватила трубку

— Алло... Да... Хорошо... Я поняла, через пять минут.

Слава Богу, жив...

— Кого? — выглянул из комнаты отец.

— Меня. Схожу, учебник Ленке отдам,— Юле стоило больших усилий говорить ровным голосом. Хорошо, в коридоре было темно, и отец не видел ее лица.

Пять минут во дворе показались вечностью.

Сколько же можно идти из соседнего квартала? Или он звонил не из дома, а из таксофона?

Юля вдруг захотела выкурить сигарету... хотя никогда раньше этого не делала. То есть пробовала, конечно, несколько раз, но совсем не понравилось.

А сейчас вдруг ощутила острое желание затянуться горьким дымком.

Антон возник из темноты неожиданно, как привидение. И лицо такое... призрачное. Бледное.

— Что случилось? — почти крикнула Юля.

— Ничего,— ответил Антон отсутствующим каким-то голосом.

— Получилось?..

— Пока нет... Держи.

Антон протянул Юле все тот же пакет. Из магазина «Дикси». С пистолетом внутри.

— Ты поговорил с ним?

— Да... То есть... После объясню... Пока. Экзамен завтра.

Антон растворился во мгле, оставив ничего не понимающую девушку у подъезда.

«Спокойно,— сказала она себе.— Эмоции потом. Надо еще вернуть пистолет на место».

За Луниным поехали с утра не с пустыми руками, а захватив четверку омоновцев — Кедров вполне мог прятаться у подельника дома и открыть огонь.

— Хорошо бы так... — размечтался Жора.— Сегодня бы со всем и покончить... Макс на работу придет, а у нас раз — детки в клетке! Как говорится, одним махом семерых побивахом,— и добавил, обращаясь к омоновцам.— Как, мужики, справитесь?

— Семерых? Говно вопрос,— лениво откликнулся старший омоновец.

— Ну, там максимум двое...

— А Макса,— предложил Рогов,— за то, что вчера отсыпался и сегодня опоздал,— справки писать засадим... О, смотрите, братья по разуму! Не к нашему ли клиенту?

У подъезда стояла милицейская машина. «Убойщики» и омоновцы, сосредоточенно нахмурившись, быстро поднялись на четвертый этаж. Дверь в квартиру Лунина была распахнута. У двери дежурил сержант милиции. Завидев столь внушительную делегацию, он взял под козырек.

— Что тут у вас? — Любимов вместо приветствия кивнул на открытую дверь.

— «Убойный» отдел главка.

— А-а... там один «холодный». Проходите.

Рогов присвистнул:

— Похоже, ОМОН нас сегодня согреет... Извините, мужики, за беспокойство.

— Говно вопрос,— вновь лениво откликнулся старший. Других слов, похоже, он не знал.

Рогов и Любимов прошли в квартиру. Вещей у Лунина было немного, но все очень необычные. «Стильные», как сейчас говорят. Узкие шкафы, упирающиеся в потолок, кресла со стеклянными подлокотниками, компьютер на грибной ножке — тонкий, как бумажный лист. Белые стены и даже пол белый.

— Пижон, едрить его,— оценил обстановку Вася Рогов.

Сам пижон в светлой косоворотке и в плетеных белых тапочках лежал навзничь под экраном гигантского телевизора, рядом с открытым секретером. Рот его свела неприятная оскаленная полуулыбка. В районе сердца растеклось пятно крови. Рядом валялся револьвер «Оса».

— Жена утром с дачи вернулась и обнаружила,— пояснил майор из райотдела милиции.— Из «макарыча» завалили. Вон гильза валяется...

— Угу,— Любимов посмотрел на гильзу.— Что ж, зацепка.

— Видимо, он тоже стрелял,— сказал майор.— Один патрон использован.

Любимов нагнулся к револьверу, глянул, не прикасаясь.

— «Оса». С резиновыми пулями.

— Такими можно запросто башку снести,— прокомментировал майор.— В упор тем более...

— Это вы открывали? — спросил Рогов про секретер.

— Нет. Так и было. Жена говорит, ничего не пропало.

Рогов порылся во внутренностях секретера и скоро выудил оттуда заграничный паспорт и пачку визиток на разные фамилии.

— Глянь, Жор,— раскрыл Вася паспорт.— Это ж наш друг Кедров. Его рожа. Фамилия только... как это по-русски читается? Мо-ги-лев. Подходящая фамилия. И визиток куча. Сплошные доценты. Профессор есть... Что скажешь?

— А что тут скажешь? Что Кедров залег на дно и ждет документы. Вот этот самый паспорт. И уже не дождется. А может, он его и грохнул... Надо пробить звонки на мобильник этого... как его? Лунина. Пойдем с женой побеседуем.

Заплаканная жена Лунина, симпатичная с виду, сидела на кухне, тупо уставившись в чашку с остывшим чаем.

— Чем супруг занимался?

— Так, ничего серьезного,— тихо ответила она.— Мелкий бизнес. Здесь купил, там продал... На жизнь хватало.

— А раньше кем был? — поинтересовался Рогов.

— Администратором Дворца культуры.

— Ага. Тут у вас всё... — Рогов окинул взглядом кухню, где тоже было много диковин — электрочайник, например, похожий на летающую тарелку,— культурно так... И что вы об этом думаете? Об убийстве?

— Как снег на голову,— по-прежнему еле слышно ответила Лунина.

— Может, из-за бизнеса?

Женщина молча пожала плечами.

— А револьвер вы у него видели?

Лунина покачала головой.

Любимов показал ей раскрытый паспорт Кедрова-Могилева:

— А человека этого знаете?

— Могилев... Нет, не знаю. Простите, можно, я умоюсь...

— Да, конечно.

Лунина быстро встала и ушла в ванную. Зашумела вода.

— Так что скажешь?..— опять спросил Рогов.

— Возможно, его работа,— взмахнул Любимов паспортом.— «Макаров», опять же... У того же есть «Макаров».

— Ну, это нам эксперты скажут — тот, не тот... А мотив?

— Мани, мани... Сто тысяч ведь не найдены. Могли не поделить. Вот он и пришел делить.

— А документ свой почему не забрал? А гильзу почему оставил, ёшкин кот? Кедров — ушлый и грамотный...

Любимов пожал плечами.

— Пьяный, наверное, был.

Вечером трезвый и злой Кедров беседовал по мобильному телефону с грустной Елизаветой Луниной, вдовой фальшивого доцента дюжины петербургских вузов. Скорбь и предстоящие похороны, впрочем, не помешали Елизавете Николаевне сходить на Большую Конюшенную в салон сотовой связи и купить там анонимную сим-карту «Новотела». Как в воду глядела Лунина: подозрительный Любимов, покинув квартиру на Мойке, попросил знакомых из технического отдела поставить телефоны вдовы на «черную» (неофициальную, то есть — не санкционированную прокурором) прослушку. Но закон Любимов нарушил зря — Елизавета Николаевна оказалась осторожнее...

— На фиг мне его убивать, сама подумай? — кипятился Кедров.— Как, бля, я теперь за бугор свалю?.. Он паспорт сделал?

— Сделать-то сделал, но они его забрали!..

— Черт! А ты чем думала?! Не могла припрятать?!

— Сергей, ты в своем уме? У меня мужа вчера убили... Да я и не знала, что там паспорт, это они нашли. Они мне твою карточку показали — я сказала, не знаю такого. На риск пошла...

— А деньги?! Деньги где?!

— Не было денег. Ни наших, ни твоих... Я, когда Рому нашла, даже в ментуру не позвонила — а сразу в сейф... Пусто.

— Врешь! — рявкнул Кедров.

— Сергей, опомнись... Я тут без копейки...

— А может, это ты его грохнула, нах? — жестко спросил Кедров.

— Сергей, ты...

— Короче, Лизка, ты мне мои пятьдесят кусков отдашь. Ищи, где хочешь. Завтра звякну.

Кедров в сердцах оборвал связь. Водка кончилась. Оно, может, и к лучшему, что водка кончилась, но еда — тоже. Вся, не только помидоры.

— Перебьешься,— ответила Елизавета Лунина в воздух.

Сняла со стены любительскую картину с изображением Зимней канавки, открыла дверцу потайного сейфа. Тугие пачки долларов приятно радовали глаз. Елизавета стала перекладывать их из сейфа на стол...

— Смотрел «Зенит» вчера? — спросил Любимов у Рогова.

— Да ну, расстройство одно. Радимов в пустые ворота не забил. Я бы на ее месте сто раз подумал...

— На чьем месте? — не понял Любимов.

— На месте Тани Булановой. Она же замуж за него вышла. А ты бы, Макс, ей кого посоветовал? Эрика Хагена?

— Жору. Он у нас холостой и тоже в футбол играет.

Рогов крякнул, хотел что-то добавить, но не успел: зазвонил телефон. Василий взял трубку.

— Да, привет. Виригин? Здесь... Макс, тебя Семен.

Голос эксперта главка Семена Черныга показался Виригину странным. Обычно Семен, невзирая на ситуацию, был бодр, ироничен и всегда готов к острой еврейской шутке. Сейчас же он был явно встревожен.

— Да, Семен, хорошо. Зайду.

Семен по обыкновению сидел за компьютером. Коротко глянул на Виригина и снова уткнулся в экран.

— Семен, что стряслось?

— Слушай, Макс, тут такая ерунда. Я гильзу со вчерашней «мокрухи» по учетам проверял.

— Ну! С теми, что в зале суда, совпадает?

— Нет, не совпадает.

— Блин, жалко! — расстроился Виригин.— Значит, не Кедров? Или у него два «Макара»?

— Погоди, Макс. Слушай сюда. По инструкции, я всегда и табельное оружие по спискам проверяю. На всякий случай.

— И что? — не понял Виригин.

— И то... Короче, я тут шестой год, и ни разу такого не было. Не убивают наши сотрудники из табельного оружия. Как правило...

— Само собой. Психбольные, что ли? А к чему ты это все, Семен?..

— А к тому,— вздохнул Семен,— что Лунина из твоего «ствола» грохнули.

— Слушай, мне не до шуток.

— Да какие шутки. Вот, взгляни,— Семен ткнул в монитор.— Пистолет К-1807. Твой?

Виригин вытащил из кобуры пушку, сличил номер. Растерянно произнес:

— Ну, мой...

— Дай-ка сюда.

Семен забрал пистолет, повертел, понюхал ствол, вытащил магазин.

— Да чушь это! — махнул рукой Макс.— У тебя там вирус завелся.

Семен высыпал на ладонь патроны.

— Никаких вирусов. Смотри, одного «леденца» не хватает,— Семен поднес патрону глазам.— И серия та же.

— Я, что ли, его убил? — изумленно спросил Максим. У него появилось странное ощущение абсолютной нереальности происходящего. Словно бы он находится внутри какой-то книги — фантастического романа? — которую сам же и читает... Кроме всего прочего, надо отметить, что до сих пор Виригину никого никогда убивать не доводилось. Даже на законных основаниях.

— Не знаю... — Семен глянул оперу в глаза.— Не думаю, но... Разбирайся, короче, только в темпе вальса. Я вообще сегодня должен ответ дать в прокуратуру, но денек потяну. Хорошая мысль: скажу, что вирус или что винды не «сосут». Они там... наверху... непонятные слова уважают. Макс, но утром я обязан доложить. А то мне кердык...

— Да я вчера весь день дома был! — Виригин словно выпал из гипнотического транса.— И потом, я же не идиот — из своего оружия! Ты чего, Семен?!

— Я-то ничего... Прикинь тогда, кто мог.

— Да никто! Он всегда при мне.

— А дома?

— В сейфе лежит.

— А ключ?

— Ключ? Ключ в кармане...

— А карман? — не унимался въедливый Семен.

— Что «карман»?! В куртке...

— А куртка?

— Куртка... Ну, на вешалке иногда. Когда я дома.

— Ну и вот,— подвел черту Семен.

— Что «и вот»?! У меня дома — жена да дочь! Жена больная лежит...

— Значит, дочь! — сделал вывод эксперт.

— Ты с ума сошел, Семен!

— Я? Ну-ну... Ты, Максим, успокойся и с дочкой поговори. Молодежь нынче странная, по своим знаю. Иной раз такое отмочат... Вот мой старший кота в дом принес. В двадцать лет! Кота! Добро бы в десять, когда все тащат. И после пятидесяти понятно, когда уже потихоньку... ну, потихоньку. А тут — в двадцать! В детстве причем эту живность терпеть ненавидел...

Максим застонал и гулко приложился затылком к стене.

Впрочем, быстро взял себя в руки.

Сам удивился своей выдержке и трезвости мысли.

Мужикам в отделе убедительно соврал, что у него в одном дворе с Луниным друг детства обнаружился. Пенсионер по инвалидности, все время на балконе сидит. Надо съездить, потолковать.

3*

Так убедительно врал, что сам почти поверил. А ведь вовсе не был мастером по этому виду спорта.

По дороге заметил у метро бригаду лохотронщиков, но играть не стал, не до того.

Бабушке-блокаднице в троллейбусе руку подал, помог сойти.

И даже хлеб в булочной купил — жена просила. Она, правда, позже его ждала, удивилась очень.

А вот до чего, дурачина, не допетрил — Юльку в кухню или на улицу вывести для разговора. Чтобы жена не слышала. Спросил при Ирине:

— Юля, ты мой пистолет вчера брала? Только честно.

Внутри у Виригина все клокотало, но он себя сдерживал.

Юля вздрогнула, перекосилась.

— Какой пистолет?

— Вот этот,— Максим достал из кобуры пистолет, показал Юле.— Из сейфа в прихожей.

— Н-нет... — пролепетала дочь.

— Ты же никогда не врала,— сказал Виригин. И тут же подумал, что тоже никогда не врал, а сегодня вот эдак лихо обманул Василия с Жорой. Надо было сразу мужикам все рассказать.

Ох, неладное что-то происходит с его жизнью.

Юля отвела глаза.

— Максим, что случилось? — вскрикнула Ирина. Виригин и забыл о ее присутствии. Теперь поздно.

— Из него вчера человека убили.

— Как?! — закричала Юля. Громко — люстра аж звякнула.

— Господи, какого человека? — выдохнула Ирина.

— Какого? Какая разница... Одного мошенника.

Ирина с ужасом повернулась к дочери. Та смотрела в стену.

— Но причем здесь Юля? — бормотала Ирина.— Она же дома была.

— Ты ведь к подруге выходила? — вспомнил Виригин.

— На пять минут... Книгу отдала и вернулась.

— Дай мне ее телефон,— скомандовал Максим.

— Сейчас.

Юля встала и пошла из комнаты.

— Да это ошибка! За пять минут... Она не могла. Максим, о чем мы говорим! — Ирина словно спохватилась и закричала: — Ты что, думаешь, Юля могла убить человека?! Ты соображаешь?!

— Не могла, конечно, Ириша. Просто отдала кому-то пистолет. Сейчас выясним... Где она?

— А это точно не ошибка?..

— Есть заключение эксперта. И в убийстве меня обвинят.

— Тебя?! — вскрикнула Ирина. То, что в течение десяти секунд ее дочь и муж оказались втянуты в дело об убийстве, в голове решительно не укладывалось.

В прихожей хлопнула дверь, Виригин метнулся в коридор, потом в подъезд, выскочил на улицу, но Юли уже и след простыл. И непонятно, в какую из двух арок бежать — о том, что питерские проходные дворы вечно дают фору убегающему, опытный оперативник Виригин знал на собственном опыте. А Юлька в средних классах очень неплохо бегала, учитель физкультуры, помнится, настоятельно рекомендовал записаться в секцию легкой атлетики.

Вот и пригодился талант.

Что же происходит-то...

— Сбежала,— развел руками Максим, вернувшись в квартиру. Теперь он по-настоящему растерялся.

— А тебя обвинят? — тупо спросила Ирина.— Как?..

— Очень просто. Мой пистолет — мне и сидеть! Других вариантов нет.

— Как... сидеть? — Ирина пошатывалась.

— Хорошо сидеть! — взорвался Виригин.— В Нижнем Тагиле!

В Нижнем Тагиле раскинулась специальная здравница для осужденных сотрудников правоохранительных органов. Для своих, то есть. Условия получше. И отношения между людьми, говорят, тоже получше. Чуть-чуть. «Ну вот уже и робу полосатую примеряю»,— подумал Виригин и тут же заметил, что жена, порывисто вздыхая, заваливается на пол...

Но зона есть зона...

Виригин еле успел ее подхватить и донести до дивана, потом бросился к телефону вызывать «скорую».

Так же, как и отцу часом раньше, ей казалось, что происходящее происходит не наяву. И даже не во сне, а вот, скорее, в книге, в фильме, в телесериале.

Не может такое происходить с ней, простой выпускницей обычного одиннадцатого «б» обычной школы Петроградской стороны!..

Она вдавила кнопку звонка.

Антон сразу открыл дверь. Словно ждал ее.

На нем были старые джинсы и клетчатая рубашка. В голубую и синюю клетку. Антон был босиком. Почему в такие минуты бросаются в глаза всякие ненужные мелочи?

— Ты? — удивился Антон. Или не удивился.

— К экзамену готовишься? — спросила Юля, отметив сарказм в собственном голосе.

— Я... Нет. Сдал сегодня...

— Сдал?! — крикнула Юля.

И со всей силы шмякнула Антона ладонью по щеке. Как в кино.

Как в другой, настоящей, взрослой жизни.

«Скорая» приехала мгновенно.

Максим, наслышавшийся историй о том, что в последние годы врачи-спасатели являются на зов страждущих все неохотней, начал вызов с того, что представился майором милиции. Хотя скромный Виригин никогда не любил пользоваться в быту служебным положением. Но справедливо, наверное, говорят: какое время — такие песни. И потом: очень может быть, что он последние дни — майор милиции. И теперь очень и очень долго не сможет воспользоваться служебным положением...

Ирине вкололи укол, погрузили на носилки, понесли к машине.

— Куда ее?

— В шестую больницу, коллега,— узнав, что муж Ирины — майор милиции, врач почему-то назвал его коллегой. Виригин спорить не стал.

— Можно, я с вами? — попросился Максим, хлопая себя по карманам: мобильник здесь, кошелек тоже... И сообразил, что не может ехать: надо Юльку искать.

— Сожалею, но нет, коллега,— отказал врач.— Да вы не волнуйтесь, ей уже ничего не грозит. Лучше завтра приезжайте.

В этот момент запиликал мобильник.

— Пап, я сейчас приду,— быстро сказала Юлька и отключилась.

Небо было голубое-голубое... ни единого облачка.

Юля плакала на груди у Антона. Прижималась к нему всем телом, обнимала его руками за плечи, за спину — крепко-крепко. Чувства, которые он сейчас испытывал, мало было назвать «противоречивыми». Они ведь даже ни разу не целовались. Он ощущал Юлю каждой своей клеткой, и душа, сразу рухнувшая в пятки, грузно ворочалась там, как потревоженный зимой в берлоге медведь.

Мысли о Юле путались с мыслями об убийстве, заглушали друг друга, а взгляд падал на письменный стол, заваленный учебниками и тетрадями, механически глотал какие-то формулы... И в результате в такой трагический и удивительный момент в голове вертелся холодный пустой сопромат.

— Ты как сдал-то? — спросила вдруг Юля.

— На четверку.

— И что? — беспокойно спросила Юля (вот женская логика! Нашла о чем тревожиться!).— Хватит для поступления?

— Должно хватить, если последний сдам на пять. Я отвечал-то сегодня... На двойку с минусом. Вообще не соображал. Круги перед глазами. Там два препода были в комиссии, которые меня по курсам подготовительным хорошо знают. И хотят, чтобы я поступил. А третий отошел как раз. Повезло. А эти спросили только, не наркоман ли я. Я сказал, что просто переволновался. Четверку поставили. Пожалели...

— Пожалели, значит... Антош, почему ты вчера мне не рассказал? — Юля шмыгнула носом и сменила тему.

— Испугался, Юль. Растерялся. Понимаешь... Я же первый раз...

— С почином. Зачем стрелял?

— Так вышло. Мы когда в комнату с ним зашли, я говорю — надо деньги вернуть. Он согласился.

— Прямо с ходу согласился? — недоверчиво переспросила Юля. Удивительным образом, понимая все, что произошло,— что она, Антон и отец могут быть теперь арестованы, что мама может загреметь в больницу (Юля не знала, что это уже случилось) — каким-то далеким фрагментом души она испытывала... нет, не удовлетворение... но какое-то странное чувство уважения и благодарности к Антону.

Как же так можно? Он же человека убил, столько народу подставил...

И несмотря на все это Юле захотелось поцеловать своего незадачливого друга. Сдержалась. И отстранилась — с трудом выбралась из тесных объятий.

— А что, под дулом-то пистолета... Он такой вежливый... да, говорит, ваша взяла, и не только сила, но и правда на вашей стороне... В секретер полез. А потом вынимает оттуда пистолет — и в меня. Я тоже от неожиданности нажал. Он и упал. Смотрю, не шевелится...

— И ты сбежал...

— Да. Он тоже мне в грудь попал.

Антон расстегнул рубаху. На щуплой груди багровел огромный синяк.

— Наверно, резиновая пуля...

Юля осторожно потрогала синяк.

— Отца теперь посадят, Антоша...

— Да я все понимаю,— торопливо согласился Антон.— Пистолет его, значит, он и убил. Юль, я уже все решил. Ночью, и потом после экзамена еще думал... Не переживай, я пойду и признаюсь. Скажу, что сам у вас пистолет взял, без спроса.

— Ага, из сейфа. И кто в это поверит?

Антон притих. Задумался.

— Надо с отцом посоветоваться,— предложила Юля.— Ты сиди здесь тихо пока, ладно?..

Дома Юлю ждал сюрприз. Мамы нигде не было, зато на кухне сидели за столом отец и два его сослуживца. Бутылка коньяка, сыр нарезан неровными ломтями, кривые кружки копченой колбасы, хлеб — не нарезан, а наломан... Сразу видна мужская рука.

— А где мама? — спросила Юля вместо приветствия.

— В больнице твоя мама,— опережая Виригина, ответил Любимов.— Довели вы ее...

Они с Роговым прибыли к другу по своей инициативе. Выслушав неловкую брехню Макса про какого-то дурацкого соседа-инвалида (уж кто-кто, а Василий с Жорой знали Виригина вдоль и поперек), они сделали вид, что поверили, а потом предприняли стремительное служебное расследование. Семена — тоже ведь не хухры-мухры, а боевой товарищ — расколоть особого труда не составило. Он лишь сожалел, что не может, по семейным обстоятельствам, присоединиться к делегации. Затарились в ближайшей «Пятерочке» и двинули в гости — без звонка.

— Садись, Юлия Максимовна,— предложил Любимов.

Юля присела.

— В больнице?..

— Сердечный приступ. А ты думала — игрушки все? Выпьешь с нами? — спросил Любимов.

Юля посмотрела на отца. Виригин сидел мрачный, никак не реагировал.

— А давайте,— решилась она.

— Наш человек,— одобрил Рогов и разлил коньяк в рюмки.

Чокнулись. Юля выпила залпом. Коньяк оказался не такой противный на вкус, как в прошлый раз, в парке на Крестовском... Отдает, конечно, бытовой химией, но в целом пить можно. И тепло приятное разлилось по телу. Стало легче. Интересно, как там Антон...

Юля оглядела скудный стол. Предложила:

— Может, приготовить что-нибудь?

— У нас все хорошо, Юлия Максимовна,— ответил Любимов, отправляя в рот кусок колбасы.— А вот у тебя не очень. Так что рассказывай...

— Что рассказывать?..

— Да все,— сказал Рогов.

И Юля все рассказала. О том, как встретила, сдав документы на факультет, маму с неприятным типом в бородке. О том, как предпочла на сочинении малопонятный буддизм Пушкину, и чем это закончилось. О мамином признании. О трех тысячах евро (на этом моменте Рогов ее перебил, вновь озадачившись вопросом о презрении к заслуженным североамериканским баксам, и успокоился лишь, услышав про «культурную столицу»). О расследовании, которое они предприняли с Антоном. Об обнаружении мошенника в «Мухе», о слежке. Об отцовском сейфе и пистолете.

Ну и, конечно, о том, что произошло вчера днем на Мойке, в двухстах метрах от смертного одра Александра Сергеевича.

— Ну, чего,— прокомментировал Любимов.— Картина ясна. Наливай, Василий Иваныч.

— И где сейчас твой Антон? — нервно спросил молчавший доселе Виригин.

— Дома сидит. Можно его позвать. Позвать?

— Не надо пока,— отказался отец.— Дураков здесь и так хватает.

— Пап, что ему будет?..

— Что... Под суд пойдет,— ответил Максим скорее в воспитательных целях. Было понятно, что если кому идти под суд — то, скорее, ему самому.

— Он же защищался! — воскликнула дочь.— Тот в него из резинового стрелял!

— «Из резинового» — хорошо сказано... Статей, Юля, знаешь, много... Если не за убийство, то за кражу оружия, за вымогательство.

— Пап, Антон же ради меня, помочь хотел,— Юля была готова разреветься.

— Умники, ничего не скажешь! — прокомментировал Рогов.— Расследовали, выследили, «замочили»... Акселераты, ёлкин блин!

— Рыцарь. Печального образа. Без страха и ума,— добавил Виригин.

— Но тот же сам преступник, людей обманывал! — жалобно заныла Юля.— Маму...

— Эх, Ирина, Ирина... — вздохнул отец.— Говорил я ей... И ведь обещала!

— Благими намерениями, Макс... — Любимов хлопнул друга по плечу.

— Да знаю. Делать-то что? — Виригин кивнул на Юлю.— Они ведь тоже при делах.

Юля все-таки разревелась. Кино в ее голове кончилось, уступив место грубой реальности.

— Маленькие детки, маленькие бедки... — блеснул цитатой Рогов.

— Иди спать, Юль,— велел Любимов.

Она глянула на отца.

— Умываться и спать! — повторил тот, не глядя на дочь.

Юля ушла. Любимов закрыл за ней дверь. Стоя в темном коридоре, Юля подумала, не подслушать ли, что говорят на кухне... Но тут же осеклась — хватит этих шпионских игр. Не стала.

И Антону не позвонила, хотя очень хотелось. Завтра позвонит.

— Ситуация критическая, но не смертельная,— рассуждал на кухне Рогов, разливая остатки коньяка,— учитывая, что убили «кидалу». Туда ему и... Прости меня, Господи.

— Я бы, Макс, на твоем месте на себя все взял,— припечатал Любимов, опрокинув коньяк в рот.

— Да это ясно, куда деваться... — вздохнул Макс.— Вот только как это выглядеть будет?..

— Смотри. Все логично. Мы с Васей конвойника «раскололи», и я тебе позвонил. А ты решил сам Лунина задержать. Один. Пришел к нему, представился, предложил пройти. Он — за пистолет. А тебе что оставалось? Необходимая оборона. Так ведь оно и есть, по существу...

— Ну, ты дал! — почесал голову Виригин.— А чего я вдруг один-то поперся?..

— Это ладно. Шило в жопе... Бывает,— рассудил Рогов.— А вот чего же ты не доложил? Это серьезнее...

— Испугался он,— подсказал Любимов.

— Детский лепет,— возразил Виригин.— Никто не поверит.

— Плевать. Морду ящиком и стой на своем. Ты на хорошем счету — прокатит.

Виригин задумался.

— Какую-нибудь статью все равно подберут,— настаивал захмелевший Вася.— Человека убить — не «ствол» посеять.

— Или на пенсию отправят,— предположил Жора.— Здесь фифти-фифти... Чем-то придется жертвовать.

— Макс, я бы не «вписывался»,— продолжал Рогов.

— Вась, лучше, чтоб жену с дочкой осудили?.. Ты гонишь уже,— Любимов отобрал у Васи бутылку.

— А жену-то за что?..— не понял тот.

— За что... За взятку, олух. Короче, Макс, там сегодня Семен компьютер сломал. Отверткой куда-то там в щель двинул, все задымилось... Так что, если к утру созреешь, признание будет раньше, чем экспертиза...

Виригин проводил друзей во двор. Роскошный закат заливал небо, будто кипело-пенилось жидкое золото. Лет двадцать назад, вот в такую же белую ночь, Максим впервые поцеловал Ирину.

Сегодня он не ложился. Выкурил остававшиеся полпачки четвертого «Кента». Если бы сигареты не кончились, смолил бы еще.

Он вспоминал, как выглядела тогда Ирина, и понимал, что она очень похожа на Юльку. Вернее, наоборот — Юлька на Ирину. Если вырядить дочь в то белое платье колоколом, что было тогда на Ирке... Неужели он это помнит?! А ведь и впрямь помнит!.. И если сделать ей такую же прическу, конский хвост...

Мода меняется, нравы меняются. Виригин смотрел в окно. Заря зарю сменила, и настоящая белая ночь разыгрывала на небесах свою феерию.

Мода меняется, нравы меняются, песни другие, книги другие...

А белые ночи над городом — те же.

И при Петре, и при Пушкине.

И ведь в войну та же сияла красота, в блокаду: природа равнодушна к человеческим страданиям...

Интересно, что у Юльки с Антоном. Насколько далеко... Она защищает его, как... Как своего мужчину.

С Антоном этим, чтоб его, все же придется встретиться. С утра пораньше. Подробности выведать. Чтобы не путаться там в показаниях — в незнакомой квартире на Мойке.

— Вот тебе водка, помидоры... Пельмени.

— Самые дешевые выбрала, нах!

— Шел бы ты, знаешь... Может, тебе еще слепить надо было? Собственноручно? Кто ты такой мне, вообще? Скажи спасибо, что приехала...

В поселке Горелово природа отказала Кедрову в зрелище белой ночи. Казалось бы, совсем близко от города, но в Питере царила волшебная погода, а здесь еще днем начало моросить, а к вечеру дождь хлестал — как из ведра.

И настроение у Кедрова было — мрачнее погоды. Лунина перед отъездом услышала в телевизоре, что охранник тот — от ранений скончался. Ч-черт. Теперь он, Кедров,— убийца. Оно, конечно: что побег с покушением плюс к восьмерке, что убийство — разница уже невелика. Но все же...

— А ты мне мозги не пудришь? Насчет майора? А то, бля, смотри... — и Кедров покачал перед носом Луниной стволом «макарова».

— Не пугай — пуганая,— Лунина, не моргнув глазом, отвела рукой ствол.— Точно, он убил. Виригин. Сегодня дома следственный эксперимент проводили. Он сам все рассказывал и показывал.

— На хрена ж он Рому-то?

— Говорит, задерживать пришел. Они ведь вертухая, который тебе «ствол» передал, повязали, а тот Рому сдал.

— Думаешь, и деньги мент взял?

— Конечно. Иначе зачем он один приперся?.. Говорю, сейф нараспашку был.

Лицо Кедрова выдавало напряженную умственную работу. Что-то ему в этой истории не нравилось, он не мог понять — что именно.

— Сообразил майор, что всё бабло у Ромки,— пояснила Лунина,— ну и приперся. Выпытал, где сейф, а после убил и обставился. Ясно все.

— Что майору-то светит? — Кедров взял со стола бутылку, повертел, поставил назад.

— Да ничего! Они своего не посадят, а деньги наши с концами. «Распилят» там у себя в ментуре, козлы...

— Сколько там было?

— Твоих полтинник и наших штук тридцать.

— Волки позорные... И паспорт, значит, того... Чего же мне теперь делать, Лизка?

Голос Кедрова вновь стал очень недобрым. Лунина притворно сочувственно вздохнула и пожала плечами.

— Мне Ромина тачка нужна,— попросил Кедров.— На пару дней.

Лунина нехотя кивнула.

— И адрес майора,— добавил Кедров.

— Как же я узнаю?

Кедров молча сунул ей под нос ствол.

Лунина поморщилась:

— Убери пукалку, дебил.

— Да я шучу, Лизка. Убрал уже,— Кедров расплылся в кривой улыбке. Вдруг он ухватил Елизавету широкими ладонями с короткими заскорузлыми пальцами за обе груди, стал мять через платье. Когда-то эти упругие, пятого размера груди очень ему нравились. Много лет, правда, минуло с тех пор. Но, с другой стороны, попробуйте поскучать десять дней в закрытой избе... И год в «Крестах»...

— Дурень, нашел время,— поморщилась Елизавета и хотела оттолкнуть Кедрова, но подумала, что можно, в общем, и не отталкивать. Чего уж там.

Все дело заняло у Кедрова и Луниной не более трех минут. Расстались они недовольные друг другом.

— Ладно, мужики... — вздохнул Макс.— Иду к Шишкину. За приговором.

— Давай! — отозвался Рогов, не отрываясь от писанины.

— Удачи! — добавил Любимов.

— Да чего уж удачи... Поздно. Все же решено. Осталось только результат узнать...

— Ну, узнавай иди. И возвращайся.

— С меня в любом случае простава.

— Давай-давай... Ждем.

— В горле уже пересохло.

В двери Виригин столкнулся с раздраженным Егоровым. Тот, сверкая глазами, буквально ворвался в кабинет. Остановился перед столом Любимова, раздраженно выпалил:

— Еще раз так пошутишь, я из тебя самого Гудона сделаю... Эрудит нашелся!

— А что, не помог? — удивленно поднял честные глаза Жора.— Странно. Вроде всем помогал...

Егоров скрипнул зубами, но на новую провокацию реагировать не стал.

— Ладно, проехали... Слушай, вот доцент один... Хомко. Узнай, что за фрукт.

— Видел я где-то такую фамилию... А зачем он вам? — Любимов взглянул на визитку и едва заметно улыбнулся уголками рта.

— Помочь обещал.

— Племянницу в «Муху» пристроить? — с пониманием спросил Любимов.

— Я же говорил... А что делать, что делать,— вдруг раскипятился Егоров.— Ну, не поступит она, и что с ней делать?

— Не поможет вам доцент Хомко. Гудон скорее поможет...

Лицо Егорова начало краснеть, а сам он — надуваться, но Любимов успел предупредить взрыв:

— Вась, достань-ка кедровские визитки. И фотки. Смотрите, Сергей Аркадьевич...

— Ну! — посмотрел на фотографии Егоров.— Жмурик. Что я, трупов не видал?

— Да посмотрите внимательно,— Рогов будто бы даже обиделся на пренебрежительного жмурика.— Похож?..

— На кого? — пялился в фотку Егоров.

— Это же доцент ваш, ёкарный лещ!

— Да ну! Тот с бородой был. И с усами. Ну-ка, ну-ка... Точно ведь он! И кто же его завалил? Студенты? Рогов с Любимовым переглянулись.

— Да так... один человек хороший.

— Некстати,— огорчился Егоров.— Кто же теперь поможет?

Ответ вертелся на языке у Жоры, но он сдержался.

Поднимаясь на третий этаж к Шишкину, Виригин вдруг остановился передохнуть. Устал. Не от жизни устал (все мы от нее устали, каждый может выдать проникновенный монолог о каком-нибудь «космическом одиночестве» или вроде того; так что жаловаться грех). Не от событий последних дней (от них — понятно). А вот просто — по лестнице подниматься... Как... как пенсионер.

Виригин встрепенулся, сбросил секундную слабость и бодро прошел в кабинет начальника.

— Разрешите?

— Привет, Максим, заходи. Присаживайся. С прокуратурой сегодня говорил.

— И что там?

— По убийству Лунина дело прекратили. Необходимая оборона. А вот с должностным... — Шишкин развел руками.

— Возбудили? — спросил Виригин.

— Возбуждают. Как им ни доказывал... — Лицо у Шишкина было виноватое, хотя, на самом деле, он и так добился очень многого.— Рогом уперлись — должен был доложить, вызвать группу, а не линять с места происшествия.

— Ничего, Палыч! Все нормально.

— Погоди ты, не все! Есть еще статья шесть УПК. В связи с изменением обстановки. То есть на пенсию. Тогда дело могут прекратить.

Виригин так и чувствовал про пенсию. Почти уверен был. Не признавался себе впрямую — из внутреннего суеверия, что ли. Потому что оно хоть и не слишком радостно, но в целом — благоприятный исход.

— Я готов,— просто сказал он.— Листок дай, пожалуйста.

Шишкин пододвинул бумагу и ручку. Виригин написал рапорт. Вот и все. Пять минут. Он свободен.

Почти свободен.

Дело прекратят, можно не сомневаться. Виригин, действительно, на хорошем счету. Врагов, во всяком случае, у него точно не было.

— Пенсия? — хором спросили Рогов с Любимовым, когда он вернулся.

— Угадали... — усмехнулся Виригин.

— Не самый плохой вариант.

— И чем займешься? — поинтересовался Любимов.

— Ну... для начала, я думаю, по паре пива. А там — действуем по обстоятельствам.

— Хороший план! — одобрил Жора.

— Продуманный, выстраданный,— добавил Вася.

— Сейчас, только дочке позвоню... — Виригин снял трубку.— Юль, привет. К маме собираешься? Скажи ей — я с утра буду. А так передай: все закончилось нормально... Ну, так. Подробности потом. В целом — нормально... Все, мужики, я готов!

— Надо же, он готов,— возмутился Рогов.— Пенсионер! Между прочим, до конца рабочего дня еще пять минут...

Уже когда выходили из главка, Любимов спросил:

— А анекдот тебе Шишкин не рассказал? Про Стошу?..

— Про кого?!

— Не рассказал, значит... Нам рассказал сегодня. Говорит, тогда еще хотел рассказать, в день побега Кедрова... Но забыл.

— А теперь вспомнил! — поддержал игру Рогов.— Запал, значит, в душу Палычу анекдотец!

— Хотя, казалось бы...

— Да... ничего, казалось бы, особенного.

— Ну не томите! — возмутился Виригин.

— Короче, звонок на радио: «Вы не могли бы передать песню про Стошу Говнозада?» А они там, на радио, точно как ты: «Про кого-про кого?..»

— Так про кого же? Кто это?..— не понял Максим.

Рогов и Любимов захохотали и пропели нестройным дуэтом:

— «Сто ша... гов назад... на цыпочках счастья...»

«Все закончилось нормально».

Юля не знала в подробностях, что имел в виду отец, но главное ясно. Страхи позади. Мама тоже обрадовалась. Ей еще с утра стало лучше, а от Юлиного сообще-

ния — и, может, еще от огромного букета гладиолусов —
она окончательно пришла в себя. Врач пообещал, что
Ирину выпишут домой буквально дня через два-три.

В общем, жизнь налаживалась.

Юля спешила к метро. Она немножко опаздывала:
у Дома кино на Караванной улице ее ждал Антон. Он
вычитал в журнале, что там идет комедия про мошенников, орудующих в разных городах — в Москве, в
Берлине, в Стамбуле и, кажется, в Париже. Посмотреть в конце этой ужасной истории комедию про мошенников — отличная мысль!

Впрочем, не все были согласны, что история закончилась и тем более — «закончилась нормально».

Сергей Федорович Кедров стоял у лунинского
«фольксвагена» на безлюдной улице, которая тяну-
лась вдоль больницы, и подбрасывал на ладони ключи. Окликнул Юлю:

— Девушка, извините, вы из больницы?

— Из больницы,— дружелюбно ответила Юля.

— А по каким дням здесь впускают?

— Кроме вторника и четверга, в любой день.—
Юля приближалась к мужчине ближе и ближе. Интуиция, «расколовшая» Лунина, здесь не сработала.

— А время?..

— С десяти до шестнадцати.— Юля подошла к Кедрову вплотную.— Но на самом деле там вот в заборе
есть дырка, и...

Кедров предъявил черный пистолет. Ствол уткнулся Юле в живот.

— Пикнешь, пришью, нах... Быстро в тачку.

Юля остолбенела от ужаса. Не могла пошевелить
ни рукой, ни ногой. Даже если бы она решила выпол-
нить приказ мужика, то ничего не получилось бы.
Ступор.

Кедров свободной рукой схватил девушку за волосы и потащил в салон.

Оцепенение спало, Юля закричала что есть мо-
чи, стала вырываться. Кедров ударил ее в лицо тя-

желой рукой, в которой был зажат пистолет. Юля рухнула на заднее сидение и лягнула Кедрова ногами.

Пистолет выстрелил.

Пуля вошла в плечо девушки. Все перед глазами стало отчаянно красным. От адской боли Юля потеряла сознание...

Кедров выругался, прыгнул на водительское место, «фольксваген» взревел и скрылся за поворотом.

И в ту же секунду с другой стороны тихой улицы появился милицейский патруль.

Патруль искал пьяных.

Парой пива на брата и ограничились — на скамейке у фонтана в Таврическом саду. Дальше как-то «не пошло». В самом парке в кафе водка дорогая, в магазин бежать далеко. То есть сбегали бы, конечно, под настроение, но настроения-то не было...

Виригин и впрямь как-то устал. Захотелось домой. Спокойно посидеть, обдумать планы на жизнь, которая с завтрашнего дня станет совсем-совсем другой.

Формально он еще неделю будет ходить на службу, сдавать дела. Но можно уже не спешить появляться вовремя, можно не вздрагивать от телефонных звонков — на происшествие его уже не сдернут.

Грустная будет неделя — в одних кабинетах с близкими людьми, из ритма жизни которых ты выпал. И рядом вроде бы с ними, а на самом деле — бесконечно далеко.

Юльки дома не было. Ах да, она же собиралась в кино. С этим дурачком Антоном. Ничего, кстати, оказался парнишка.

Максим потрогал обои, посмотрел на стены и потолок. Решил в ближайшие же дни заняться ремонтом. На серьезный денег нет, а косметический сделать — самое время. Пока не определился с новой работой.

Да, о новой работе надо будет уже завтра потихоньку начать кумекать...

Хоть и думал Виригин, что не придется больше вздрагивать на телефонные звонки, а — вздрогнул. Сразу почувствовал: нехороший звонок.

— Слушаю,— произнес пересохшим, не своим каким-то голосом.

— Виригин? — уточнил кто-то незнакомый.

— Кто это?

В трубке хмыкнули.

— Моя фамилия Кедров. Слыхал, наверное?

Та-ак...

— Ну, слыхал... Сдаться хочешь?

— Шутник, бля,— хмыкнул Кедров.— Слушай, шутник, твоя дочь у меня.

— Что-о? — не было ни капли сомнений, что Кедров не врет. Как же это...

— Сама она мне не нужна, не бойся. Я деньги хочу вернуть.

— Ты сдурел! — взорвался Максим.

— Спокойно, майор... Ты же, когда в Рому стрелял, не нервничал. А Рома, между прочим, мой кореш. Он мне, как дочь...

Кедров мерзко рассмеялся.

— Я в него не... — начал Виригин и осекся.— Какие еще деньги?

— Мои кровные. Мне чужого не надо. Восемьдесят тысяч баксов.

— Откуда они у меня?

— Из Роминого сейфа.

— Я не брал,— машинально ляпнул Макс. Сообразил сам, что глупо прозвучало. Будто он перед бандюганом отчитывается, словно перед начальством.

— Дурку не гони... Завтра не будет «лавэ» — с соплячкой своей прощайся, нах. Заметь: мы с тобой по одним правилам играем.

— Понял,— Максим постарался взять себя в руки.— Только там не было восьмидесяти. Шестьдесят с копейками.

В нем проснулся оперативник. Затянуть разговор, озадачить противника, сбить его со сценария... Может неожиданно сработать.

— Врешь, мусор!!

— Чего мне врать-то? В моем-то положении... Где я тебе найду больше?

Кедров помолчал, подумал. В том, что Лизка могла втихую «срезать» из сейфа двадцатку, он ни на секунду не сомневался. И вообще — не до торговли сейчас. Линять надо срочно. И майора крутить, пока горячий...

Виригин в это время набрал свободной рукой SMS-ку Любимову: КЕДРОВ ЗВ. МНЕ И ЧЕРЕЗ 2 МИН. ЛУНИНОЙ. ПРОСЛУШКА! Он знал, что у Любимова в техотделе — близкие друзья. Конечно, нужно, чтобы они оказались на смене, чтобы Любимов сразу дозвонился... Шанс невелик, но...

Надо попробовать подержать урода на линии.

— Слышь, майор. Допустим, ты не гонишь...

— Ну, правильно... Завтра встречаемся? Где? У меня деньги не дома, надо еще смотаться за ними.

— Еще не все. Паспорт мой вернешь и кордон с Белоруссией поможешь пересечь.

— С Белоруссией? — переспросил Виригин.— А чего там пересекать-то?.. Сейчас там даже документы не проверяют.

— На всякий случай. Я все-таки в розыске, поэтому с тобой надежней. Кстати, имей в виду, Юля себя неважно чувствует, так что поторопись...

— Что с ней?!

— Жить будет, нах. Но болеет, майор, болеет. Сама виновата. Все, завтра перезвоню. До одиннадцати смотайся за баблом, а потом жди дома... майор.

Короткие гудки.

Виригин обессилено опустился на стул.

Любимов мгновенно дозвонился в техотдел, друзья его оказались на месте, но...

Усилия оказались тщетными.

Во-первых, прослушка номера Виригина оказалась невозможной — там стояла защита. Максим и забыл, что несколько лет назад, во время последних губернаторских выборов, когда силовые структуры играли за разных кандидатов, всем сотрудникам главка защитили домашние телефоны. А снимать потом защиту в голову никому не пришло. Так что подключиться к виригинской линии можно было только из его квартиры.

Во-вторых, Луниной Кедров действительно тут же попытался позвонить с предъявой, но на новый телефон, который в «убойном» не знали. Телефон оказался отрублен. «С-сука»,— ругнулся Кедров, но на домашний и на старый мобильный перезванивать не стал. Поосторожничал.

Он спустился в подвал проведать пленницу.

Юля валялась на охапке сена и тихо постанывала. Начала потихоньку приходить в себя. Руки и ноги пленницы замотаны скотчем, рот заткнут кляпом, но Кедрову все равно было удобнее, чтобы девушка оставалась в бессознанке.

Он достал шприц, сделал ей укол...

Еще раз набрал номер Луниной.

«Абонент заблокирован...»

— Поймаю, разблокирую — мало не покажется,— зло пробормотал себе под нос Кедров.

— Смотри, Макс, снова в строю,— попытался подбодрить Виригина Шишкин.— Я уж думал, не поработаем больше вместе...

Его показная бодрость отклика не нашла. Все промолчали. Рассеивая неловкость, Виригин коротко ответил:

— Последний раз, Палыч.

Боевой штаб в силу обстоятельств обосновался на опустевшей виригинской квартире. Семен сидел около телефонного аппарата, подключенного к записывающей технике и АОНу. Шишкин шептался с Любимовым.

— Как там жена Лунина?..

— Да ничего. Про деньги, типа, не знает. Кедров ей якобы звонил, тоже спрашивал. Где он — без понятия. В глаза врет.

— Все она знает, зараза...

— Знает, конечно,— кивнул Любимов.— Вот говорит, что Кедров ей домой звонил, а прослушка не засекла. Значит, у нее еще одна трубка есть. Но предъявить ей пока нечего. Но ничего — Васька и Игорь ее дожмут...

— Я с банком договорился насчет денег,— повернулся Шишкин к Виригину.— Они на пару дней дадут в долг.

— Спасибо...

Зазвонил телефон. Семен повозился с приборами и кивнул. Максим снял трубку.

— Слушаю.

— Максим, это я,— послышался голос жены.— А ты что, не на работе?

— А, Ириш... Привет. Перекусить заскочил.

— Юлька говорит, у тебя все нормально? Правда?..

— Ну. Практически... Лучше, чем думал. Я приду завтра, все расскажу. Сегодня не получается, извини. Ты-то как?

— Да все отлично уже, я домой готова. Врач не пускает. Говорит, еще день, два...

— Ты врача слушай! — испугался Виригин.

— Я слушаю... Дай мне Юльку.

— Она к подружке ушла...

— А... хорошо, я перезвоню. Целую.

— Целую, Ирёныш!

Виригин положил трубку, вытер пот со лба. Кедров обещал проявиться после одиннадцати. Шел уже второй час дня: звонка не было.

— Смотри,— Шишкин вытащил из портфеля карту,— я тебе план принес. Подробный, гаишный. Поедешь до Белоруссии по ювелирным маршрутам...

— Да чего там — трасса и трасса,— пожал плечами Макс.— Я так прикинул, доберемся часов за семь-восемь... Можно бы быстрее, но на моем драндулете...

— Недалеко, в принципе,— согласился Любимов.

В этот момент вновь пробудился телефон. Семен понажимал кнопки, кивнул Виригину. Тот прокашлялся, снял трубку.

— Слушаю.

— Виригин? — Голос Кедрова смешивался с шумом улицы. Видимо, он звонил из автомата.

— Ну, а кто еще? Дай с Юлей поговорить.

— Не выйдет. Она в отрубе.

— Она жива?!

— Пока — да,— усмехнулся похититель.— И почти здорова. Не ссы, я свое слово держу! Снотворняк ей вкатил. Бабло у тебя?

— У меня.

— Молоток. А паспорт?

— Вот, в руках держу...

— Держи крепче, нах,— хохотнул Кедров.— И подъезжай через два часа к площади Победы. Вылезай из тачки и маячь там сусликом. Я тебя узнаю.

— Сам ты суслик...

— Заткнись. Мы с тобой, мент, одного поля ягода. И не вздумай в войнушку играть. Без меня вы ее не найдете.

В трубке раздались гудки.

— Сволочь! — сплюнул Виригин.

Помимо всего прочего, ему не нравилось, что Кедров считал его равным себе. И с этим человеком ему предстояло провести в машине семь часов...

— Звонок с Балтийского вокзала, из автомата,— сообщил Семен.

— Хочет, чтобы я через два часа на площади Победы был,— Виригин в бессилии опустился на стул.

Шишкин посмотрел на часы:

— Так, я двинул в банк. Жора — бери мою машину и пулей на границу... А ты, Максим, главное — не волнуйся. Все идет как надо... Или почти как надо.

Виригин припарковался напротив гостиницы «Пулковская». Вышел из машины, закурил. Кедров опаздывал. Скорее, наверное, не опаздывал, а осматривался на местности, искал «хвосты».

Макс сообразил, что забыл взять в дорогу воды. Путь неблизкий. Пошел к лотку у входа в «Пулковскую». Кедров наверняка следит за ним. Что ж, пусть следит.

Стайка японских туристов, жужжа во все стороны видеокамерами, вышла из автобуса и двинулась к отелю. Маленькая японка в серебристом плаще выспрашивала у гида, отчаянно коверкая русские слова:

— Правда ри говоррят, сито Петеррбург — криминаррьная сторрица России?..

— Неправда,— деликатно улыбался гид.— Это выдумка досужих журналистов и авторов телесериалов. Санкт-Петербург — культурная столица.

Возле машины стоял Кедров. Виригин, не торопясь, подошел. Они впервые увидели друг друга.

— Здорово, майор... Нас тут не обложили? Не советую.

Виригин промолчал.

— А мне водички не купил? Ни копья, веришь ли...

Виригин так же молча дал Кедрову деньги. Кедров вразвалочку сходил к ларьку, вернулся с водой.

— Паспорт принес?..

Виригин достал из кармана документы и отдал Кедрову. Тот полюбовался на свою физиономию.

— Красавец... Последний подарок от Ромы с того света. Хороший был мужик, нах. А ты его, майор, куку... Я-то твою дочку пожалел — цени. Бабло где?

— В машине,— впервые открыл рот Максим.

— Ну, загружаемся...

Виригин сел за руль, Кедров — на заднее сидение. Там он пересчитал деньги.

— Отлично, майор... А говорил — не брал. Ну-ка, грабли поднял по-быстрому...

Кедров шустро и грамотно обыскал Виригина.

— Нормалек. Не в обиду, майор, я тебе тридцатку потом отдам, нах, когда разменяем... Ксиву свою ментовскую взял?

Виригин кивнул.

— Неразговорчивый ты... и хорошо. Чтобы всем гаишникам вместе с правами предъявлял, понял?

Виригин снова кивнул.

— И хер ли ты стоишь, если понял? Вперед, к братским бульбашам!

— Где Юля?

— Как только в Белоруссии будем, назову место. Мне крысятничать незачем. Может, еще и сведет нас судьба, чего ссориться. Я, майор, по понятиям, бля. Если только сам все не испортишь...

Виригин резко надавил на газ.

Вскоре он выбрался через пробки на Е-95 (раньше так называлась дорога на Москву; теперь классификация изменилась, и этот прославленный в песне номер достался белорусской трассе) и развил предельную скорость.

Не то чтобы Виригин сильно любил быструю езду, скорее, нет. Но скорость дарила ему один важный эффект: улетучивались из головы мрачные мысли. Словно ветром выдувало. Проблемы, правда, оставались.

Очнувшись, Юля долго не могла сообразить, где находится. Почему так темно вокруг. И почему ей так трудно дышать. И почему не слушаются руки и ноги...

Может быть, она еще спит?

Потом все вспомнила. Рванулась. Руки пронзила резкая боль, но кляп во рту ослаб. Долго жевала противную вонючую тряпку, боялась, что стошнит. Наконец, кляп выпал.

Некоторое время думала, закричать или нет.

Если враг рядом, будет только хуже.

Жутко болело плечо.

В конце концов, решила, что надо действовать. Для начала все-таки закричать. Но крик получился слабеньким-слабеньким... утонул в темноте...

А папа, мама... А Антон... Знают ли они, что с ней случилось?

Антон, отчаявшись дозвониться по телефону, долго стучал в дверь квартиры. Бесполезно. Спустился во двор. Окна квартиры Виригиных были темны. Что их, в тюрьму всех забрали? Пометавшись с полчаса по двору, он отправился домой. Завтра — решающий экзамен. Хоть одно дело нужно довести до конца.

Ирина в этот момент тоже терзала телефон — на столике дежурной сестры. Стенные часы показывали без двух двенадцать. Дома никто не берет трубку. Телефон сломался? Может быть, конечно...

Мобильник Максима отключен. Деньги на счету кончились?

Что-то не так.

Минутная стрелка равнодушно перескочила на полночь.

Ирина схватилась за сердце...

А Виригин выжимал, что мог, из старой своей колымаги. Спешил приблизить развязку. Но кое-где трассу ремонтировали, дорога сужалась до одной полосы, дважды или трижды зависали в пробке, полчаса стояли практически без движения, потом еще минут сорок, в других случаях поток машин полз со скоростью беременной черепахи, и все это доставляло Максиму буквально физическую боль. Словно отзывались в нем страдания Иры и Юльки.

Было ясно, что ни за семь часов, ни даже за восемь до финиша не добраться.

И каким он еще будет, финиш?..

Хорошо хоть попутчиком Кедров оказался не вредным. С разговорами не лез, на пробки не раздражался, проявляя какое-то едва ли не философское терпение, сидел себе тихо на заднем сидении, поглядывал подозрительно назад и по сторонам, иногда что-то насвистывал.

Вот только сейчас решил немного пройтись «по душам».

— Я ведь по масти не «мокрушник», майор. Я человек интеллигентный. Знаток человеческих душ.

— Это ты в суде доказал. Знаешь, что умер конвоир-то?..

— От кого слышу! — воскликнул Кедров.— Ты, нах, что ли, ангел? А у меня так карта легла. Обрати внимание, какой я деликатный. Девчонку твою... аппетитную — не тронул ведь. Пожалел цветущую юность. Нет, напрасно ты меня не ценишь, майор...

— Ценю... — Макс старался держать себя в руках.

— Что ж мне, сидеть прикажешь? Ну ты даешь! Сам-то не стал садиться... «Отмазали» тебя. А я не мент — самому «отмазаться» пришлось... Ладно, я подремлю немного. Учти, майор, я чутко дремлю.

На трассе Виригина не тормознули ни разу. Гнал он что есть сил, но на предупредительные сигнальные огни встречных доброжелателей, оповещавших о засевших в кустах ребятах с радаром,— реагировал оперативно, скорость сбрасывал. И сам, углядев, язык сломаешь, гаишников-гибэдэдэшников, добросовестно подмигивал встречным.

Водительская солидарность — правило номер один. Ты помог — тебе помогут.

Так что первый и единственный раз документы пришлось предъявлять на российском кордоне.

— Доброй ночи! — поприветствовал Виригина прапорщик-погранец.— Документы, пожалуйста...

— Здравствуйте... — как и договаривались, вместе с паспортом Максим протянул служебное удостоверение. И опять пронзила неотвязная мысль: в последний ведь раз, наверное, пришлось им воспользоваться.— Свои...

— Багажник откройте на всякий случай, товарищ майор. Инструкция...

Виригин вышел из машины... Кедров наблюдал за происходящим через заднее стекло. Ничего не видел, кроме поднятой крышки багажника. Если эта сука

Виригин что и затевал, то логичнее всего валить его прямо здесь. На заставе у Кедрова шансов — сильно меньше нуля. Но не дурак же он, этот Виригин... Дочь ведь...

Вот, нормалек, возвращаются.

— Счастливого пути! — козырнул пограничник.

Белорусский контрольно-пропускной пункт находился буквально в пятистах метрах. Впрочем, стражи братского народа не проявили к машине никакого интереса, просто рукой махнули...

— Надо же, какие бульбаши ленивые,— усмехнулся Кедров.— А если мы гексоген в багажнике везем?.. И наши тоже странные. К своему майору полезли. Перемешалось все...

— Мы в Белоруссии, Кедров,— перебил Виригин своего спутника.— Адрес говори. Где Юля?

— Щас, две минуты,— кивнул тот.— Еще немного проедем. Сейчас налево. На проселочную. Метров через сто останови, но движок не глуши.

Виригин подчинился. Затормозил. Кедров достал пистолет и приставил его к затылку Виригина.

— Теперь выходи, майор.

— Что-то ты не то делаешь, земляк...

— Всё то,— хмыкнул Кедров.— Выходи, бля. Не обману.

Макс вышел, Кедров — за ним. Держа Виригина под прицелом, мошенник забрался на водительское место, закрыл дверцу, опустил стекло, тронулся вперед.

— Где Юля?! Сволочь!

— Запоминай, майор. Горелово, Парковая, дом семь. Захочешь — найдешь. Спасибо за компанию...

И газанул. Автомобиль растаял в ночном тумане. Три секунды — и красные огоньки пропали из виду.

Виригин включил мобильник, набрал номер:

— Алло, Палыч! Горелово, Парковая, семь!

Отъехав еще с километр по проселку — как говорится, по «волчьим тропам» (пригодилась гаишная карта, которую глазастый Кедров заметил в пути и отобрал у Виригина) — беглец с паспортом на имя Могилева свернул в лес и остановился.

Витебская область — не Питер, белые ночи «не действуют», но заря в этих краях и в это время года начинает заниматься рано. Первые просветы забрезжили на небесах, словно в стакан чая капнули несколько капель молока: вроде бы мало они влияют на общий цвет, но что-то неуловимо уже изменилось. Березы еще не белые, но уже не сливаются в сплошной темный массив, а выделяются из фона резкими стройными тенями. Даже какая-то ранняя птица негромко крикнула в кронах. Или почудилось?..

Кедров нагнулся, опустил ладони в траву-мураву, и росы в пригоршне оказалось столько, что хватило вымыть лицо.

Всё, вот она, свобода. Из Белоруссии он выберется без проблем.

Кедров со вкусом потянулся, суставы блаженно хрустнули... какое счастье — после нескольких часов, проведенных в тесном салоне.

Но все же в салоне.

А что должен чувствовать человек, согнувшийся в три погибели в багажнике?

Он (багажник, а не человек) распахнулся, и ошеломленный Кедров увидел перед собой дуло автомата Калашникова, перекошенную от злости рожу и услышал сиплый крик:

— Руки на капот, быстро!..

Не на капот — в карман руку Кедров сунул мгновенно, а зря...

Рогов знал, что враг вооружен «макарычем», и имел от начальства не то что разрешение — прямой приказ стрелять на поражение.

Вася дал короткую очередь, пули пересчитали фаланги на кисти Кедрова, не зацепив при этом остальной организм.

Второй раз такой фокус он вряд ли повторил бы...

Всю ночь Юля то теряла сознание, то приходила в себя — и то, и другое как бы наполовину. Призрачное такое состояние между небом и землей.

То морда какого-то чудовища с оскаленной пастью склонялась над ней, лез из пасти грязный толстый язык, текла кровь, лапы тянулись к горлу, и Юля в ужасе зажмуривалась.

То ей слышалось в сене мягкое шебуршание, и с дикой мыслью «мышь!» — а мышей Юля боялась больше всего на свете, возможно, даже больше чудовищ,— она, наоборот, широко распахивала глаза.

То ей виделась привольная гладь Невы, полная белоснежных кораблей и алых парусов, и взлетающий над рекой в диком скоке «медленный» всадник, только вместо Петра коня держит под уздцы Антон, а оставленная змея превращается в собачку и обиженно тявкает с постамента.

То вообще буддисты в оранжевых кришнаитских одеяниях, потрясая какими-то огромными африканскими бубнами, хороводят хоровод вокруг памятника Пушкину на площади искусств и поют: «Феличита...»

Саднило плечо, а особенно сильно хотелось пить.

Наверху в темноте послышались какие-то звуки, человеческие голоса, шум... Либо это последняя галлюцинация, либо спасение.

Шваркнуло вверху что-то металлическое, грохнул люк, луч фонарика заметался по стенам.

Шишкин первым подбежал к Юле, принялся осторожно разрезать скотч, приговаривая почему-то шепотом:

— Все кончилось, доченька... Потерпи.

«Все кончилось,— равнодушно подумала Юля, вновь теряя сознание.— Уже говорили ведь, что все кончилось, а потом опять все началось...»

Золотые облака лизали перламутровое северное небо. «Скорая» новехонькая, с иголочки, ослепительно белая, с нарядным оранжевым фонарем. Это и впрямь была свежая машина — сегодня у нее был второй всего или третий выезд.

— Кость не задета, ранение навылет. Организм сильно ослаблен, но девушка молодая, вытянет. Опасности для жизни нет,— спокойно сказал врач и сел в машину.

Шишкин вытащил мобильник:

— Максим... Все в порядке, нашли... Нет, никого больше не было. Да, да... Ну, куда, в больницу отправили. На всякий случай... У вас как?.. Понял...

Макс сидел на дороге, смотрел пустым взором то в лес, то на небо. Вертел в руках мобильник. Перевел взгляд на него. Уставился, словно видел впервые: что это за штука такая...

С тихим шипением подъехал автомобиль. Его, виригинский, автомобиль. Открылась дверца, вылез Рогов, согнутый в букву «зю».

— Нашли Юльку?..

— Да,— устало отозвался Виригин.— Этот-то где?..

Рогов кивнул на багажник:

— Мы с ним местами поменялись.

Он рассмеялся нервным желчным смехом. И тут же схватился за поясницу.

— Вот, черт! Устроили вы мне... Как бублик в хлебнице...

Птицы уже курлыкали вовсю, приветствуя пробивающееся сквозь туман солнце.

— Дывись, Васыль,— сказал Виригин.— Птицы заграничные, а поют — ну прямо, как наши...

Вася прислушался:

— Да ладно, Макс, это наши и есть. Союзное государство!

— И то верно,— кивнул Виригин.

— Поедем, что ли?.. Только учти, Максим Павлович, потому как я есть травмированный, мне надо часто совершать физическое упражнение. Так что при-

дется нам останавливаться у каждой шашлычной, где
я буду осуществлять прогулку, а также, может быть,
принимать на грудь... Так что поедем не торопясь.

— А мне теперь, Вася, торопиться некуда. Я на пенсии.

Виригин не спеша поднялся и пошел к машине.

P. S.

Елизавета Лунина вышла из здания банка, остановилась под вывеской «Индивидуальные сейфы», оглядываясь по сторонам. Вроде все спокойно. Прижав
пакет с деньгами, направилась к машине. Держать
деньги в банке рискованно, при желании могут «вычислить». Кедров наверняка сдал ее ментам. Надо пе-
репрятать в более надежное место.

— Здравствуйте, Лиза... Моя фамилия Любимов,
если забыли... Можно посмотреть, что у вас в пакетике?..

Право на защиту

Каждый год в конце лета Федор Ильич отдавал дань одной из дисциплин тяжелой атлетики, а именно — «перетаскиванию капустного кочана».

Засолка этого немудреного, но такого полезного овоща — в свое время в громадной бочке с грузом в виде изрядного валуна (в коммуналке тогда жили, эхе-хе, и много стояло на коллективной кухне бочек, и пахли по-разному, хотя, казалось бы, капуста и капуста), ныне в более цивильных кастрюлях — придавала ощущение стабильности. Солнце всходит и заходит, зима сменяет осень и уступает место весне, птицы летят на юг, Федор Ильич пудами закупает капусту и тащит ее домой...

Бывали времена,— тотально-дефицитные семидесятые и критическое начало девяностых,— когда за капустой приходилось выстаивать многочасовые очереди. Но это, консчно, исключение. Обычно в продаже капуста была, и стоила, кормилица, недорого. Так что проблем с ее приобретением не возникало.

Только вот этот год выдался неудачным: в парадном Федора Ильича не работал лифт. Впрочем, сейчас в шахте ковырялся рабочий в синем комбинезоне. Неужели?..

Федор Ильич поставил на пол две тяжелые сумки с капустой, собираясь поинтересоваться успехом ремонтных работ. Но тут же сообразил, что рабочий, во-первых, ничего не ремонтирует, а лишь прикручивает к стенке металлическую табличку с правилами пользования лифтом. А во-вторых, и хорошо, что не ремонтирует, поскольку он пьян. Держится, что называется, за отвертку.

— Вы когда лифт пустите? — возмущенно воскликнул Федор Ильич.

Труженик отвертки обернулся. На лице (Федор Ильич сказал бы «на харе») расплылась издевательская улыбка:

— Вот правила пользования выучите, так сразу и включим.

Федор Ильич шутки почему-то не оценил.

— Ах, ты, хронь подзаборная! Еще издевается!..

— Ладно-ладно, отец, не злись,— пьянчужка был настроен благожелательно.— Я тут ни при чем. Движок починят, тогда милости просим кататься. Туда-сюда-обратно...

Повторяя бесконечное число раз «туда-сюда», работяга приседал и поднимался. Лишь плохая координация мешала ему пуститься в настоящую присядку. Хорошее у него было настроение, а у Федора Ильича — плохое. Опять переть кочаны по лестнице...

«Короли и капуста»,— вспомнил Федор Ильич фильм, который не смотрел.

А может, и смотрел, да забыл за давностью срока.

Из дверей одного из судов Санкт-Петербурга в погожий августовский день вышли и направились к черной, блестящей на солнце, как начищенный ботинок, «ауди» двое мужчин.

Один — солидный полноватый господин слегка за пятьдесят, вальяжный, излучавший уверенность. В темно-голубой рубашке с расстегнутой верхней пуговицей, небрежно расслабленном серо-белом галстуке с искрой и черном легком костюме. Образ преуспевающего адвоката, на который Борис Авдеевич Мыльников не жалел ни времени, ни денег, дополняли кожаный портфель и массивный перстень-печатка.

Второй мужчина, без претензий на импозантность, выглядел несколько моложе и стройней. Причем его грустное благообразное лицо тоже выгодно отличало его от товарища. Но старые (хотя и тщательно отутюженные) брюки, не первой молодости туфли и пестрый свитерок — ширпотреб с рынка — заставляли его теряться на фоне блестящего компаньона. И чувствовал себя этот второй не вполне уверенно. Максим Павлович Виригин работал помощником адвоката Мыльникова всего вторую неделю и не успел еще привыкнуть к новой роли.

— Немцы за шестьсот тысяч строить согласились,— оживленно вещал на ходу Мыльников,— а наша фирма девятьсот запросила. Заказчик нашему говорит: «Побойся Бога. Турки за триста готовы строить, немцы за шестьсот, а ты девятьсот ломишь». А тот в ответ: «Вот и отлично. Триста тысяч — тебе, триста — мне, а триста — туркам. Пусть строят».

— Смешной анекдот,— сказал Виригин.— Но грустный.

— Зато жизненный! Можно еще продолжить: турки за двести китайцев наняли, те — таджиков за сто пятьдесят, таджики — узбеков за сотку...

«...А через год здание рухнуло к такой-то матери»,— мысленно закончил Виригин.

Он вообще в эти дни мало говорил, больше слушал, пытаясь усвоить новую информацию. Мелыников так и напутствовал: слушай и учись. Правда, пока Виригину не очень нравилось то, что приходилось слушать. Но Максим Павлович, как человек обстоятельный, с выводами не спешил.

Рядом с «ауди» адвоката переминалась с ноги на ногу, печальная Людмила Черемыкина, женщина лет сорока.

— Ну, что, Борис Авдеевич?..— кинулась она к Мыльникову, с надеждой заглядывая ему в глаза.

— Плохи наши дела, Людмила Ивановна... — картинно вздохнул адвокат.

— Ой, как же это? — всплеснула она руками.

— Суд, как и предполагалось, через три дня. В общем, у нас с вами и нет никакого резона откладывать заседание. Так что пусть ваш Костя приведет себя в порядок — пострижется и оденется поприличней. Судьи это любят. И вещички на всякий случай прихватите.

— Вещички?.. Неужели его посадят?!.— ужаснулась мать.

— Пока к тому идет. Статья — до трех лет лишения свободы. Будем биться за два, за полтора. Но время такое, что могут и три впаять — и не поморщатся.

— Три года? — повторила убитая горем Людмила Ивановна.— Из-за коробка «травы»? Он же первый раз...

— По первому разу три года вряд ли,— встрял Виригин.— Возможно, даже...

Зря встрял. Нарушил договоренность. Мыльников незаметно наступил Виригину на ногу, оборвав на полуслове.

— Максим Палыч у нас человек новый, с судебной практикой не знаком, а я только что от судьи,— мягко сказал Мыльников.— У них установка из Москвы: усилить борьбу с наркоманией. Видели ведь, наверное, по телевизору: решено вырубать наркоманию под корень. Безжалостно и беспощадно. Это дело на особом контроле. А у нас, знаете, контролер на контролере сидит и контролером погоняет... Поэтому могут дать по максимуму.

— Борис Авдеевич, родненький, помогите! — запричитала женщина.

— Я и так стараюсь, вы же знаете,— убедительно произнес Мыльников.— Если б не я, Костя бы в «Крестах» суда ждал, вместе с зеками, а не дома...

— Спасибо вам, спасибо... Но как же...

— Две тысячи долларов собрать сможете?

— Две тысячи?! — растерялась женщина. Она таких денег сроду в руках не держала.

— Попробую судье дать,— пояснил Мыльников.— Он, в принципе, намекнул, что готов подумать... А ставки я знаю.

Виригину не нравился разговор. Он достал сигарету, закурил, сделал вид, что читает SMS-ку, и отошел к набережной. По Фонтанке как раз проплывал кораблик, на борту которого веселилась пестрая, причудливо наряженная компания. Тюкала рейв-музыка (Юлька иногда дома такую включала, поэтому Виригин и определил, что это рейв. Хотя мог и ошибаться). Две полуголые девицы свесили ноги с бортика, слегка откинувшись назад и демонстрируя зевакам аппетитные формы. На заставленном закусками столе виднелась водка в вычурной фигурной бутылке.

Ветерок принес с Фонтанки — как по заказу! — отчетливый запашок марихуаны. Ну точно: Виригин увидел, как одна девица передала второй «косяк». Вторая поймала виригинский взгляд и приветливо помахала «косяком» отставному майору...

Все это происходило напротив здания суда. Но шансы попасть в этот суд у пассажиров катерка были нулёвые. Или близкие к нулёвым. Наткнись сейчас эти весельчаки на милицейский патруль — отделались бы сотней баксов. А то и меньше. Да и где наткнуться-то? На реке?..

А сыну этой Людмилы Ивановны просто не повезло. «Больше всего у нас не везет слабым и бедным. Счастливое исключение — Ходорковский».

— Где ж денег-то взять? — канючила Черемыкина.— Я и так все подчистую...

— Займите, продайте что-нибудь,— посоветовал Мыльников.— Зато сын на свободе останется. Получит условное наказание.

— А без денег?

— Без денег никак. Судья ведь рискует. Сильно рискует, уверяю вас. Говорю: указание из Москвы!

Черемыкина в растерянности замолкла. Напряженно думала. Две тысячи — для нее огромные деньги. Но свобода сына...

— Ну, вы решайте,— сказал адвокат, выдержав паузу.— И звоните, если что надумаете. Два дня у вас есть. Даже три. Взвесьте: три дня или три года...

Мыльников хотел было произнести пафосную речь, но вовремя одернул себя — зачем распинаться перед малоимущей клиенткой. Достаточно. Ей и так все понятно. Прибережем риторический талант для кого-нибудь более достойного.

— До свидания. Всего доброго. Не тяните...

Мыльников открыл дверцу, позвал нового помощника:

— Поехали, Максим Палыч...

«Ауди» Мыльникова мягко тронулась с места, заработал кондиционер. Проезжая мимо Черемыкиной, маститый адвокат кивнул, нацепив на лицо сочувственную улыбку. Свернули на Пестеля, потомились в маленькой пробке, выехали на Литейный. «Ауди» нежно покачивало, как на теплой морской волне. Кондиционер обвевал, как свежий ветерок. Виригин с неудовольствием вспомнил свой недавний визит в автосервис. Мастер Потапыч — стародавний знакомый — напрочь отказывался брать виригинский «баклажан» (Максим так прозвал свой драндулет «баклажаном» за темно-сиреневую расцветку). «Макс, не валяй дурака. Купи новую»,— советовал мастер. Виригин в ответ показывал пустые карманы. «Тогда ходи пешком. Или осваивай богатый мир подземного метрополитена. Или маршрутных такси».— «Они бьются все время»,— мрачно сказал Виригин. «Ты на этой штуке быстрее разобьешься»,— убежденно изрек Потапыч и согласился повозиться с «баклажаном» в последний раз.

Еще он сказал, что, если драндулет продать на запчасти, можно выручить триста долларов. Тоже деньги. Дочке на сапоги — давно просит. И в театр всей семьей сходить останется. И обмыть там в буфете обнову. И по бутерброду с икрой — закусить...

— Ничего. Достанет,— удовлетворенно хмыкнул Мыльников, размышляя над перспективой дела Черемыкиной.

— Ты, правда, с судьей договорился? — поинтересовался Виригин.

— По такому-то пустяшному делу? — хохотнул адвокат.— Обижаешь, Макс! Просто зашел к нему, уточнил, когда суд, потрепался, анекдот рассказал,— объяснял адвокат снисходительным тоном.— А он мне в ответ этот, про турок... Нет, ну хорошо я продолжение придумал, про китайцев с таджиками?.. А, Виригин?!

— Остроумно...

— Да, неплохо получилось! И... О чем мы говорили? А, ну да. После процесса бутылку выкачу. «Кауфмана». Большую. Знатный водец! Для поддержания контакта...

— Здесь ведь и так условное будет,— заметил Максим.— На большее не тянет.

— Разумеется. А вот теперь главное: какой же ты из этого сделал вывод?..— Мыльников вновь взял менторский тон.

— Ну, какой вывод... — Виригин понимал, куда клонит партнер, но все же спросил из внутреннего упрямства: — Зачем же было ее «разводить»?..

— Ответ номер один, и главный,— пафосно сказал Мыльников.— Мы с тобой должны заработать на кусок колбасы. Ты колбасу любишь, Максим?

— Ну... так... — к разговору о колбасе Виригин точно расположен не был.

— Не ту колбасу, значит, ешь, если «ну так»!

«А ведь он прав,— думал бывший опер.— Колбасу не ту ем, водку не ту пью. А ведь мне почти сорок пять».

— Разную ем... А что, есть еще ответ номер два?

— Есть! Ответ номер два: из воспитательных соображений. Чтоб наказание прочувствовали. Наверняка всю молодость по мужикам пробегала, а сыном не занималась. Так пусть за грехи платит. Разве несправедливо?..

— Трудно сказать,— почесал подбородок Виригин.— Какие грехи-то тут? Ну, «траву» парень курит. Кто ж ее сегодня не курит?.. Ты не поверишь: дворничиху во дворе, татарку лет шестидесяти, застал как-то...

— Ничего, коллега,— самодовольно пообещал Мыльников.— Скоро ты от своих ментовских взглядов отвыкнешь!

Виригин не понял, что ментовского в его снисходительном отношении к «траве», но спорить не стал.

Жена шинковала капусту быстрее, чем Федор Ильич успевал подносить из магазина новые кочаны. Странно. Может, халтурит? Крупно шинкует?

Федор Ильич понаблюдал за действиями супруги и сказал:

— Ты помельче руби.

Та не ответила. Пялилась, как всегда, в телевизионный ящик. Там шло ток-шоу. Худенький правозащитник спорил с толстым прокурором насчет нового более жесткого закона о наркотиках. По проекту закона можно будет сажать уже не за коробок, а за щепотку «травы». Правозащитник напирал на права человека, прокурорский — на угрозу национальной безопасности. Правозащитник убеждал о том, что марихуана — никакой не наркотик, если сравнивать ее с водкой. Прокурор парировал, что можно и водку запретить, почему бы и нет. Лично он не пьет уже два года. Правозащитник утверждал, что запрет — не решение проблемы, прокурор предлагал высшую меру для пушеров и дилеров. Правозащитник говорил, что новый закон нужен чиновникам из Наркоконтроля и судьям, чтобы взяток побольше брать. Прокурор «переводил стрелки» на то, что правозащитников финансируют Америка и Израиль.

— Ненавижу наркоманьё! — прокомментировала жена.— Вчера в парадном на шприц наступила, так чуть не загремела по лестнице... Жестче с ними надо, жестче!

— Ой, не знаю,— усомнился Федор Ильич.— Правду про взятки-то говорит... Ты, старая, на государственные проблемы отвлекаешься, а рубишь крупно. Помельче руби-то!

— Не учи ученого! — недовольно отозвалась супруга.— Лучше еще за капустой сбегай.

— Хватит, натаскался уже... по лестницам-то без лифта!

— Ничего, физзарядка тебе! Иди-иди, пока дешевая. А то чем закусывать зимой будешь?..

Это был аргумент. Квашеная капустка — наипервейшая закусь. Без нее — зима не зима. Федор Ильич снова поплелся в магазин...

Мыльникову, видать, давно хотелось поговорить на «морально-этические» темы. Вот и случай подвернулся. Что ж, Виригин был не против.

— А я, если честно, легко перестроился. И знаешь почему?..— Адвокат жестко подрезал канареечного цвета «Оку». Та жалобно чирикнула, шины ее заскрипели на весь Литейный.

— Если не секрет,— Виригину и впрямь было интересно.

— Чувство обиды помогло,— сказал Мыльников нормальным человеческим голосом.— Когда на пенсион вышел, по сторонам взглянул, задумался, и тошно стало. Ну, что я нажил? Пенсию, на которую не протянешь? Льготы, которые испарились?.. Ну, еще язву желудка. И это после двадцати лет в следствии. После всех трупов, стрессов, бессонных ночей. Да ты и сам все знаешь...

— Согласен,— вздохнул Виригин.

Он и сам двадцать лет оттрубил в органах — и что? А ничего. На пенсию можно прожить неделю, машину уже ремонтировать не хотят, скоро развалится, квартира заработана родителями, а так бы неясно, где жил.

И дочь без сапог.

Столкнулся недавно с жуликом, которого лет десять назад упаковал за решетку. Тот на Виригина не в обиде. Легкий человек, незлопамятный. На роскошном «БМВ». Виригин что-то обронил насчет того, что надо же, какой машиной разжился, а тот: «Так я уже почти четыре года на свободе!»

Еще через пару лет новую купит. А тут...

И расстались с ним в главке два месяца назад хоть и тепло, хоть и с сожалением, но... остался осадок. Так расставалось начальство, будто Максим благодарить должен, что на пенсию выперли. Оно, конечно, эта история с убийством афериста Лунина могла и хуже закончиться, но все равно... Может, поэтому и согласился Виригин с Мыльниковым поработать, что захотел что-то доказать бывшим коллегам. Хотя — что? Пока непонятно. Что адвокаты больше зарабатывают? Но это и так известно.

— Хорошо, умные люди в адвокатуру толкнули,— продолжал Мыльников.— Поэтому смотри, Максим, и вникай.

— Сейчас-то доволен жизнью?..— спросил Максим.

— Здесь я на себя работаю. Разницу чувствуешь? На себя! — последние слова адвокат произнес с каким-то неприятным плотоядным урчанием.— Мой опыт и знания хорошо оплачиваются. И тебе, Макс, знаний и опыта не занимать. А ментура чем хороша? Она опыт дает и связи. И если голова на плечах есть, их легко обратить в материальные блага. Так?..

— Наверное,— нехотя согласился Максим.— Теоретически все так, конечно, но...

— Не наверное, а наверняка! Скоро почувствуешь. И тачку себе возьмешь, и оденешься, и в Турцию съездишь.

— Лучше в Японию. Там сакэ и сакуры,— с горькой иронией отозвался Виригин.

Можно подумать, Турция для него — предел мечтаний. Что-то Мыльников его совсем за нищего держит. В Турции он не был, но в Египет они с Ириной летали. И этой зимой собирались снова, если бы не дурацкая история с экзаменами и пистолетом. А прошлой зимой Юльку с молодежной группой в Хельсинки отправляли. И сама Ирина в Финляндию ездила лет пять назад. Не все так плохо...

— В Японию? — хохотнул Мыльников.— Да хоть на Луну! Главное — цель иметь и быть готовым к переменам. Вот думаешь, эта бранзулетка в моем вкусе?..— Мыльников повертел пальцем, украшенным массивной печаткой.— Но — солидняк. Внешний вид адвоката — его визитная карточка. Клиент больше ценит.

— И платит,— продолжил Виригин мысль партнера.

— И платит! — кивнул Мыльников, продолжая разглядывать перстень. Наврал, похоже: вполне в его вкусе оказалась вещица.

— Адвокатура — это же шоу-бизнес! Думаешь, все наши «золотые» адвокаты, что по телевизору мельтешат, умнее меня? Или тебя?.. Или образованы лучше?.. Хрен там! Просто более «раскручены». Отсюда — и связи, и клиентура, а, в конечном счете, большие бабки. А вся их болтовня о справедливости — от лукавого. Тоже мне борцы сумо...

Виригин вспомнил, как Жора Любимов припечатал тогда, в июне: «Адвокат — тоже человек». Улыбнулся.

— Чего смеешься-то?..— забеспокоился Мыльников.

— Ничего, все в порядке. Скажи, Борь, а цинизм — необходимый атрибут нашей профессии?..

— Здоровый цинизм, Виригин, ни в одной профессии не повредит. Цинизм принципам не помеха. Я, между прочим, ментов бесплатно защищаю. Это свято. Тебя куда отвезти?

— В главк забросишь? Хочу мужиков своих проведать.

— А вот это правильно,— одобрил Мыльников.— Надо поддерживать старые связи. Дружи со своими. Пригодится.

Виригин хотел сказать, что ничего такого в виду не имел, но промолчал. Успеется.

Он очень волновался, открывая хорошо знакомую дверь. Друзья еще не знают о его новом занятии. И неизвестно, как эту новость воспримут.

Студенты платного отделения Машиностроительного института Сергей Стукалов и Евгений Коротченко, провалив во второй раз экзамен, с ногами забрались на скамейку рядом со входом в институт и пили пиво. Подстилать газету на сидение, затоптанное их же собственными ботинками, было лень.

— Он на меня давно зуб держит, козлина старая... — Коротченко кивнул на окна института.

— Кто? — не понял Стукалов, дочищая сушеную воблу. Отходы производства, в связи с отсутствием урны, приходилось бросать прямо на землю.

— Да Кощей!.. Я вот так же на лавке сидел, а он подвалил и давай зудеть. Да молодой человек, да некультурно ногами на сиденье, да подумайте о других, да фуё-моё... Тьфу! Я ему чуть меж рогов не двинул.

— Надо было,— хмыкнул Стукалов.— Он бы кони двинул, ща бы нормальному преподу сдавали. Только зря ты думаешь, что он тебя запомнил...

— Почему?

— Да он не видит ни хрена. Для него человек-то не существует. Только вот ноги на сиденье да ответ на экзамене, а человек для него — ноль!

— Это точно,— согласился Коротченко.— Слышь, чего Брилев-то не идет? Или еще мучается?..

— Вон он... Похоже, не сдал.

Брилев и впрямь выглядел разъяренным. Вертел в руках зачетку. Потом швырнул ее на землю. Выпалил:

— Да пошел он к черту, этот Кощей! Вместе со своим сопроматом!.. На дополнительных завалил, гнида! Билет-то я списал.

Зачетку Вадик Брилев все же поднял, отряхнул от воблы...

— Мы с Жекой тоже в пролете,— Стукалов протянул приятелю бутылку пива.— На, глотни.

Брилев взял бутылку, сделал жадный длинный глоток, скривился.

— Пиво у вас теплое, придурки!

— Сам ты придурок, фуё-моё,— обиделся Коротченко.— Согрелось. Ты бы там еще до вечера... на до-
полнительные вопросы отвечал.

— Чтоб он сдох! Гнида! — вдруг закричал Брилев и
разбил бутылку о спинку скамейки. Пиво с шипеньем
окатило грязное сиденье. Осколки чуть не зацепили
Коротченко и Стукалова. Те поежились. Брилев продолжал орать: — Я сейчас в круизе должен был быть,
по Средиземному морю! Мне батя путевку подогнать
обещал. Из-за этого старого козла... Чтоб он сдох!..

— Вадик, Кощей — он бессмертный,— заржал Коротченко.— По вечерам в Летнем гуляет, здоровье
свое драгоценное бережет.

— Может, у него там на дубе сундук с яйцами?..—
ухмыльнулся Стукалов.

— С другими «преподами» договориться — два
пальца об асфальт! — продолжал шуметь Брилев.—
Мы же все на платном, в конце концов. А этот контуженный...

— А он и впрямь ведь контуженный,— подтвердил
Коротченко.— Его на войне по башке треснуло...
Авиационной бомбой.

— Так и валил бы на пенсию!..— Вадик грязно выругался.— Отстойник...

Федор Ильич корпел за столом над листком бумаги. Дело шло туго.

Во-первых, он просто отвык писать. Правда, за
пенсию расписывался ежемесячно. Это факт. Но ничего другого, кроме своей фамилии, Федор Ильич не
писал уже много-много лет. Или десятилетий даже.
Сканвордов не разгадывал — это Васька мастак. А других поводов для писанины не было. И вот появился
повод, будь он неладен.

Во-вторых, не складывалось содержание. Как это
все сформулировать... Про пьяного рабочего, который
советовал выучить правила пользования лифтом, дер-
жась за отвертку — излагать?

Или это несущественная деталь?

Непонятно.

Жена продолжала шинковать капусту. Хрум-хрум, хрум-хрум. Надоела, право. Хуже горькой редьки.

— Заявление в суд, что ли, сочиняешь? — поинтересовалась супруга.— Сочинитель нашелся... Салтыков-Щедрин!

Федор Ильич в сердцах скомкал бумагу:

— Ничего не выходит.

— И не выйдет! — решительно заявила жена.— Твое дело — капусту из магазина носить. И редьку. А тут специальный ум требуется. Юридический! Давно бы умных людей попросил.

— Да я к Ваське неделю пристаю, а ему все некогда!

— Нашел юриста!.. Василий, он ведь в целом типа тебя, только помоложе и при нагане... Тут настоящего юриста надо!

— Так настоящему платить надо! — возмутился Федор Ильич.— И по-настоящему!

— Тогда нечего и бумагу переводить. Тоже денег стоит.

— Вот уж дудки! — Федор Ильич поднял указательный палец.— Это Васька со службы бесплатно принес!

— Надо же, польза от Васьки! Удивил! Слышь, Федь, морковь кончилась. А без моркови — и капуста не капуста. Закусывать-то зимой...

Рогов с утра тоже корпел над листом казенной бумаги. В ожидании важного звонка — оперов вот-вот могли сорвать на очередное совещание — Васька нервно покрывал лист загогулинами и закорючками. Прервался, когда неожиданно нагрянул Виригин.

Любимов долго и неодобрительно изучал Максово удостоверение.

— Ну-кась, ну-кась... Виригин Максим Павлович. Это мы и без ксивы, положим, в курсе, что Максим Павлович... Состоит в должности помощника адвоката городской коллегии.

Жора взглянул на фотографию, потом внимательно на Виригина, словно видел впервые, потом снова на документ.

— Надо же, похож. Практически одно лицо. Ну, дела! Вась, хочешь полюбоваться? Как же тебя к ним занесло? Всю жизнь ловил, ловил — и вдруг на тебе. Адвокат Виригин...

— Пути пенсионера МВД неисповедимы,— грустно пошутил Виригин, пытаясь скрыть неловкость.

— Еще неизвестно, куда нас занесет,— задумчиво сказал Рогов, крутя в руках удостоверение. Будто бы в нем могло обнаружиться второе дно.

— Уж только не в адвокаты,— отрубил Любимов.

— Не зарекайся, Жор,— возразил Рогов.— И потом, вспомни, ты же сам говорил: «Адвокат — друг человека». Шишкин наизусть выучил...

— Не так я говорил... — поморщился Жора.— Я говорил, что адвокат адвокату свинью не съест... То есть, это... глаза не выклюет. И вообще, если мент — это карма, то адвокат — это национальность. Мне к ним нельзя. Я на первом же суде попрошу своему подзащитному срок накинуть. По привычке. И меня сразу вытурят.

— «Адвокат — тоже человек», твои слова,— напомнил Виригин.

— А ты мне и поверил?! Я ведь пошутил.

— Куда ж мне было деваться, Жора?..

— Шел бы, как все, офисы охранять,— иронично прищурился Любимов.— Тепло, светло, и мухи не кусают. Одно неудобство — курить надо на улице.

— Туда я всегда успею,— Максим не скрывал раздражения.— И для вас там места попридержу.

— Макс, не слушай его! — посоветовал Рогов.— У нас просто день сегодня тяжелый. Зато денег заработаешь.

— На наших костях,— добавил Любимов. Он повернулся к Виригину: — Тачку новую еще не купил?..

— Ага, купил,— огрызнулся Максим.— Вон, видишь, «шестисотый» под окном стоит. Я всего-то две недели тружусь...

Как ни странно, роговские слова «у нас сегодня тяжелый день», задели его за живое гораздо больше, чем подколы Жоры.

— Где?..— Рогов подошел к окну. Внизу вороны дрались из-за куска хлеба.— Нету «шестисотого». Угнали, Макс!..

— И хрен с ним.

— Он завтра новый купит,— не унимался Любимов.— «Шестьсот первый»! Ты, Макс, наверное, думаешь, что будешь в судах пламенные речи произносить и невинных от беспредела следствия «отмазывать»?.. Как Плевако Веру Засулич? Так вот: адвокаты сейчас не защищают, а «решают вопросы». Усек?.. Так что готовься водку в «Кресты» таскать, «малявы» передавать, проституток подсудимым доставлять и свидетелей обрабатывать.

— Можно ведь и без этого обойтись. Адвокаты разные бывают... — Виригин уже жалел, что навестил бывших коллег.

— Тогда и на велосипед не заработаешь,— ухмыльнулся Любимов.

— У меня есть велосипед. И вообще мне много не надо.

Ему хотелось уйти. Какой же все-таки Жора вредный и ограниченный человек! Всех по себе судит. Только свою правду знает.

А правда — она ведь у каждого своя.

Или нет?

— Чего ты к нему пристал, Жора? — вступился за Виригина Рогов.— Он что, по своей воле на пенсию дернул?

— Ладно, не обижайся,— обмяк Любимов. Он быстро заводился и быстро отходил.— Ты как туда попал-то?

— Борю Мыльникова месяц назад встретил, мы с ним еще в районе работали. Он — следаком, я — опером. Вроде ничего был мужик... Позже он начальником следствия стал, а когда на пенсию вышел — в адвокаты подался. Предложил к нему помощником, чтоб опыта понабраться.

— Смотри, не перебери,— опять начал заводиться Любимов.

— Надо к тебе тестя направить. Ему как раз адвокат нужен,— вспомнил Рогов.— Возьмешься?

Коротченко сбегал за холодным пивом (Брилев раскошелился на «Хайнекен»), принес еще воблы — на этот раз уже очищенной, в пакетике. Выпили, закусили, но настроение не улучшалось. Коротченко порассуждал, что чищеная вобла хоть и удобна в потреблении, но когда сам чистишь — вкуснее. Друзья лишь вяло кивнули. Попробовали поговорить о бабах, Брилев на секунду воодушевился, рассказал, какую классную проститутку нашел в салоне в Басковом переулке: «Свежак! Красотка, лет двадцать, не больше, ноги от зубов, сиськи супер... По всем понятиям, не меньше чем на сто баксов, а то и больше, а там — за тыщу рублей...» Но как-то быстро сник, скомкав рассказ.

— Фиговы, мужики, наши дела, если коротко,— выразил общее настроение Женя Коротченко.— Последняя пересдача осталась.

Самому ему, в общем и целом, было по барабану. Не слишком нравилось Жене учиться. Переживал, конечно, возмущался, но больше для порядка.

— Если Кощей завалит, точняк отчислят. Голову на пенек кладу,— вздохнул Стукалов.

— И придется тебе, Серега, в свой Урюпинск возвращаться. Там, поди, и «простиков» нет? Не дошла еще цивилизация? — попробовал пошутить весельчак Коротченко.

— Не Урюпинск, дурак, а Бобруйск! Всё там есть. Дело не в том. По весне в армию загребут. Тогда финиш. Тебе хорошо, Женька, с белым билетом. А у нас ведь не Россия, у нас даже не откупишься.

— А меня отец откупать отказался. Говорит: вылетишь с института — поедешь в Читу, сортиры чистить. Нет, я из-за этого козла в армию не пойду!..— резко встал Брилев.

— А куда ты денешься?

— Встречусь с Кощеем. Поговорю как следует.

— Денег он не возьмет. Многие пытались,— напомнил Коротченко.— Этому скелетону они не нужны. В гроб скоро. Так что проще сопромат выучить.

Сопромат выучить невозможно. Брилев молча пошел к своей «тойоте».

— Нас-то подбросишь? — спросил Стукалов.

— В другой раз...

Брилев был настроен очень решительно, хотя плана действий у него пока не было.

Наконец-то атмосфера в кабинете оперов несколько разрядилась. Рогов вновь принялся рисовать каракули. Одна получилась на загляденье. Хоть на выставку авангардной графики.

Любимов заварил Максиму чай. Виригин присел за свой рабочий стол. За свой бывший... Каждая трещинка знакома. Вот эту шахматную пешку вместо ручки к ящику Виригин сам приделывал. Ручка оторвалась и запропастилась куда-то. Потом Макс увидел ее, когда Рогов играл с Игорьком Плаховым в шахматы. Использовали пешку вместо ручки...

А вот эта вмятина — любимовская. Врезал как-то в ярости пепельницей. Хорошо, не о чужую голову.

А это пятно круглое...

— Соскучился по своему насиженному? — пресек ностальгию Любимов.

— Еще бы! Столько лет...

На расхлябанном старом стуле, который, подобно его «баклажану», годился только на запчасти, Максим чувствовал себя удивительно уютно. Да, вон оно — реальное его место. Эх...

— В адвокатуре, Макс, такой ауры не будет,— Жора обвел кабинет руками.— Там каждый сам за себя.

Это Макс уже понял. Но, с другой стороны, в нем ожил дух противоречия: должен же когда-нибудь человек быть сам за себя?.. Не за идею, не за ауру — а за себя, любимого?.. Земная жизнь давно пройдена до половины... Не слишком хочется остаться у разбитого корыта.

— Ничего, мы через пару лет к тебе придем. Помощниками,— подбодрил Рогов.— Уж мы там позащищаем... всласть, ёшкин кот. Внедрим в адвокатуру оперативные методы. Ты еще не внедрил?..— продолжал дурачиться Васька.

— На мое место кого-нибудь взяли?

— Дураков мало,— ответил Любимов.— Молодежь нынче в адвокаты рвется. Ближе к кассе. Только где вы столько клиентов найдете, если ловить будет некому? Придется друг друга мочить.

Настроение у Жоры менялось, как маятник.

Было у него нехорошее предчувствие по поводу сегодняшнего совещания. Попадет под каток.

В кабинет заглянул Егоров, увидел Виригина, заулыбался. Не то что натужно, нет. Вполне вроде искренне, но все равно как-то странно. Пока Виригин работал в главке, Егоров ему не улыбался. Он вообще редко улыбался.

— Рад видеть, Максим.

— Я тоже, Сергей Аркадьевич,— Виригин встал, протянул руку.

— На работу устроился? А то у меня место «теплое» есть. На рынке.

«А что, в работе на рынке тоже есть своя прелесть...» — промелькнула в голове Виригина ненужная мысль.

— Он теперь адвокат,— ответил за него Рогов.— Защитник бесправных и сирых...

— Молодец! — Егоров искренне восхитился.— Ладно, не нужна тебе помощь, тогда мне помоги. Есть дело. Тут одна газетенка на днях клевету напечатала. Хочу с нее моральный ущерб содрать. Возьмешься?

— А что за клевета? — спросил Виригин. Скользкая тема — клевета...

— Будто бы наш питерский главк преступников не ловит!.. А у нас раскрываемость за девять месяцев на два процента выше прошлогодней. Дело — выигрышное, без вариантов. По всем данным — на два процента подросли. На два! Как думаешь, на сколько потянет?..

— На ящик минералки,— язвительно буркнул Любимов, но на Виригина посмотрел с интересом: что тот ответит.

— Это гражданское дело, а я больше по уголовным... — уклонился Максим.

Одно дело — тесть Рогова, которому надо помочь, а другое — мутный Егоров. С ним лучше не связываться. Да и против прессы переть... Дело тонкое. Надо спросить Мыльникова, приходилось ли ему судиться с журналюгами.

— Жаль...— разочарованно протянул Егоров и тут же перешел к следующему вопросу.— Ты, кстати, печать от сейфа нашел?..

— Печать? — удивился Виригин.— Я все сдал, когда уходил.

— Это не он терял, а Плахов,— напомнил Рогов.— И то сразу нашел. А вы, Сергей Аркадьевич, про уголовные-то дела подумайте. Вас Макс, если что, защитить сможет.

— Ты, Рогов, глупостей не болтай,— погрозил пальцем Егоров,— а то самому адвокат понадобится.

Беседу оборвал зазвонивший телефон.

Через минуту, забыв о Максиме, бывшие коллеги уже сидели в зале заседаний. Проверяли блокноты «с процентами».

Виригин медленно брел по коридору к выходу. Думал завернуть к Семену, но не стал. Сеня в той поганой истории с убийством Лунина очень достойно себя повел. Выручил здорово. Компьютер отверткой сломал. А Виригин его толком и не отблагодарил. Такая помощь естественной кажется, когда... Когда все вместе. Один за всех.

Зайти? Нет настроения, в другой раз. Да у него и своих дел хватает.

Максим остановился возле пыльной доски почета. С удивлением обнаружил собственную фотографию. Забыли снять. Бравый майор. Взгляд, устремленный куда-то высоко и далеко. Семен, кстати, фотографировал. Полчаса мучил, дразнил пулей, вылетающей из объектива.

На мгновение Виригину стало даже приятно. Будто бы здесь еще ждут его возвращения... Но только на мгновение.

Никто его не ждет. Обратной дороги нет.

«Заработаю хоть, чтобы долг за взятку отдать,— подумал вдруг Максим,— да еще на путевки с Иркой в Египет. Туда же, где отдыхали, в Хургаду...»

В Летнем саду Дмитрий Петрович Кощеев гулял, сколько себя помнил.

Он родился в коммуналке, на углу Гагаринской и Чайковского, в здании бывших дворцовых прачечных, и, конечно, часто бывал здесь с бабушкой еще до войны. Бабушка болтала с подругами — у них в Летнем был целый «клуб по интересам», а маленький Дима с восхищением внимал звукам флотского оркестра. Оркестранты навсегда запомнились праздничными, в белых кителях, морской флаг и красное знамя полощутся, литавры гремят...

Кощеев был уверен, что станет моряком. Но уже в декабре сорок первого его контузило при бомбежке. Ему-то повезло, выжил, а вот бабушку и родителей в ту же бомбежку убило. На улице их достало, во дворе дома, когда бежали в убежище.

Мальчика отправили в эвакуацию. Но их эшелон разбомбило — прямо под Ленинградом. Побежал куда глаза глядят, три дня бродил по зимнему лесу... Как не умер, как не отморозил ничего — Бог весть. Потом подобрали партизаны... Про годы, проведенные в лесу, Кощеев хотел написать книгу.

Но не стал. Решил — не пригодится никому такой опыт. А просто страшилки писать... Зачем?

Вернувшись в Ленинград, поселился в том же доме, только в другом крыле — в комнате у дяди. Дядя вернулся с фронта «самоваром». Сейчас этого слова не понимают — и хорошо. «Самовар» — это когда у человека нет ни рук, ни ног. Обрубок с головой.

«Зато сердце большое»,— шутил дядя.

Этот этап своей жизни Кощеев тоже не любил вспоминать. Дядя умер лет через пять. Дмитрий остался один. Со временем комнату выделили из коммуналки в маленькую однокомнатную квартирку — в ней Кощеев и проживал до сих пор.

Он вообще не имел привычки что-либо менять. Всю жизнь — в одном институте, на одной кафедре. Даже в Москве так ни разу и не побывал. Думал, что хоть однажды неплохо бы посетить столицу. Думал-думал, да и махнул рукой... Только иногда выбирался летом отдохнуть в Карелию, да и то после смерти жены — ни разу.

Второй, кроме жены Марины Никитичны, и теперь уже, вероятно, последней любовью Кощеева был Летний сад. На его глазах окружали оградой памятник Крылову, восстанавливали Чайный домик, перекрашивали знаменитую решетку (в пятидесятые, после ремонта, она одно время была оранжевой, что вызвало гнев возмущения петербуржцев) и меняли конфигурацию пруда.

Дмитрий Петрович прекрасно знал всю историю сада — от самого его основания. В перестройку по инициативе Дмитрия Петровича зимние деревянные кабинки, в которых укрывали от снега статуи, изменили конструкцию: вместо плоских крыш завели косые, чтобы талая вода стекала на землю, а не внутрь.

Кощеев провел в Летнем саду много тысяч часов. Он бывал здесь в прямом смысле слова ежедневно (разумеется, кроме зимы, когда сад закрывали, но Кощеев дружил с местным отделением милиции и нередко хаживал и по заснеженным тропинкам).

Иногда ему грезилось, что он и умрет здесь, в саду. Впрочем, в следующем году Летний собирались закрывать на реконструкцию, и что-то подсказывало Кощееву, что торжественного открытия нового сада он не увидит. Но волновало Дмитрия Петровича не это (никто не вечен, а три четверти века — немалый, в сущности, срок). Волновал его утвержденный проект реконструкции.

Архитектор задался целью воссоздать все, что когда-либо в саду было. И фонтаны, которые били здесь при Петре (и фундаменты которых в земле сохранились). И живой лабиринт, выращенный при Екатерине. И какие-то случайные павильоны безо всякой художественной ценности. И вмонтированную в решетку часовню, поставленную в честь спасения Александра Второго от каракозовского покушения... Все — одновременно.

Кощеев считал, что это убьет Летний сад. Уничтожит его главное чудо — лаконичную, если угодно, минималистскую гармонию.

Две недели назад Дмитрий Петрович написал письмо губернатору. Он был знаком с ней — встречался в составе делегации ветеранов еще в период предвыборной кампании. Губернатор (тогда еще кандидат), душевная симпатичная женщина, выделила тогда Кощеева изо всей делегации, долго с ним беседовала и сказала на прощание, что «если что», он может рассчитывать на ее помощь.

И вот это «если что» случилось. Дмитрию Петровичу пришлось обратиться в Смольный. Но ответа не было уже полмесяца, и он не понимал почему...

Кощеев сидел на скамейке, положив руки на рукоятку трости, а подбородок — на руки. Думал. Чья-то тень закрыла заходящее солнце. Кощеев поднял глаза. Перед ним стоял молодой человек, в котором старый ученый не сразу, но узнал студента с платного отделения.

— А, Брилев... — вежливо кивнул он.— Тоже решили воздухом подышать?..

— Вас ищу! — развязно ответил студент.

— Какие-то вопросы?.. Готов выслушать.

— Вопрос один: оценка за экзамен.

Брилев стоял, засунув руки в карманы брюк. Лицо его выражало решимость.

— Так в чем же дело? — не понял Кощеев.— Готовьтесь, сдавайте, все в ваших руках.

— Хватит, насдавался,— перебил Брилев.

— Чего ж вы тогда хотите?

— Три балла. Мне больше не надо,— Брилев вытащил из кармана куртки зачетку. Точнее, резко выдернул. Будто это не зачетка, а нож.

— Вы шутите?..

— Шутки кончились,— с нажимом заявил студент.— Не поставите — пеняйте на себя.

Кощеев, опираясь на трость, медленно поднялся. Выдохнул возмущенно:

— Что ты сказал?..

— Голову оторву,— пригрозил Брилев, закусив губу.

— Наглец! — прошептал Кощеев сорвавшимся от возмущения голосом.— Прочь отсюда! И чтоб на кафедре я тебя больше не видел! Прочь!..

И что есть сил толкнул Брилева. Теперь студент стоял против фонаря. Он отражался в его безумных зрачках. Словно зажглись в глазах костерки адского пламени.

— Ты достал, Кощей!..— Брилев схватил его за отворот пиджака.— Я из-за тебя в армию не пойду! Понял?!

— Там тебя жизни научат. Отпусти, негодяй! — Кощеев пытался освободиться.

— Не тебе о моей жизни судить, козел вонючий!..

Кощеев неловко тюкнул Брилева тростью. Силы, конечно, были не те... Тот легко отбил удар рукой, отобрал у старика тяжелую трость и резко ударил его в висок.

Потом еще раз. И еще...

Кащеев вскрикнул, упал и остался лежать без движения. Брилев наклонился, пощупал старику пульс. Распрямился и сказал: «Ни хера себе!»

Вдали раздался свисток сторожа. Брилева словно молния поразила, он весь скособочился, закрыл зачем-то голову руками... но быстро сообразил, что это лишь сигнал о скором закрытии сада.

Волоком дотащил тело Кащеева до Лебяжьей канавки и спихнул его в воду.

Туда же выкинул трость...

Руки его почти не тряслись. Он быстро прошел по крайней аллее, разминувшись со сторожем и нарядом милиции, который как раз отходил в другую сторону от пруда.

Из ажурных ворот он вышел, никем не замеченный.

Лихо!..

Брилев даже ухмыльнулся — вспомнил анекдот, как поручик Ржевский гулял с барышней по Летнему саду.

— Поручик, вы хотели бы стать лебедем?..

— Голой жопой в мокрую воду?! Бр-р-р... Ни за что!

В прошлом директор молочного магазина, что на углу, а теперь его владелец (ныне магазин был позиционирован как «мини-маркет») и хозяин еще двух или трех близлежащих торговых точек пятидесятилетний толстяк Иван Солодунов слыл самым богатым человеком в подъезде.

Несколько лет назад он прикупил к своей трехкомнатной квартире соседнюю двухкомнатную и являлся теперь обладателем настоящего «пентхауза» на последнем этаже.

Сейчас он сидел, развалившись, в кресле, в ярко-красном спортивном костюме (это был фирменный «Adidas», Иван Тимофеич не любил подделок, особенно после того, как сильно «попал», купив сдуру партию китайского барахла с надписью «Adidos»). Сидел и пил пиво из жестяной банки. Черемыкина стояла перед ним в стареньком домашнем платьице, неловко скрестив руки на груди.

— Две тыщи, соседка, деньги немалые... — тянул Солодунов нутряным басом. Было впечатление, что заговорил большой цинковый бак.— Очень немалые деньги, соседка, две тысячи долларов...

Он был уверен, что мысль, повторенная дважды, лучше усваивается.

— Так ведь посадят его, дурачка,— всхлипнула Черемыкина.— На три года, может быть!..

— Зато поумнеет,— предположил сосед.— Будет время для размышлений.

— Да какое там, Иван Тимофеич!.. Он же под дурное влияние — за пять минут... Бандитом вернется, вся жизнь насмарку...

Солодунов помолчал, подумал.

— Воспитывать надо было с детства, а то много воли дала. Да, с детства воспитывать, а воли — не давать! Пороть!

— Когда воспитывать-то, если на фабрике в две смены ишачила... — смахнула слезу Черемыкина.— Одна ведь, без отца, его растила. Да и неплохой он парень, дурной только малость... Пропадет!

Солодунов опять задумался.

— Иван Тимофеич, миленький, помогите. Больше некому!..

— Ты думаешь, мне деньги с неба валятся?.. Или в «Поле чудес» выиграл?.. Все своим трудом, своими руками! Без сна и продыху. Добро не приходит само!

Добра в гостиной было и впрямь — выше крыши. Одну стену полностью занимали шкафы с хрусталем — увлечение прежних лет. Противоположную — хобби недавнее: стеллажи с продукцией Ломоносовского фарфорового завода. Тарелки, чашки, пастушки, собачки, барышни и крестьянки. Фарфор, как и хрусталь, стоял плотно, как солдаты на параде.

На широком подоконнике теснилась коллекция кактусов. Этим — Черемыкина знала — увлекалась солодуновская супруга.

Еще на одной стене висела шкура медведя (считалось, что хозяин «взял» косолапого собственноручно), поверх медведя — пара сувенирных дуэльных пистолетов дантесовских времен.

— Я отработаю, верну,— быстро пообещала Черемыкина.— Вы не сомневайтесь...

Солодунов внимательно и нагло осмотрел Черемыкину с ног до головы. Как барышник лошадь на ярмарке.

— А фигура-то у тебя еще ничего... — одобрительно подметил он.— Сохранилась фигура-то у тебя...

Владелец торговых предприятий похотливо облизнулся.

— Да что вы, какая там фигура,— засмущалась Черемыкина.

— Не скромничай, соседка. Все при всем. Фигурка-то сохранилась, да...

О самом хозяине квартиры сказать такое было трудно. Живот его вываливался из кресла, словно тесто.

— Иван Тимофеич, помогите! — снова шмыгнула носом Черемыкина.

— Ладно, уговорила,— Солодунов хлопнул ладонью по подлокотнику.— Только будешь ко мне приходить по вечерам уборку делать. Моя-то сейчас в Ялте, в санатории дыхание лечит. Пыль даже протереть некому, а я во всем чистоту и порядок люблю. Ну как, согласна?..

Солодунов пристально глянул в глаза Черемыкиной. Та стушевалась.

— А как долг отдашь, так все. В полном расчете. После того, как долг-то отдашь.

— Ну что ж, пыль так пыль,— согласилась Черемыкина, быстро взвесив в голове свое безнадежное положение.

— Тогда здесь посиди-подожди.

Солодунов не без труда поднялся и протопал в дверь, ведущую в недра квартиры. Черемыкина присела на краешек стула. Стала разглядывать комнату. Фронт работ, так сказать. Пыль ведь, наверное, тоже все-таки вытирать придется...

Солодунов вернулся с пачкой блекло-зеленых долларов. Протянул соседке:

— На, пересчитай...

— Что вы, Иван Тимофеевич, я верю...

— Пересчитай, я порядок люблю,— повысил голос Солодунов.— А деньги они тоже... счет любят!

Черемыкина зашелестела купюрами, а Солодунов вытащил початую бутылку коньяка, две рюмки, разлил... Изобразил на лице тяжелое подобие улыбки.

— Давай, Люся, договор наш обмоем.

Солодунов ни капельки не нравился Черемыкиной, но «Люсей» ее много лет уже никто не называл.

Стукалов плевал в потолок съемной «однушки» в районе Балтийского вокзала, размышляя, как провести вечер. Плевок до потолка никак не долетал. Дельных мыслей по поводу вечера тоже не возникало. Хорошо бы сходить куда-нибудь в бар на Невском, познакомиться с «центровой» девчонкой, потанцевать там, трали-вали, в гости зазвать...

Но денег не было. Причем не только на бар или на модный клуб «Платформа», в котором его дружок Брилев побывал, если не врал, уже трижды (а чего ему врать — отец «зеленью» исправно снабжает!). Стукалов не мог наскрести даже на привокзальное кафе «Уют», где тоже гужевались девчонки — не такие стильные, как «центровые», но все же...

Водки есть еще граммов сто, а дальше — тишина...

Опять телек смотреть до отруба?

Или «сопромут» почитать?..

Последняя мысль вывела Стукалова из себя.

Он мрачно встал, еще не зная, что будет дальше делать, но в этот момент в дверь постучали.

На пороге стоял взъерошенный Брилев.

— Ты откуда? — удивился и одновременно обрадовался Сергей.

— Экзамен сдавал,— процедил сквозь зубы Брилев и тщательно запер за собой дверь.

— Вечером? — удивился Стукалов.— И как?..

— Экзаменатор свалил, не дослушал ответа...

Брилев, не снимая куртки, прошел в комнату. Глянул в старое заскорузлое зеркало. И вдруг рассказал Стукалову историю, которую слышал краем уха много лет назад и ни разу не вспоминал. А сейчас почему-то вспомнил и выдал за свою. Якобы был у Брилева знакомый (на самом деле, чей-то чужой знакомый), который снял хату, где висело зеркало, пробитое реальными пулями. Будто бы давно, чуть ли не в гражданскую войну, кого-то возле этого зеркала реально угрохали. Чувак не хотел жить с таким зеркалом, но выбросить не решался. И нашел компромисс: закрыл его другим зеркалом.

— Ты чего это?! — насторожился Стукалов, выслушав странную историю.— Ты к чему это, Вадик?!

— Да так... — криво усмехнулся Брилев.

Он смотрел в зеркало. И видел там демонически-красивого молодого человека в небрежно расстегнутой куртке, с чуть растрепанными, словно на ветру, волосами, с огнем в глазах и романтической, как у Бандероса, двухдневной небритостью...

Брилев напоминал себе героя писателя Достоевского. Таких вот студентов описывал великий классик — целеустремленных, неуступчивых, инфернальных, хладнокровных, надменно-решительных... Бескомпромиссных. Людей высшего сорта.

Короче, Брилев себе нравился.

— У тебя вмазать есть? — спросил он.

— «Вмазать»?..— удивился хозяин.— Не-е... Я уж давно... А с чего это ты вдруг?..

— Да нет,— раздраженно мотнул головой Брилев.— Выпить, я имею в виду.

— А! Есть немного!

Стукалов разлил остатки водки. Брилев продолжал смотреть в зеркало. Боже, какой красавец...

«А если и Стукалова... того,— вдруг подумал Брилев с эдакой внутренней ухмылкой.— Пузырем по черепушке, а? До Обводного канала, конечно, подальше, чем до Лебяжьей канавки. Но тоже недалеко...»

Это была, разумеется, шуточная мысль. Просто Вадиму Брилеву нравилось ощущать себя в «достоевской» роли.

Брилев выпил, не чокаясь. Стал снимать куртку и обнаружил, что стекло на часах разлетелось вдребезги. По периметру циферблата торчали острые осколки.

— Вот сволочь, еще и «клоки» швейцарские раскокал!.. Придется стекло менять. С-сука...

— Кто раскокал? — спросил Стукалов. Свою рюмку он еще не выпил, держал в руке. Брилев молча опрокинул чужую водку в рот.

— Короче, я у тебя с четырех дня,— сказал Вадик.— И все это время мы квасили. Вдвоем. Понял?.. Вот тебе деньги, сгоняй до ларька... дружище.

— С Кощеем-то что? — растерянно спросил Стукалов, принимая деньги.

— После,— Брилев величественно повел рукой.— Сначала за водярой сходи. И пожрать купи. Горячего хочу. Чебуреков, может?..

— Там кура-гриль есть у вокзала. Готовая...

— Значит, кура. И салат, может, какой...

Труп Кощеева всплыл ранним утром. Прямо на глазах у сторожа, лениво совершающего первый обход. Удивился сторож — что же это такое поднимается из воды, подошел поближе, а тут оно и поднялось целиком...

Лицо знакомое, но какое страшное!..

С вечера сторож выпивал, поэтому на всякий случай глазам своим сначала не поверил и несколько раз шлепнул себя ладонями по щекам. Не помогло. Побежал звонить.

Короче, уже в десять утра Жора Любимов и судебный медик сидели на корточках у мертвого тела. Тут же валялась резная трость. Любимов держал в руках прозрачный пакет с содержимым карманов Кощеева (паспорт, бумажник, ключи от квартиры — немудреный холостяцкий набор).

— Черепно-мозговая травма,— определил медик.— Ну, сам видишь.

— Ловко тюкнули,— согласился Любимов.

— Могли кастетом ударить, а могли чем-то другим,— продолжал медик.— Да вот этой же тростью...

— И трость, поди, его собственная.

Медик пожал плечами. Он тоже так думал, но думать в этом направлении не входило в его компетенцию.

— Время смерти установил? — спросил опер.

— Точно — нет. Он же в воде валялся. Но, скорее всего, вчера вечером.

— Скорее всего,— согласился Жора.

Не любил он, когда убивают стариков. То есть он никаких убийств не любил, хотя и получал за их расследования зарплату, но убийства старых людей его как-то особенно смущали. Была в них какая-то... несправедливость, что ли. И так человек одной ногой — в лучшем из миров. Или в худшем. Неважно. Уже на берегу, короче. А тут....

Такие происшествия навевали невнятные мысли. А Любимов любил внятность. Ему не нравился роман про убийство старухи-процентщицы, автор которого восхищался, какая тонкая у «мокрушника» душа...

Но этот-то вряд ли был процентщиком.

Простой нищий пенсионер.

Любимов еще раз посмотрел на лицо Кощеева. Его искривила яростная гримаса. Неспокойно умер старик...

По травянистому склону между тропинкой с лавочками и берегом Лебяжьей канавки аккуратно передвигались Шишкин, Стрельцов и Семен Черныга.

— Вот, видите,— след волочения,— показывал рукой Семен.— А начало у скамейки. Вон у той, у ближней.

— Там ему, значит, и приложили,— догадался Стрельцов.— Сидел, значит, куковал, а ему и приложили...

— Похоже на то,— кивнул Семен.

— Семен, следы снять сможешь? — спросил Шишкин.

— Вряд ли. Здесь трава, а там, на тропинке, мелкий гравий.

— Все ж попробуй,— попросил начальник.

Поднимаясь по склону, Семен столкнулся с Роговым. Вася уже возвращался из дома Кощеева, благо это было рядом.

— Ну? — коротко спросил Шишкин.

— Никто дверь не открыл. Соседи говорят, один живет. Преподает в машиностроительном институте.

— Это тут рядом,— Стрельцов махнул рукой в сторону Эрмитажа.— Там в прошлом году повар в столовой окочурился. Думали — умысел, а оказалось — сердечник... А потом у него в кармане пальто две котлеты на косточке в пакетике нашли. Мертвеца в воровстве изобличили. Неудобно было...

— Доцентом работает,— продолжал Рогов.— Работал, то есть. Тихий, аккуратный. А в саду каждый вечер гулял, как заведенный. Больше, говорят, никуда не ходил — на работу да в сад. Еще в баню на Чайковского, пока она не закрылась...

— Рядовой гоп-стоп, похоже,— выдвинул версию Стрельцов.

— Бумажник-то на месте,— возразил Шишкин.— И деньги целы — триста десять рублей. Вряд ли их там было намного больше...

В нескольких метрах от оперов и от трупа стоял в новенькой форме работника прокуратуры следователь Мурыгин и весело болтал по мобильному. Весело и громко. Ничуть не смущаясь, что его могут услышать. Более того, не услышать его было трудно: голос у Мурыгина был очень напористый. Черты лица острые, как у лисы. Волосы вороные, а вот ресницы почему-то белесые, как у альбиноса, и длинные, будто у куклы Барби.

— А мы чё, мы потом на Большом тачку поймали — и в кабак на Марата,— жизнерадостно трещал Мурыгин.— Знаешь, с манекенами в витрине? «Настоящая стерва», что ли... Прикинь: Толик, пока ехали, совсем вырубился. Еле из тачки выволокли. Так вышибала нас пускать не хотел, прикинь! Так я ему ксиву прокурорскую в зеник вдвинул, так он так потух, так потух, смехопанорама прям!.. Обижаешь, Светуля, обижаешь! Напрасно обижаешь, скажу тебе. Какие бабы?! Стервы?.. Не было никаких стерв. Ты у меня одна такая!.. Да, а потом мы еще грамм по двести на рыло приняли, и по домам. Я не поздно вернулся-то — до мостов. А Толик до сих пор дрыхнет, прикинь... Нет, сейчас не могу, я на трупе. Да деда одного пристукнули. Так, ерунда. Дедок такой вяленый...

Опера переглянулись.

— Совсем без масла,— скривился Любимов.— Я бы, знаете... тут ведь все свои... как раз этого придурка — и в Лебяжью канавку. Вместо дедка... вяленого. Вот была бы смехопанорама.

— Отставить! — с видимым сожалением сказал Шишкин.— Нельзя в канавку. Всплывет. Такие не тонут... Зато весь «убойный» отдел посадят за убийство. Вот уж точно будет... Евгений Степанян.

— Петросян,— поправил Рогов.

— Один хрен — армяне!

Любимов махнул рукой и отошел в сторону. От греха подальше.

Среди прокурорских были нормальные трудяги, но и уроды попадались. И все больше и больше в последнее время. Хотя бы перед ними-то не выделывались!..

— Господин следователь, вы протокол осмотра собираетесь делать?..— громко спросил Стрельцов.— Или нам за вас отдуваться?..

Рогов сформулировал этот посыл энергичнее:

— Хватит болтать, ёшкин кот!..

— Все, Светуля, надо вкалывать,— сказал Мурыгин трубке.— Вкалывать, говорю! Работать надо, трудиться... Целую-целую. Пока-пока. Вечером увидимся...

Закончив разговор, Мурыгин сделал обиженное лицо. Дескать, позвонить не дадут. Что за дела...

— Куда вы спешите, мужики? Еще весь день впереди. Работа — не волк.

— Убийство раскрывать спешим,— сплюнул Вася.

— Так раскрывайте! — прокурорский следователь развел руками.— Я вам мешаю, что ли?.. Не мешаю.

— Видите ли, господин следователь... — с сарказмом начал Стрельцов.

— Александр Васильевич,— сухо представился Мурыгин.

— Господин Александр Васильевич... Вы же, согласно уголовно-процессуальному кодексу, на осмотре старшим являетесь!

— Я знаю,— подбоченился Мурыгин.

— Может, указания ценные будут? — Стрельцов явно издевался.

Шишкин, чтобы не нагнетать конфликт, спросил миролюбиво:

— Давно в прокуратуре?

— Три месяца,— Мурыгин выпятил грудь и стал похож на цаплю.— Ну и что?.. У меня университет за плечами.

И гордо повел этими самыми плечами. А говорил он с вызовом, свойственным неуверенным в себе людям.

В это время вернулся Любимов. Кивнув на Мурыгина, но не глядя на него, он сказал Любимову:

— Наверняка в адвокаты готовится!

— Думаешь? — переспросил Стрельцов.

— Дедукция подсказывает. Впрочем, сейчас и в прокуратуре нормально...

— А что плохого, если в адвокаты? — по-детски обиделся Мурыгин.

— Да нет, ничего,— отвернулся Любимов.— Наверное...

— Пойду за бланком схожу, а вы мне пока понятых найдите,— велел Мурыгин и начал подниматься к тропинке.

— А уж это вы, Александр Васильевич, сами! — жестко ответил Любимов.— У вас как-никак университет за плечами.

Он подождал, пока следователь скроется из виду, и добавил:

— Бланк у него в машине, это туда десять минут, обратно десять... А чего — время казенное. Служба идет. По дороге еще кому-нибудь позвонить можно. Пока мы тут пашем.

— Вот такие сейчас приходят... — резюмировал Шишкин.

— Индюки с дорогими мобильниками,— сплюнул Рогов.— Вы видали, какая «труба» у него? С видеокамерой!..

— С камерой не новость,— сказал Стрельцов.— Сейчас уже с телевизорами появились. Очень удобно: преследуешь преступника, а сам одним глазом футбол смотришь... И с подогревом, чтобы ухо не мерзло.

— Прокурор адвокату,— задумался Любимов над новым афоризмом,— друг, товарищ и брат!..

— Так, кончай базар! — скомандовал Шишкин.— Ты, Гриша, дуй в местный отдел, участковых на обход организуй и все грабежи за этот год пересмотри. Может, какие приметы есть. Жора и Вася, вы — в институт к потерпевшему. Больше пока некуда.

Федор Ильич, тесть Рогова, оказался первым клиентом, которого Виригин лично пригласил в адвокатскую контору. Что ж, по-человечески это было приятно — Ильич был мужиком немножко вздорным, но симпатичным.

С деловой, с коммерческой, то есть, точки зрения — начало, конечно, не Бог весть какое... Но с чего-то ведь надо начинать.

Федор Ильич сел за стол перед Виригиным. На столе стояли шахматные часы — и больше ничего. В руке посетитель сжимал квитанцию на оплату коммунальных услуг. Эмоционально потряс документом, положил на стол:

— Вот, Максим, полюбуйся! Нет, ты полюбуйся!..

Максим полюбовался. Квитанция как квитанция. Модная такая: на хорошей бумаге, двухцветная. Вывоз мусора, радиоточка, отопление... Наверное, они по такой же платят. Сам Виригин вообще никаких квитанций не видел — ими всегда занималась жена.

— Плачу каждый месяц за лифт по шестьдесят два целковых, а он четвертый месяц стоит! — горячился Федор Ильич.— Приходится ножками на шестой этаж. С сумками. С кочанами...

— С чем? — переспросил Виригин.

— Ну, с капустой... Солить.

— А-а... У нас тоже бывает. На выходные вот лифт не работал. Но чтобы четыре месяца — нет, такого не было...

— Так меня не это бесит,— возмущался Федор Ильич.— Хотя и это тоже. Двигатель, говорят, у них полетел, а никто не чинит. Только табличку, как лифтом пользоваться, прикрутили. Зато цены все время растут.

— И как же им пользоваться?..— заинтересовался Виригин.

— Да глупости!..— махнул рукой Федор Ильич.— Дескать, надо нажимать на кнопку с цифрой, соответствующей номеру этажа, на который хочешь...

— Логично, в общем-то... — осторожно заметил Виригин.

— Да я лифтом пользовался, когда они еще пешком под стол ходили!..— взорвался Васькин тесть.

— Шучу, Федор Ильич. Начальству их писали?

— А как же! Всей лестницей. У нас напротив в квартире студент-филолог — складно пишет, без ошибок. Все равно не чинят!.. Но это еще полбеды. Я другого не пойму. Почему с меня деньги за лифт дерут?.. За три месяца сто восемьдесят шесть рублей ноль-ноль копеек. Это же натуральный грабеж. Это ж сколько капусты засолить можно!..

— В контору сходите,— посоветовал Веригин,— потребуйте, чтоб пересчитали.

— Тупее тебя, что ли? — обиделся Федор Ильич.— Ходил!

— Ну не горячитесь вы... Ходили — и что?..

— Послали меня... обратно. Хорошо, с лестницы не спустили. Так вот, я хочу в суд на них подать и деньги вернуть. Мне из принципа важно. Претендент создать.

— Прецедент,— поправил Виригин.

— Без разницы! — мотнул головой старик.— Важно его создать! А то эта мафия что хочст, то и творит.

— Я-то, Федор Ильич, чем помочь могу? — спросил Виригин.

— Ты мне, Максим, заявление в суд продиктуй. Как правильно. И скажи, кому отнести.

— Я, честно сказать, с такими делами еще не сталкивался,— почесал затылок Максим.

— Ты ж адвокат! — удивился Федор Ильич.

— Пока только учусь.

— Так и что, не поможешь? — растерялся посетитель.

Дверь скрипнула. В кабинете, помахивая коричневым кожаным портфелем (еще вчера портфель был черный, заметил Виригин), появился вальяжный, довольный чем-то Мыльников. Он протянул руку Виригину, а посетителю коротко и вопросительно кивнул.

— Зато Борис Авдеевич — адвокат опытный! — обрадовался Максим появлению старшего коллеги.— Поможешь исковое заявление в суд составить?

Мыльников молча нажал на кнопку шахматных часов. Часы затикали.

— Час моего рабочего времени стоит сто долларов,— прокомментировал Мыльников.— Вас устраивает?..

Федор Ильич издал странный звук — примерно так крякает утка. С изумлением посмотрел сначала на Мыльникова, затем на Виригина. Слова вымолвить — не получилось.

— Борь, это тесть моего товарища по «убойному», Васи Рогова,— пояснил Максим.

— Так бы сразу и сказал!..— заговорил Мыльников уже без понтов и пафоса.— Своим мы бесплатно помогаем. Принцип важнее...

Он остановил тикающие часы. Федор Ильич вздохнул с облегчением. Виригин, честно сказать, тоже.

— Так чем могу помочь?..— спросил адвокат.

— Вот, заявление в суд... Про лифт.

— Про лифт? Очень интересно...

Мыльников иронично глянул на Максима, но Федора Ильича стал слушать внимательно. Профессионал в любых условиях должен оставаться профессионалом.

* * *

Ольге, секретарше декана факультета Королева, пришлось отпаивать своего начальника валидолом. Узнав о том, что стряслось с Кощеевым, Королев схватился за сердце и рухнул на стул. В факультетской аптечке валидола не оказалось, пришлось бежать в канцелярию. В результате через десять минут весь институт знал, что Дмитрия Петровича убили в Летнем саду...

А декан по-прежнему сидел на стуле и не мог оторвать взгляда от размокшего паспорта Кощеева...

Любимов и Рогов, скорбно склонив головы, стояли рядом.

— Чудовищно! Просто немыслимо! — заговорил наконец Королев.— Ведь совсем недавно юбилей его отметили... Семьдесят пять лет. Три четверти века!..

— Сожалеем.

А что тут еще скажешь? Жизнь — штука злая. И такое понятное чужое горе — помеха розыску. Нужно спешить по горячим следам, а приходится вытирать слезы родственникам и знакомым...

— Дмитрий Петрович — старейший преподаватель вуза, участник войны, наша живая история. Я сам у него учился. Сохранил светлую голову, невзирая на возраст... У меня вот сердце уже... А Дмитрий Петрович здоровый был. Я думал, он до ста доживет... И дожил бы!

— Что он преподавал? — уточнил Рогов.

— Сопротивление материалов,— с горечью в голосе ответил Королев.— Сложнейший предмет. Студенты его не любят. Говорят: «Сопромуть». Я сам Кощееву, помнится, только со второго раза сдал. На четверку... Счастлив был!

— А как же он воевал... если тридцатого года рождения? — не понял Любимов.

— Пацаном в Ленобласти партизанил.

— Надо же,— покрутил головой Любимов. То есть он знал, конечно, что пацаны, если жизнь заставит, могут взять в руки оружие. И даже убивать. В войну это не было редкостью. Да и сейчас — в Чечне или там в Африке... Но все равно — всякий раз задумаешься.

— Кавалер ордена Славы, а медалей — не сосчитать. Господи, почему так нелепо?.. Такой человек... Из-за каких-то копеек...

— То-то и оно, что бумажник на месте.

— Тогда зачем? — изумился декан.— Почему?..

— Возможно, хулиганство,— предположил Любимов.

— А может, и нет,— вступил Рогов.— Враги у него были?

— Да какие в таком возрасте враги!.. Жена давно скончалась, детей нет... Жил себе тихо. Оля, воды налей, пожалуйста...

— А среди студентов? Вот вы сами сказали, что предмет сложнейший. Наверное, кое-кто страдал на экзаменах...

— Да что вы?! Убить — за экзамен?? Старика?!

Любимов мог бы привести немало примеров еще более нелепых убийств. Как благополучная дочь-стоматолог убила мать за то, что старушка случайно разбила бутылку с остатками виски. Дочь привела любовника — а виски нету... Но Жора не стал приводить примеры. Просто спросил:

— А все же?.. Были обиженные на него?..

— Ну... Человек он был крайне принципиальный, на уговоры не шел. Разумеется, не всем это нравилось... Оля, у кого Дмитрий Петрович последний раз принимал?

Ольга достала из стола экзаменационную ведомость, полистала.

— Вчера днем у «платников». Вторая пересдача.

— И как результаты? — спросил Королев.— Дай-ка я сам гляну...

Ольга протянула ведомость.

— Так, девять человек пересдавали. Шестеро положительно, у троих «неуд» — Коротченко, Брилев, Стукалов.

Королев развел руками, глянул на оперативников.

— Даже не знаю, что сказать... Все трое — кадры сложные. К числу моих любимчиков, мягко говоря, не относятся. И друзья между собой. Но все равно я не верю... в убийство.

— Они ведь могли не убивать идти,— предположил Рогов.— Шли, например, припугнуть...

— Значит, у вас правило: три пересдачи — и отчисление? — вспомнил Любимов свою институтскую молодость. Бывали и у него третьи пересдачи... И то, что вся троица — друзья, факт важный.

— По правилам так,— подтвердил декан.— Можно сделать исключение... Тем более для «платников» — сами понимаете. Они же живые деньги приносят, а у нас тут... Небогато, мягко говоря, живем. Но для этих я бы исключения делать не стал.

— Как бы их повидать? — спросил Любимов.

— Вы все-таки думаете...

— Наше дело — проверить. Посмотрим на них, а потом думать будем.

— Раньше времени мы не думаем,— подтвердил Рогов.— Чего зря напрягаться.

— Оля,— распорядился Королев,— распечатай, пожалуйста, телефоны и адреса...

* * *

Профессионал должен оставаться профессионалом в любых ситуациях. Два копеечных заявления Федора Ильича: одно — в суд, другое — на имя начальника жилищного управления — Мыльников составил по всем правилам. С Федором Ильичом беседовал серьезно и уважительно, лишь иногда бросая ироничные взгляды на затаившегося в углу кабинета Виригина.

— Сначала вы идете с этим заявлением в свою жил-контору,— объяснял Мыльников.

Федор Ильич лишь кивал головой. Солидность адвоката лишила его дара речи.

— По нему вам или деньги вернут, или откажут,— продолжал Мыльников.— Отказ пусть изложат в письменной форме. Ясно?..

Федор Ильич вновь напряженно кивнул.

— Тогда с бумагой об отказе и вторым заявлением идете к своему мировому судье,— терпеливо растолковывал Мыльников.— Только часы приема его узнайте и марку госпошлины не забудьте купить и приклеить. Все предельно просто.

— Это для вас просто! — открыл наконец рот Федор Ильич.

Адвокат, который бесплатно тратит на него драгоценное время, Федору Ильичу не нравился. Пугал. Такой вот парадокс. Поэтому клиент чувствовал себя крайне неловко.

— Может, на бумажке расписать порядок действий?..— предложил Виригин.

— Спасибо, я, если что, позвоню.— Тесть Рогова встал, забрал документы. Опасливо поглядывая на шахматные часы, пожал Мыльникову руку.— Не буду задерживать! Спасибо за науку.

— Да, марка госпошлины продается в любой сберкассе,— подсказал ему в спину адвокат.

Федор Ильич нервно дернулся, услышав его голос.

Уже в коридоре подумал, что не зря всегда подозрительно относился к шахматам. Надо сказать Василию, чтобы не играл дома.

— Смешной старикан! — кивнул адвокат на закрывшуюся дверь и, не дожидаясь ответа, продолжил: — Есть кое-что для тебя...

Мыльников вытащил бумажник, отсчитал несколько стодолларовых бумажек:

— Твой гонорар, Максим. Тысяча зеленых. С почином.

Сначала Макс автоматически взял деньги, потом догадался:

— Мать того парня принесла? Чебутыркина?

— Черемыкина,— улыбнулся Мыльников.— Разумеется, принесла. Куда бы она делась? Свобода единственного сына — не хрен собачий, так?

— Так-то оно так...

Деньги не то чтобы жгли руки... Сказать так было бы неправдой. Но, в общем и целом, Виригин был смущен. Нечистые какие-то деньги. Чумазые. И достались подозрительно легко. Или в этой профессии — все деньги такие?

— Борь, да я, в принципе, и не работал,— сказал Виригин.— Это все ты.

— Слушай, Макс, кончай ломаться. Если даю, значит, бери и не строй из себя целочку. Приличный костюм себе купи, это для дела полезно. Мне — лично мне! — выгодно, чтобы ты хорошо выглядел. Ты не бойся, я тебе лишнего не дам. Все, что предложу,— твое, законное.

Мыльников говорил непривычно серьезно. И чувствовалась за его словами... сила, что ли. Правда жизни.

Виригин спрятал деньги в карман.

Приличный костюм у него был. Года три назад муж Ирининой подруги, бизнесмен, закрывал свой бутик, чтобы открыть на этом месте то ли зал игровых автоматов, то ли что-то еще суперрентабельное. А одежду из бутика срочно задешево распродавал знакомым.

Ирина тогда настояла, что Максиму нужен костюм. Настоящий взяли, итальянский. На работу было неудобно надевать: мужики бы не оценили. Еще заподозрили бы что-нибудь. Максим и не надевал. Вообще ни разу. Костюм так и пылился в шкафу.

Правда, что ли, попробовать...

А деньги — пригодятся, конечно. Дома сейчас дефицит бюджета. Долг опять же...

— Спасибо.

— За это не благодарят,— отмахнулся партнер.

— Чем мне сегодня заняться? — спросил Максим.

— Через час в Невское РУВД съездишь, там у моего клиента уличная по квартирным кражам. Надо за следствием присмотреть. Опытным взглядом. Если какие недочеты будут, не встревай, но фиксируй. Мы им потом на суде влупим. А я пока речь по наркоману набросаю.

— Хорошо, съезжу.

В любом следственном процессе недочетов и нарушений — как грязи. Максим об этом знал хорошо. В свое время у него самого этих недочетов было — веслом не провернешь, иначе нельзя. Но если бы крысы из адвокатуры попытались их «зафиксировать», первым желанием Виригина было бы начистить фиксатору морду. С другой стороны, бывают ведь и злостные «недочеты», которые реально нарушают права подозреваемых.

Так что, надо съездить и разбираться уже на месте.

Одну и ту же работу можно назвать «вынюхивать», а можно — «проконтролировать»...

Спросонья и с похмелья Стукалов долго не мог сообразить, по голове стучат или в дверь...

Стучали в дверь, и каждый стук резкой болью отзывался в башке.

Стукалов попытался подняться и застонал. Надо же было так нажраться. Нет, даже с Вадиком он никогда так не напивался.

На столе стояло четыре бутылки из-под водки и четыре — из-под пива.

Все это — вдвоем?!

Или...

Стукалов провел стремительную ревизию бутылок на предмет спасительного глотка. Тщетно. Пусто.

В дверь барабанили все настойчивей.

— Сейчас-сейчас... — пробормотал Стукалов, шаркая в коридор.

На пороге стояли Рогов и Любимов. То есть Стукалов не знал, что это Рогов и Любимов. Он просто увидел двух незнакомых мужчин. Одного невысокого и с виду добродушного, другого — большого и грозного.

— И... что? — икнул Стукалов.

— Стукалов? — спросил мужик маленького роста.

— Ну?..

Любимов поморщился — такое лихое шло от Стукалова амбре... Рогов показал удостоверение.

— Криминальная милиция. Поговорить надо.

— О чем?

— О сопромате,— грубо ответил Любимов. Он отстранил Стукалова и шагнул в комнату. Стукалов и Рогов двинулись следом.

Брылев, в одежде и даже в ботинках, спал на диване, разметав руки и ноги. Рот у него был открыт, из уголка рта сползала слюна. Зрелище аппетитное. Любимов перевел взгляд на стол.

Весело живут неуспевающие студенты платных отделений технических вузов, ничего не скажешь!

— Это что за тип? — показал он на Брылева.

— Эт-та? — икнул Стукалов.— Товарищ мой — Вадик Брылев.

— Из нашего списка,— обрадовался Рогов.

— Два зайца в одной корзине. Меньше хлопот. Буди давай... своего товарища.

Стукалов подошел к Брылеву и потряс его за плечо. Брылев что-то промычал, не открывая глаз.

— Приехал ко мне вчера днем, вот и квасим,— пояснил Стукалов.

— Вдвоем? — спросил Рогов.

— Вдвоем,— кивнул Стукалов.— Или нет... За девчонками вроде ходили ночью...

Стукалов задумался, припоминая. Во время одного из ночных походов за водкой они вроде и впрямь пытались «снять» девчонок. В результате познакомились с кавказцами из числа привокзальных торговцев. Брилев требовал от них сутенерских услуг. Стукалов вспомнил, как один из кавказцев внушал Брилеву, что у них есть «три алтырнатив». Типа, получить по шее на месте, отправиться в кутузку или слиться по-быстрому домой. Друзья, похоже, выбрали «алтырнатив» номер «тры».

— Не, вроде вдвоем...

— Экзамен обмывали?

— А откуда вы... про экзамен?..

— Работа у нас такая — всё знать,— усмехнулся Любимов.—.Вась, осмотри там их куртки и обувь.

Рогов вышел в коридор. Брилев громко замычал. Потом спросил, не открывая глаз:

— Пиво принес?!

— Вадик, у нас милиция,— проинформировал Стукалов.— Вставай!

Брилев, продолжая мычать, приподнялся с дивана. Нечесаные кудри, помятая одежда, опухшее красное лицо... Бандерас. Любимову он почему-то напомнил побитого мелкого беса.

— А что такое? — спросил Брилев.— Соседи наступали?

— Они из угрозыска... — начал Стукалов.

— Ты во сколько вчера приехал? — перебил его Любимов.

— Куда? — прикинулся дурачком Брилев. На самом деле мозг его работал сейчас на всю катушку. Самый тонкий момент игры. Ошибиться нельзя.

— На кудыкину гору! — рявкнул на него Любимов.— Сюда, студент, сюда во сколько приехал?

— Часа в четыре... Может, чуть позже...

— Где-то так,— подтвердил Стукалов.

— И больше никуда не выходил? — наседал Любимов.

— Ну, за бухлом, за цыпками... вместе вот...

— И не отъезжал никуда?

— Бухой-то?.. Да вы чё! — возмутился Брилев.—
Я ж не дебил!.. Тачка моя там, у парадной...

Рогов вернулся в комнату, отрицательно качая головой.

Любимов подошел к Стукалову и начал, морщась от
выхлопа, осматривать его одежду и костяшки пальцев.

— Вы чё? — удивился Стукалов.

— Через плечо... не горячо? Квартиру снимаешь?

— Снимаю,— кивнул Стукалов.

— А сам откуда?

— Из Бобруйска.

— А где это? — спросил Рогов.

— В Белоруссии.

Надо же! Шишкин, когда гневался на кого-нибудь
из стажеров, любил постращать, что отправит того в
Бобруйск. Шумел: «В Бобруйске был? Был в Бобруйске, я спрашиваю?!» Василий думал, что это такой ми-
фологически-юмористический городок наподобие
Урюпинска, Мухосранска или Шепетовки. А надо же —
существует в действительности. О Шепетовке и Урю-
пинске, что они существуют, выяснилось раньше: через Интернет.

— Встань-ка,— Любимов подошел к сидящему на
диване Брилеву. Рогов ходил по комнате, осматривая
нехитрую обстановку.

— Что случилось-то? — поднялся Брилев.

— Вашего Кощеева вчера убили,— обрадовал Любимов, проверяя брилевские карманы.

— Кощея?.. Где? — опустил руки Брилев.

— В Летнем саду.

— Так вы что думаете, это мы? — заволновался
Брилев. Сыграть волнение удалось, кажется, убедительно. Брилев даже хотел краем глаза в зеркало заглянуть, но зеркало оказалось вне поля видимости.

— Пусть лошадь думает. У нее голова большая. А мы
проверяем... Вась, ну что? Тут пусто.

— Вроде пусто,— нехотя согласился Рогов.— А Коротченко — что за парень?

— Жека? — переспросил Стукалов.— Нормальный пацан.

— Ладно, погнали... — кивнул Любимов. Он обернулся к Брилеву: — Собирайся давай...

— Я... — побледнел Брилев.— Куда? Почему?

— По кочану... Машину твою посмотрим.

В «тойоте» ничего подозрительного не обнаружилось. Но Брилев спускался с оперативниками по лестнице как-то суетливо, и Любимов насторожился. А поэтому обыск в автомобиле произвел со всей возможной тщательностью. Не забывая поглядывать на Брилева — вдруг чем-то выдаст себя. Но Вадим уже успокоился и даже причесался пятерней, сверяясь с боковым зеркальцем.

— Ладно, гуляй пока... — разрешил Жора.

Брилев шустро устремился в магазин «Продукты», расположенный буквально в соседней парадной.

Рогов и Любимов отправились к оперативной машине, припаркованной рядом с открытым таксофоном с разбитыми стеклами. Трубка и наборный диск были выдраны с корнем — вандалы попались упорные.

— Хулиганье ночью шарилось,— кивнул Рогов.— Может, это наши орлы? По дороге за водкой...

— Если и так, то вряд ли они об этом помнят,— ухмыльнулся Любимов.— Пьянь хренова... Слушай, может, в саду и впрямь «хулиганка»?.. Сделал старик кому-нибудь замечание и получил по чайнику.

— Вполне возможно,— кивнул Рогов.— Но Коротченко проверим. Для очистки совести. Где он живет?..

— На Гражданке. Пилить и пилить еще... Скорее, Гриша в районе накопает. Надо еще пожрать заскочить. Между прочим, я не завтракал, в животе урчит,— Любимов глянул на наручные часы.— Ого, уже почти полтретьего. Поехали... Чего стоишь?

Но Рогов медлил, разглядывая стекло разбитого таксофона.

— Ну да, стекла острые,— согласился Любимов,— порежется кто-нибудь... И что предлагаешь: в жилконтору идти? Или, может, мне застеклить собственноручно? Я умею. А убийцу кто ловить будет? Достоевский? И жрать охота...

Рогов молчал, теперь уставившись на часы Любимова. Тот удивился, вновь глянул на циферблат.

— Говорю же, полтретьего. Ты чего, Василий Иваныч? Застыл, как мумия в саркофаге... — уже всерьез обеспокоился Любимов.

— Тикалки,— наконец подал голос Вася.

— Что — тикалки?

— Там, на подоконнике. Пошли...

Рогов резко развернулся и двинул назад.

Брилев как раз заходил в парадное с четырьмя бутылками импортного пива.

Оперативники нагнали его уже на площадке второго этажа, когда Стукалов открыл дверь.

— Вы чего?..— растерялся Брилев. Чертовы менты! Достали! Расслабиться не дадут!

— Соскучились,— бросил Любимов.

Рогов отодвинул Стукалова и быстро прошел в комнату. Приблизился к подоконнику. Так и есть. Ёшкин кот, чуть не проворонил...

— Смотри, Жор...

— Чего там?

На подоконнике лежали часы с разбитым стеклом. Минутная стрелка была погнута.

— Швейцария,— оценил Любимов.— Похоже, настоящая. Тыщу бакинских «весят», не меньше.

— Чьи это? — Рогов поднял часы за кончик ремешка.

Стукалов и Брилев молчали.

— Я спрашиваю, чьи?!

Рогов посмотрел на запястье Стукалова. Там тикали скромные ходики, типа «Славы» или «Зари». На запястье Брилева ничего не тикало.

— Не мои,— сказал Стукалов, опустив глаза.

— Ну, мои,— буркнул Брилев. Идиот. Ну что мешало выбросить их ночью?

— Где ж ты стекло разбил? — небрежно поинтересовался Рогов.— Жалко. Вещь-то дорогая.

— Не помню... — задумался Брилев.— Мы вон с Серегой ночью боролись... — кивнул он на приятеля.

— Было дело,— подхватил Стукалов.

— Жор, давай осколки поищем.

Любимов и Рогов начали осматривать пол.

— Присоединяйтесь,— предложил Любимов растерянным студентам.— В ваших интересах...

Десятиминутные поиски результата не дали.

— Не здесь разбил,— сделал вывод Рогов.— Еще версии?

— Может, еще где-то,— голос Брилева предательски дрогнул.— Мы вот ночью на вокзале с черно... с кавказцами сцепились...

— Или в Летнем саду,— продолжил Рогов.— Жор, давай понятых, будем изымать. И Семена я вызову, пусть еще раз в «тойоте» пороется...

Обедать пришлось сомнительными чебуреками, купленными в киоске у Балтийского вокзала. Еда навевала грустные мысли об анекдоте «Купи десять чебуреков — собери собаку».

На самом деле, вкус собаки Любимов знал. Служил в армии в Узбекистане: угораздило дурака однажды попробовать — до сих пор не забыл. А в этом чебуреке все-таки был нормальный говяжий фарш. Вполне терпимый.

В качестве утешительного приза позволили себе бутылку пива на двоих...

Через пару часов посетители Летнего сада могли наблюдать странную картину. Четверо здоровых мужчин (это были Рогов, Любимов, Стрельцов и Семен Черныга) ползали на карачках вокруг и под садовой скамейкой. Ковырялись в гравии. Лупы достались Рогову и Семену. Жоре и Грише пришлось уповать на собственную зоркость. Двое понятых стояли рядом.

Мимо проходила группа пожилых французских туристов. Бодрый молодой экскурсовод в ярко-красном шелковом платке на шее что-то быстро тараторил. Туристы пялились на оперативников и цокали языками.

— Чего это они?..— нахмурился Любимов.

Среди коллег никто французского не знал, только Семен немного — фразы «Апре ну ле делюж», что означало «После нас хоть потоп», и «Ноблесс оближ», что означало «Положение обязывает»... Ну, плюс еще то, что все знают, из фильма про трех мушкетеров — «а ля герр ком а ля герр» и прочее «пуркуа па?». Но один из понятых оказался полиглотом.

— Он им говорит, что вы члены секты местосвятцев... Что у вас ритуал поклонения местам, в которых произошли какие-то значительные события... Вот на этой скамейке Достоевский якобы придумал сюжет романа «Преступление и наказание». И что, когда не будет свидетелей, вы начнете есть землю,— такой ритуал...

— Что-о? — Любимов грозно поднялся на ноги.

Парень в шарфе быстро увел своих французов.

— Я уже все колени себе стер,— пожаловался Гриша Стрельцов.— Кто мне за брюки заплатит?!

— Еще бы! С таким брюхом,— хохотнул Семен.— «Рвать цветы легко и просто детям маленького роста...»

— Мужчины, это наш шанс,— Любимов вновь опустился на колени.— Ищите и обрящете...

— Университетского образования нам не хватает,— вздохнул Рогов.— Сюда бы следователя Александра Васильевича...

— Чтобы он кверху задницей по Летнему саду ползал?..— усомнился Любимов.

— А ты хочешь, чтобы книзу? — не остался в стороне Семен.

Понятые недоуменно переглянулись. Будет что домашним рассказать: и про секту, и про прокуратуру...

Другую группу, наблюдающую за поисками, составляли три женщины с собачками на поводках. Все дамы были разных комплекций, расцветок и возрастов, а собачки, напротив, очень похожие — маленькие злобные шмакодявки с острыми ушами.

— Вы не в курсе, что они ищут? — спросила первая дама.

— Сама точно не знаю,— ответила вторая,— но я слышала, что пробирку с вирусами разбили. Теперь их собирают.

— А какие вирусы? — испугалась первая.

— То ли чумы, то ли сибирской язвы... — не смогла припомнить первая.

— А может, птичьего гриппа? — насторожилась третья.

— Или коровьего бешенства? — предположила первая.

Собачонки дружно затявкали. Женщины развернулись и быстро пошли к выходу.

В это время Рогову улыбнулась удача. Разгребая гравий под самой скамейкой, он болезненно воскликнул:

— Ай, бляха!

Из небольшой ранки на пальце торчал стеклянный осколок.

— Замри, Вася! Терпи! — Любимов схватил коллегу за руки и повернулся к понятым.— Товарищи, зафиксируйте стеклышко, пока вся кровь не вытекла...

Семен достал прозрачный пакетик и пинцет:

— Вась, давай упакую...

В туалет Брилева проводили с охранником. Над умывальником висело грязное и потрескавшееся зеркало, в котором отражалось опухшее неуверенное лицо студента с потухшим, жалобным взглядом. Если и вспоминать Достоевского, то — «Униженных и оскорбленных».

«Ничего,— подбодрил себя Брилев,— мы еще повоюем... За папашкины деньги всю ментовку эту поганую может купить под складские помещения. Да и не доказано еще ничего...»

Мыло выскользнуло у него из дрожащих рук.

Рогов и Любимов ждали студента в кабинете.

— Вы что, думаете, это я Кощея убил? — Брилев попытался взять надменный тон, но голос вдруг стал каким-то писклявым.

— Уже не думаем, а уверены,— почти радостно сообщил Любимов. Не всякое убийство раскрывается за один рабочий день.

— Тогда отцу моему позвоните и адвоката вызовите! — вскинулся Брилев.

— Не переживай, студент, не обидим,— улыбнулся Любимов.

— Сначала сюда взгляни,— предложил Рогов, доставая из ящика стола прозрачный пакет, опечатанный лентой с подписями понятых. В пакете лежали знакомые часы. Не просто швейцарские, но из самой Швейцарии и привезенные. Без камешков и золота, всех этих ненужных понтов, зато с титановым механизмом. Практически вечным и бесконечно точным. Точнее Спасской башни. Стильные были «клоки», чего уж там...

— Это твои часы,— сказал Рогов.

— Дальше что? — огрызнулся Брилев.

— Не груби, дурачок,— Любимов пока еще сохранял благодушие.

— Дальше... Что же у нас дальше...

Рогов не торопясь достал из ящика второй прозрачный пакет, опечатанный лентой с подписями понятых. Там едва виднелись два небольших стеклышка.

— А это осколки от разбитого стекла... тех же самых часов,— сообщил Рогов.— Знаешь, где мы их нашли? Возле скамейки, где убили Кощеева. Видно, он тебе по руке палкой въехал.

— Больно въехал?..— участливо спросил Любимов.

— Вы их сами подбросили,— мрачно заявил Брилев.

— Нет, здесь все в ажуре, с понятыми искали,— зевнул Любимов. Скучный студент. И дело ясное.

— У меня алиби,— уже менее решительно пробормотал Брилев.

— Плакало, Вадик, твое алиби,— развел руками Любимов.— Приятель твой сразу все понял. Дать почитать показания?.. Ему-то зачем в Сибирь? Он не жена декабриста. Он домой хочет. В Бобруйск. Ты в Бобруйске был, Вадик?

Брилев опустил голову.

— Я не хотел убивать. Только попугать хотел. У меня же и оружия никакого...

— Уже лучше,— поощрил Рогов.— Давай, рассказывай.

Ирина и Юля Виригины сидели перед телевизором, пили чай со смородиновым вареньем и обсуждали Юлино будущее.

— В официантки я больше не пойду,— заявила Юля.

— Нет, конечно! Я тебя сразу отговаривала! Ты же не послушалась...

— Один раз надо было попробовать.

— Ну вот и хватит. Ты отцу-то не говорила, что хозяин к тебе приставал?

— Ты что, ма! — замахала руками Юля.— Нет, конечно...

— И не говори! Не хватало нам еще одного убийства...

— Ну,— хихикнула Юля,— у него теперь и пистолета-то нет...

В комнату заглянул Максим. В халате, с мокрой головой. Только что из душа.

— Что вы тут говорили про пистолет?

Ирина смутилась.

— Да не про пистолет! А про автоматы,— нашлась Юля.

— Какие еще автоматы? — удивился глава семейства.

— Игровые... Я туда заходила про работу узнать. А салон называется «Игровые пистолеты». В шутку, типа.

— Юля! — в ужасе воскликнула Ирина.

— Слушай, не надо,— нахмурился Виригин,— сомнительное место...

— Да мне и не понравилось,— утешила Юля родителей.— И условия, и вообще... Там скандал как раз был...

— Кто скандалил?

— Да мужичок один... пьяный. Он жетоны хотел купить, а на него кассирша кричит: «Не продам! Я тебя знаю, ты у нас жетоны берешь, а играть идешь в «Чебуречку»!» А он ей: «Я в этом доме родился!» И обзывает еще... на букву «б»...

— Прямо на букву «б»! — ахнула Ирина.

— Его-то логику можно понять,— заметил Виригин.— Местный — будто бы больше прав у него. А ее логику — не очень. Он же деньги платит за жетоны — какая ей разница, куда он их денет...

— Жетоны пропадут,— предположила Ирина.

— Они же не стоят ничего. По три копейки...

— Вот и я не поняла,— сказала Юля.

— А я забыл совсем... — хлопнул себя по лбу Максим. Вышел из комнаты, вернулся с деньгами. Он и впрямь забыл об этой тысяче. О нормально заработанных деньгах никогда не забывал, а тут...

— Держи,— протянул Ирине.— Здесь тысяча долларов.

— Откуда столько? — удивилась Ирина.

— Гонорар получил.

— За две недели?

— Клиент богатый попался.

Про себя он горько усмехнулся. Богатый клиент... Горемычкина, поди, последнее продала... С другой стороны, не выбрасывать же теперь деньги. И вообще — назвался груздем...

— Надо твоему Мыльникову за здоровье свечку поставить,— обрадовалась жена.— Если бы он не уговорил...

— Ма, у меня сапоги еле живые,— напомнила Юля.— Ходить не в чем.

— В ремонт сдай,— ответила Ирина.— А пока полдолга отдам. Дышать легче станет.

Виригин махнул рукой:

— Делайте что хотите...

— Кофе? — спросил Мыльников.

Посетитель холодно улыбнулся.

— Я ненадолго.

На столе тикали шахматные часы. На сообщение о ста долларах в час посетитель отреагировал иронически: «Без учета НДС?»

«Брилев Юрий Семенович» — тиснение на плотной, с шершавой поверхностью визитке. Перед адвокатом Мыльниковым сидел генеральный директор корпорации «Империон» (названьице... гм... с претензией). Возле дверей, терпеливо дожидаясь босса, застыл его охранник. Пахло от гендиректора дорогим одеколоном и большими деньгами. Очки у него были в платиновой оправе — Мыльников видел такую в магазине.

— Мне вас Чистяков порекомендовал,— сообщил Брилев.— Геннадий Андреевич. Помните такого?

— Еще бы,— с достоинством ответил Борис Авдеевич.

— Сказал, если не вы, то никто не поможет,— продолжил Брилев.— Это так?..

Вопрос он задал не формально, а по существу, окинув адвоката стальным взглядом.

— Ну, это он перегнул,— заскромничал Мыльников.— В городе много специалистов. Но я — чем могу...

Приплыла вкусная рыба. Важно не спугнуть. Но нельзя обещать ничего лишнего. Серьезный человек, сразу видно. Если что — спросит по полной.

— Вчера арестовали моего сына. За убийство, – деловито сообщил Брилев.

— Арестовали или задержали?..

— Да какая разница! — ответил посетитель таким тоном, что Мыльникову стало стыдно за детские игры с юридической терминологией.— Главное — он за решеткой.

— В «Крестах»?

— Пока в Центральном районе.

Часы тикали.

— Значит, обвинение еще не предъявлено... Вы со следователем говорили?

Гость поморщился:

— Щелкопер. Павлин прокурорский. Молодой, но с таким гонором. Я к нему всех своих юристов из фирмы привез. А он: «Тайна следствия». Придушил бы...

— Но хоть фабулу-то узнали? — осторожно спросил Мыльников.

— Гнилая фабула,— отрезал Юрий Семенович.— Будто бы Вадик два дня назад своего институтского преподавателя убил. Тростью в висок. В Летнем саду. За то, что тот его на экзамене завалил.

— Сильно! — удивился Мыльников.— За экзамен? Ну, а вы что думаете?..

— Этот сукин сын мог,— резко ответил Брилев.— Но он у меня единственный, и этим все сказано.

— Понятно,— Мыльников наклонился ближе к посетителю. Мордоворот в дверях его немного смущал.— Так что, Вадим... признался?

— Похоже на то.— Гость оставался спокоен.— «С доказухой железно, поэтому сидеть ему долго». Это слова следователя. Цитата точная.

— Если «железно»,— сказал Мыльников,— то можно попытаться на другую статью перейти. Более мягкую. Непредумышленное. Или вообще самооборона...

— Трупу семьдесят пять было, еле ползал, какая самооборона,— Юрий Семенович повысил голос.— Нет. Только полная невиновность и освобождение. А уж с Вадиком я сам разберусь.

— Но если есть доказательства... — растерялся Мыльников.

Если такие дела и прекращаются, то за очень большие деньги. Не бомжа убили, а все же преподавателя. Профессор, наверное. Еще почетный какой-нибудь. Общественный резонанс, и все такое.

— Ста тысяч долларов хватит?..— будто прочел его мысли Брилев.— Или мало?..

Мыльников едва не поперхнулся.

— Трудно сказать... то есть деньги большие, должно хватить, если люди в принципе согласятся сотрудничать. Многие сейчас боятся. Сами знаете, «оборотни в погонах», и все такое... Надо сначала все уточнить, поговорить со всеми. С «убойщиками», в прокуратуре, с Вадимом...

Адвокат отключил шахматные часы.

— Беретесь, значит? — уточнил Юрий Семенович. Мыльников выдержал паузу. Для солидности.

— Берусь выяснить, возможно ли это... И что вообще возможно.

— Вперед! — Брилев, вставая, бросил на стол пачку купюр.— Пятерка на выяснение. Первого звонка жду завтра.

* * *

— Здорово, отец! Экзамен в третьем кабинете!

— Какой экзамен? — Федор Ильич не сразу узнал того рабочего, что прикручивал в парадном табличку с правилами пользования лифтом. Потому, может быть, не сразу узнал, что если при первой встрече рабочий был пьян, то сегодня — безобразно пьян. Отцепившись от двери жилконторы, он в ту же минуту схватился за стоящее рядом дерево.

— Шутка! — расхохотался рабочий.— Не будет никакого экзамена... Пользуйтесь на здоровье... своими лифтами...

И, напевая «На речке, на речке, на том бережочке», рабочий двинулся в проходной двор.

Виригин обалдело покачал головой. Такими пьянчужками тружеников сферы жилкомхоза выводили карикатуристы журнала «Крокодил» в незапамятные времена. Неужели ничего не изменилось?..

Оказалось, что изменилось. В жилконторе было довольно чисто, остальные сотрудники абсолютно трезвые и относительно вежливые. Возможно, пьянчужку с шутками про лифт держали для стиля.

У входа в кабинет начальника Федор Ильич занервничал.

— Слушай, Максим, может, бросить все?

— Вот тебе раз! Почему? Столько сил уже потратили... — удивился Виригин.

— Да я ж был тут! Они и слушать ничего не хотят!

— Ну вот сейчас вы и спросите подробнее, почему...

— Да все мозги уже запутали! Говорю, напишите бумагу, что платить отказываетесь, а они ни в какую! Мы таких бумаг не даем, и точка! Бросим давай... — расклеился пенсионер.

— Нет уж, Федор Ильич! Раз уж начали, давайте доведем до конца. Вы идите, требуйте, а я позже зайду...

Федор Ильич вздохнул и толкнул дверь. Начальница, дородная женщина с массой дешевых ювелирных украшений, не ожидала увидеть его второй раз. И рассердилась, узнав, что он заявился с тем же самым вопросом.

— Я же уже сказала вам, мы таких бумаг не выдаем! Вы что, забыли?

— Нет, не забыл. У меня все в порядке с памятью,— приосанился Федор Ильич.— А вы вот объясните, почему не выдаете?

— По инструкции! — раздраженно сказала начальница.

— У меня заявление. Официальное!

— Не возьму!

— Но есть закон...

— Для меня инструкция — закон,— отрезала начальница.— Всё, гражданин, не мешайте работать, у меня очередь... Следующий!

На ее зов явился Виригин. Сегодня он впервые надел роскошный итальянский костюм. Чувствовал он себя в дорогой упаковке, как вобла в малахитовой шкатулке,— костюм сидел как-то мешковато, но на людей производил впечатление. По дороге к метро несколько прохожих уважительно уступили дорогу.

В метро Максим решил провести эксперимент. Не стал опускать жетон, а двинул через будку контролерши, вместе с льготниками. Ничего не показывая — просто кивнул. И контролерша ответила лучезарной улыбкой.

Другое дело, что она могла помнить Максима как человека, который несколько лет подряд предъявлял здесь милицейский документ... Но все равно: можно, оказывается, проходить «по костюму». Мыльников прав...

— Вы по какому вопросу? — уважительно спросила начальница. Встретила, что называется, по одежке.

— Я вот с ним,— Виригин кивнул на Федора Ильича и вытащил удостоверение.— Адвокат Виригин, городская коллегия, а это мой клиент.

— Дожили... — растерялась начальница.

Виригин без приглашения уселся на стул. Кивнул Федору Ильичу, чтобы тот не стеснялся и присаживался на второй. Федор Ильич опустился на самый краешек.

— Вы, как я понимаю, деньги возвращать отказываетесь? — приступил к делу Виригин.

— У нас их нет, сами в долгах,— извиняющимся тоном сказала начальница.

— Куда же они деваются? — подал голос Федор Ильич.

— В городской бюджет уходят. Так что все вопросы к Смольному.

— И у Смольного спросим! — осмелел Федор Ильич. Неплохо бы еще кулаком по столешнице двинуть, легонько так, но он сидел далеко от стола, не дотянуться.

— А вы пока письменный отказ оформите нам, пожалуйста,— мягко попросил Виригин.— Чтобы было что Смольному предъявлять. Бумагу дать?

— Но у меня инструкция...

— Можно на нее взглянуть? — перебил Виригин.

Начальница стала искать что-то в ящиках стола. Было понятно, что инструкции там нет, и вряд ли она существует в природе.

— Да вы не торопитесь, мы подождем,— улыбнулся Виригин.

— Запропастилась... Наверное, главный инженер взял. Ладно, в порядке исключения мы вам выпишем... — Начальница нажала на кнопку самодельного селектора, переделанного из старого телефона.— Маша, выдай адвокату бумагу. Он сейчас подойдет, текст продиктует...

— Большое спасибо,— Виригин встал.

— В суде встретимся,— грозно пообещал Федор Ильич.

— Да вы на него больше денег потратите! И на адвоката!

Виригин и Федор Ильич молча двинулись к выходу.

— Скоро из-за каждого мусорного бачка судиться будут,— недовольно буркнула начальница.

У двери Виригин остановился, оглянулся.

— Извините, а вот интересно... У вас там рабочий такой странный ходит... нетрезвый... Про лифт шутит...

— Да это не наш,— махнула рукой дама.— Это артист с «Ленфильма». В образ вживается. Будет играть водопроводчика. Я уж им объясняла, что пьяниц мы сейчас не держим. Но у них стереотип... Слушайте, господин адвокат,— оживилась начальница.— А если нам вместе на «Ленфильм» в суд подать? За дискредитацию образа работника ЖКХ... А?

— Интересно,— усмехнулся Виригин.— Я подумаю.

Действительно, надо посоветоваться с Борисом. «Ленфильм» — не жилконтора, «Ленфильму» можно выкатить нормальную предъяву.

Уже на улице он поймал себя на мысли, что вовсе не шутит.

— О, Максим, ты в новом костюме! — воскликнул Мыльников.— Поворотись-ка, сынку... Настоящая вещь, молодец! Старомодно чуть-чуть, но очень, очень элегантненько. А я, смотри, новый портфель вчера отхватил в «Стокмане».

Адвокат выставил на стол белый кожаный портфель.

— Невыгодный цвет,— заметил Виригин.— Маркий. Запачкается быстро.

— Зато красота какая! Буду таскать по торжественным случаям, с белым костюмом... Ты где был-то?

— С Федором Ильичом в жилконтору ездил. Взяли бумагу с отказом, теперь можно в суд... А что, у нас что-то срочное?

— Есть немного. Серьезный клиент приходил. Предложил двадцать штук зеленых.

— Ого,— удивился Максим. Про такие суммы он еще не слыхал.— За что?

— У него вчера сына за убийство задержали.

— В каком районе?

— В Центральном...

Внутри у Максима все похолодело. Еще пару месяцев назад он бы сам, в качестве «убойщика» главка, выехал на это дело. Бог о бок с Роговым. Рука об руку с Шишкиным. Душа в душу с Любимовым... А теперь — что? Он — по другую сторону баррикад, как Жора сказал? В глубине души он надеялся, что ему удастся избежать таких пересечений.

Наивная была надежда. Петербург — город маленький.

Хотя, казалось бы, второй по населению город в Европе, после Лондона.

Если Москву Европой не считать...

— Но он убежден, что сынок не виновен,— продолжал Мыльников.— Или стечение обстоятельств, или опера намухлевали. Надо нам все детали разузнать.

— Так к следаку поехали,— предложил Виригин. Может, удастся обойтись без контакта со своими бывшими коллегами.

— Туда успеем. Сначала своим позвони, выясни, кто Брилевым занимался. Мы бы тогда подскочили.

Начинается...

— Слушай, Борь, мне как-то неловко,— растерянно сказал Максим,— у своих «пробивать»...

— Ты чего? — нахмурился адвокат.— Это же твой ресурс. Прямой путь к результату! Брось ты эти условности. Мы что, у них хлеб воруем?

Виригин с неохотой подошел к телефону, с большой неохотой... Но что делать? Прямо сейчас уволиться — сию секунду? Сказать: понял, что не мое? Детский сад какой-то... Виригин набрал номер. Ответил Любимов.

— Жора? Привет. Это Макс... Ну, а вдруг уже забыл мой голос. Слушай, Брилевым по Центральному вы занимались?.. Да, в Летнем саду... Ты на месте будешь? Мы подъехать хотели. Есть вопросы... Ну, тогда до встречи... — Он положил трубку.— Ждут нас, Боря. Можно ехать.

— Ну и идем, чего время терять.— Мыльников встал. Настрой у него был решительный.

Виригин критически глянул на перстень-печатку Мыльникова. Этого мужики точно не оценят.

— Борь, ты бы перстень снял.

— Разумно. Молодец, Максим!

Мыльников снял с пальца вызывающий перстень, сунул его в ящик стола. Добавил:

— И портфель белый — пафосно слишком. Тоже оставлю.

Виригин с грустью подумал о своем костюме. Тут уж ничего не поделаешь. Или?..

— Пиджак сними, да и все,— прочел его мысли Мыльников.— В рубашке нормально. Ну, мы с тобой прямо как артисты. Смешно!

Максим, однако, ничего смешного в этом маскараде не видел. Непривычное дело: для разных людей по-разному одеваться. Неужели ему всерьез придется осваивать эту хитрую науку? В сорок-то пять лет...

Опытный опер Любимов, шельмец, брюки дорогие на Виригине разглядел. Посмотрел, оценил, подивился. Ничего не сказал. Виригину стало неловко. Он и так ощущал себя не в своей тарелке, а тут вообще... Он отвернулся, уткнулся в график дежурств, где больше не было его фамилии. И не будет. Мыльников вытащил из пакета бутылку хорошего коньяка.

«Слишком дорогой,— подумал Виригин.— Нужно было выйти с ним в магазин и проконтролировать. Этот — слишком дорогой. Прокололся Борис...»

— У нас рабочее время,— Рогов кивнул на часы,— в самом разгаре...

— Ну, потом выпьете... — улыбнулся Мыльников.— За наше с Максимом здоровье.

Виригин сделал над собой усилие и тоже улыбнулся.

Разговор не клеился.

Ребята не слишком были настроены делиться с адвокатурой подробностями следствия. Какого черта? На три буквы из вежливости и уважения к Максиму не посылали, но и беседу особо не поддерживали.

— Он что же, вот так взял сам и признался? — вкрадчиво подкатывал к Любимову Мыльников.— Что-то вы, мужики, темните.

«И фамилия у Борьки — Мыльников,— с неожиданной антипатией подумал Максим.— Без мыла пролезет...»

— Чего нам темнить? — помрачнел Любимов. Он явно сдерживал себя. Пока успешно.

— Я сам двадцать лет в следствии оттрубил,— Борис говорил игривым фамильярным тоном.— И все ваши оперские прибамбасы знаю.

— Да чё ты знаешь? — уже грубо спросил Жора.— Ты чего, нас «колоть» вздумал? Прибамбасы... Сам ты прибамбас.

— Да ладно, не обижайся,— примирительно улыбнулся Мыльников.— Я всегда оперов понимал. На вас все держится.

— А то мы не знаем! — хмыкнул Рогов.

— Макс, вам чего надо? — Любимов повернулся к бывшему коллеге. Подчеркнуто встал к Мыльникову задом.

— Хотели детали уточнить,— хмуро ответил Виригин, глядя себе под ноги.— Здесь все чисто?

— Чище не бывает,— отрубил Любимов.

— Кроме признания, есть еще показания его друга. Как он алиби клянчил,— пояснил Рогов.— Плюс стеклышки.

— Какие стеклышки? — обеспокоился Мыльников. Признания всякие — чушь, а вот таинственные стеклышки...

— От часов Брилева,— сказал Вася.— Ему доцент на месте убийства тикалки разбил, а мы осколки нашли. Час на коленках ползали.

Рогов не стал добавлять, что нашел стеклышки лично он.

— С понятыми, как положено,— буркнул Любимов.— А вот почему вы считаете, что мы вам все это рассказывать должны, а?..

Любимов задавал вопрос чисто риторический. Имелось, скорее, в виду, что гостям пора знать честь. Но Мыльников понял вопрос по-своему:

— Так я ведь к чему, мужики. Клиент наш хорошие деньги за сына платит. Поэтому, если здесь чего не так, пусть лучше «глухарем» зависнет. Хрен с ним. Одна палка погоду не сделает. А вы по штуке баксов получите.

Под «палкой» имелась в виду единичка в статистике раскрываемости преступлений.

— Здесь все так,— Жора произнес эту фразу веско, четко и даже уже с некоторой угрозой в голосе.

— Очень жаль. Только ведь стеклышек в парке много... — почесал нос Мыльников.

— Экспертиза была,— возразил Рогов.— Всё там ясно, Борис Авдеевич.

— Они ведь при нашем бардаке и затеряться могут,— поднимаясь, Мыльников прибегнул к последнему аргументу.

— Мы покараулим,— пообещал Рогов.— Спасибо, что предупредил...

— Поехали, Максим Павлович.— Мыльников поднялся со стула.— Нам еще в прокуратуру к следователю, а после в изолятор к Брилеву...

Виригин молча пожал руки Любимову и Рогову. Мыльников вежливо раскланялся, но руки оперативникам протягивать не стал. Не рискнул.

— Пузырь свой заберите... коллеги,— бросил Любимов в спину посетителям.

Те не оглянулись.

— А веревка есть? — спросил Любимов Рогова, когда за гостями закрылась дверь.

— Веревка? — удивился Рогов.— Откуда? А, ну... Утром у Семена видел в вещдоках. А что?

— А успеешь за минуту сбегать?

— Это что, экзамен на ГТО? — еще больше удивился Рогов.

— Вась, пожалуйста...

Рогов пожал плечами и... успел. Интересно было, что Жора задумал.

Любимов обвязал веревкой горлышко коньячной бутылки, спустил ее из окна...

Рогов проводил бутылку сожалеющим взглядом. Сам же еще и за веревкой бегал, лопух. И что там Семен теперь всем расскажет: ворвался Рогов, схватил со стола вещдок, исчез... Ни слова не говоря...

Коньяк промелькнул перед глазами Виригина и уткнулся ему в грудь. Максим машинально схватился за бутылку. Жора в этот момент отпустил свой конец веревки.

— Ладно, сами выпьем,— устало сказал Мыльников, открывая дверцу «ауди».— Садись...

Виригин забрался в салон.

— Суровые у тебя друзья, Макс.— Адвокат повернул ключ зажигания.

— Какие есть,— хмуро отозвался Виригин.

— С другими как-то поговорить можно, компромисс найти. Да и с этими, думаю, можно. Если бы ты в молчанку не играл...

— Я к своим больше не поеду,— решительно заявил Максим.

Адвокат заглушил двигатель, внимательно и серьёзно посмотрел на партнёра:

— А я на тебя рассчитывал.

— Так ты меня за связи мои работать позвал, что ли? — начал закипать Максим.

— Нет, Максим. Не за связи. Не только за связи,— Мыльников сделал ударение на «не только».— За опыт, за смелость, за знания, за этот, как его... за интеллект. Но и за связи тоже. А ты как думал?.. Связи в нашем деле — оч-чень многое значат...

Мыльников смотрел в глаза. Виригин выдержал взгляд. Ответил, подумав:

— Боря, у меня в системе знакомых хватает. И цену неформальных контактов я понимаю. Но с этими мужиками, Борь, я столько лет в одном кабинете и в засадах...

— Ладно. Понимаю,— вздохнул Мыльников.— Тогда к следаку едем... Через офис: пиджак твой возьмём, мою печатку... О, и портфель новый!

Вспомнив о портфеле, Мыльников повеселел.

Когда вышли из зала суда, на улице шёл дождь. Притормозили под навесом. Тёплый дождь. Так называемый «слепой»: солнце даже не дало себе труда скрыться за облаками, светило сквозь струи. И вода искрилась на солнце. Летний сад — напротив, через Фонтанку, руку вроде бы протяни — таял в серебристой туманной дымке, напоминая сказочный лес.

Такие вещи от настроения зависят, а настроение у всех было хорошее, особенно у матери и сына Черемыкиных. Костя прижимал к груди рюкзак с вещами — всё же собрали с собой на суд. Мало ли... Не пригодилось. К счастью.

— Видите, всё, как и обещал,— самодовольно произнёс Мыльников.— Два года условно.

Мыльников достал из пачки сигарету, похлопал себя по карманам. Костя поднёс ему пистолет-зажигалку... Виригин неодобрительно покосился на игрушку. Таким пистолетиком запросто пугнуть можно, как настоящим.

— Спасибо вам, Борис Авдеевич,— прижала руку к сердцу Черемыкина.

— Да что вы, что вы... — засмущался Мыльников,— это моя работа... А ты что, Константин? Поумнеешь теперь?

— Мне хватило... — отозвался Костя. Он и впрямь собирался поумнеть. «Травку» курить, во всяком случае, точно не будет. Ему и не нравилась особо анаша, он к пиву привык. Так курил, за компанию...

— На фабрику к себе его устрою,— сказала Черемыкина.— Пусть узнает, почем фунт изюма...

— Вот это правильно! Матери помогать надо,— назидательно изрек Мыльников.— Только на отметку в инспекцию ходи, не пропускай, а то снова дело возбудить могут. Милицию не зли лишний раз. И от своего приятеля Ромы подальше держись.

— Ой, Борис Авдеевич, я прослежу... — закивала Черемыкина.

— Может, вас до метро подбросить? — расплылся в улыбке адвокат.— Дождь все-таки...

— Нет-нет, мы пешочком пройдемся. В Пантелеймоновскую вот заглянем, свечки за ваше здравие поставим, Борис Авдеевич... И за ваше, Максим Павлович...

— Тогда всего доброго,— попрощался Мыльников.

А Виригину стало не по себе. Раздели людей, а они еще свечки за них пойдут ставить... Заговаривать об этом с Борисом было бесполезно. Но тот вдруг сам заговорил.

— Смотри-ка, Максим, в церковь люди пошли... Хорошее ведь дело. Счастливы они сейчас, Максим. По-настоящему счастливы. А почему? А потому что далась им победа серьезной ценой. Большими, по их меркам, деньгами. А получи Костик свои два условно бесплатно, были бы они сейчас так по-настоящему, полнокровно счастливы?.. Нет, Максим. Забыли бы к вечеру. Так что,— совсем уж неожиданно закончил адвокат,— наша работа имеет и метафизический смысл!

Виригин промолчал.

К вечеру Костя о счастье своем, конечно, еще не забыл. И мысли у него были вполне «метафизические» —
философские, то есть. Он сидел за тем же столом, что
и вчера.

И внешне ничего не изменилось. Тот же стол, та же
скатерть. Чашки с синим орнаментом.

А на самом деле — как будто целая жизнь прошла.
Пронесло, надо же. Повезло. Повезло Косте Черемыкину. Надо, наверное, что-то доброе в ответ сделать. На работу устроиться. Матери помочь. А то она
ишачит — зарабатывает, а он... И почему это раньше
ему не было стыдно за свое тунеядство?

Мать стояла в коридоре и подкрашивала губы. Вид
у нее был уставший.

— Ты куда, ма? — спросил Костя.

Костя вдруг осознал, что на самом-то деле очень
любит мать.

— К соседу, Ивану Тимофеичу,— ответила Черемыкина.— Я ненадолго.

— А чего ты к нему все разгуливаешь-то?

— По дому ему помогаю, уборку делаю. Жена его в
санатории.

— Он что, сам не может? — нахмурился Костя. Этот
толстяк никогда ему не нравился, а тут еще на днях
встретил на лестнице и как-то неприятно похлопал по
щеке. Как Гитлер немецкого пионера в фильме «Семнадцать мгновений весны».

— Мужики — они беспомощные,— пояснила
мать.— У него там вещей полно, а пыли... Жуть как
много!

— Что-то ты темнишь,— с недоверием сказал Костя.

— Чего мне темнить? — Мать пожала плечами.

— Ладно, тогда я с тобой.

— Зачем?

— Убраться помогу.

— Не вздумай! — воскликнула Черемыкина.

— А чего такого? — спросил Костя.— Пошли. Быстрее управимся.

— Да ты и не умеешь ничего... — Черемыкина села на стул в коридоре.— Нет, с тобой не пойду.

— Тогда объясни. Что-то тут не так...

Черемыкина задумалась. Сказала нерешительно:

— Сосед мне денег одолжил. На адвоката. На судью, то есть, через адвоката. Чтоб тебе условно дали.

— Так я и думал. Сколько?

— Две тысячи долларов.

— Ничего ссбе! — изумился Костя. Ну и делов он наделал. Две тысячи баксов... Что ж, теперь это его долг. Он на свободе, руки-ноги-голова на месте. Должен справиться.

— Теперь понял, сынок? — встала Черемыкина

Воцарилось напряженное молчание. Мать и сын стояли в полутемном коридоре, глядя друг на друга.

Костя первым отвел взгляд. Увидел рюкзак с «тюремными» вещами, который так и лежал под дверью.

Черемыкина открыла дверь и вышла из квартиры.

Костя немного постоял, подумал, выглянул в окно. Роман Федотов, злой гений Кости (это он продал ему злосчастный коробок), мыл свою машину.

Костя спустился во двор. Федотов мыл машину тщательно, ничего вокруг не замечая. Костя поискал взглядом окна Солодунова. Вон те, с оранжевыми шторами.

— Привет, Ром,— сказал Костя.

— О, Костян! — Роман отвлекся от работы.— Ну, чего, как суд?

— «Отмазался». Два года условно.

— Поздравляю! — обрадовался Федотов.— Вполне гуманно. А чего такой нерадостный?

— У меня к тебе дело.

— «Дунуть» хочешь? Так нет проблем. Угощу за счет фирмы. Пошли ко мне, отметим твое избавление. Не каждый день. Щас только тачку додраю...

— Хорош, накурился,— поморщился Костя.— Мне деньги нужны. Позарез. Мать в долги влезла, чтоб адвокату замаксать.

— Сколько?..

— Две тысячи баксов. Я через полгода верну.

Федотов присвистнул.

— Ого! Подняли расценки. Я ж тебе советовал — носи с собой стольник. За коробок соткой баксов от любого патруля откупиться — раз плюнуть.

— Думаешь, у меня всегда есть сто свободных баксов?

— А две штуки лучше платить? — пожал плечами Рома.

— Так дашь? На полгода.

— Ну, Костян, откуда у меня? Ты думаешь, по коробку продавать — выгодный бизнес?.. Глубоко заблуждаешься. Я, видишь, даже на автомойке экономлю...

Костя припомнил: он был в гостях у Федотова, жил тот и впрямь небогато.

— А как думаешь, где взять можно? — расстроился Костя.

— Ну, у тебя и вопросы... В банке. Или «Джек пот» в игровых автоматах сорви.

— Спасибо за совет,— обиделся Костя и пошел прочь.

— Или ограбь их! — иронически крикнул ему вслед Роман и вернулся к машине.

Никто из его знакомых никогда ничего в игровых автоматах не выигрывал.

Костя передачу видел по телевизору, что это новое социальное зло страшнее многих наркотиков, что девяносто девять человек из ста уходят ни с чем, что бабушки проигрывают здесь пенсии, а водители маршруток — зарплаты, что психиатры каждую неделю принимают в клинику на Пряжке человека с диагнозом «игромания». Да. Даже диагноз такой официальный появился.

Хорошо, девяносто девять из ста — проигрывают. Но ведь один — выигрывает?..

Почему бы Косте не быть этим... сотым. Или, наоборот, первым.

У дверей зала, под гордой вывеской «Счастливый шанс», огорченный вдрызг узбек или таджик рассказывал местным алкоголикам, которые милостиво угостили проигравшегося нацмена бутылкой пива:

— Сто доллар проиграл, да, прикинь да, савсем! Что на тот ремонт заработал, все проиграл, да! Четыре часа играл, да!

— В лягушку играл? — спросил один из алкоголиков. Тусуясь летними вечерами на улице и никуда не торопясь, пьянчужки слышали много поучительных историй.

— Пачему лягушка, обижаешь, да! В обезьян играл. Обезьян банан ловит!.. Проиграл, сто бакс проиграл, да!

Тут бы и остановиться Косте Черемыкину. Но, решив, что если узбек только что проигрался в пух и прав, то шансы следующего игрока повышаются, Костя отважно шагнул в дверь.

Главное — решимость.

Если рисковать — то на все деньги.

Денег было немного, на десять жетонов, но... Целых десять жетонов!

В зале было пусто. Костя выбрал карточный автомат. Дергаешь рычаг. Выпадают картинки трех карт. Надо, чтобы все три были одинаковые. И всё. И никаких бананов ловить не надо.

Король, дама, валет... Ничего, осталось еще девять жетонов.

Тройка, семерка, туз... Осталось еще восемь. Много.

Но кончились жетоны — мгновенно. За пять минут. Трижды по две карты одинаковых выпадало... На третьем жетоне, на восьмом и на десятом. Совсем чуть-чуть бы еще — и свезло бы.

Костя не уходил, смотрел в экран. Будто «однорукий бандит» сам, без жетона, мог сжалиться и выплюнуть выигрышную комбинацию. А то и «Джек пот».

Сзади раздался голос охранника:

— Оль, я на пять минут, сигарет купить.

Да, курить хочется. Надо идти.

Костя вышел на улицу. Вытащил своего «Петра Первого», пистолет-зажигалку... Задумчиво посмотрел на него. Солидный предмет. Вспомнил прощальный Ромин совет. А если... Глупости. Посмотрел по сторонам. Пусто. Охранник направлялся в сторону магазина, за поворотом, далеко довольно.

Решение надо принимать срочно. Сию секунду. Мужчина он или тварь дрожащая? Эх, была не была!..

Костя решительно вошел обратно в зал, приблизился к кассирше и направил на нее зажигалку-пистолет — прямо в лоб. И закричал, как показывают в кино:

— Деньги давай! Быстро!! Убью!!!

И сам почувствовал, что кричал недостаточно грозно.

— Хорошо, хорошо,— засуетилась девушка Оля. Стала доставать деньги из кассы. Кнопка сигнализации — вот она, под рукой. Этот придурок, похоже, ничего про «тревожную кнопку» не знает. И Оля ее нажала.

Рация запищала у охранника, когда он спускался по ступенькам в магазин «24 часа». Выхватив дубинку, он помчался назад.

— Быстрее, чего копаешься? — нервно, чуть не умоляюще, воскликнул Костя.

Оля протянула ему деньги.

Сзади раздался шум. Костя оглянулся... и получил дубинкой в лоб.

Он растянулся на полу. Разноцветные экраны игровых автоматов закружились перед глазами, как дурацкая карусель.

Издалека донесся голос охранника:

— Зажигалка. Звони в милицию...

А ведь еще сегодня вечером все было почти хорошо.

На чем свет кляла себя Черемыкина, что сказала сыну про доллары и про соседа. Могла бы соврать что-нибудь. Но он так по-взрослому спросил... К тому же Черемыкиной показалось, что пережитое испытание сделало их с сыном как-то ближе. Эх, ненадолго...

С утра она собрала нервы в кулак и пошла к адвокату. Он-то поймет.

Мыльников, увидев клиентку, нахмурился. А Виригин вдруг вспомнил, что еще вчера подумал, что с Черемыкиной-Горемыкиной они снова встретятся. Интуиция. Надо было предчувствиям доверять.

«Доверять — и что? — переспросил внутренний голос после того, как Черемыкина, едва сдерживая рыдания, рассказала о вечерних событиях.— Что, надо было позвонить Косте и запретить идти на грабеж? Абсурд!»

Зажигалку эту вшивую надо было отобрать там, у зала суда. Думал ведь еще...

— Ко мне-то надеюсь, претензий нет? — спросил Мыльников.

— Что вы, Борис Абрамыч... — встрепенулась посетительница.— Ой, извините: Авдеевич!.. Перепутала. Это из-за телевизора... С Костей я сама виновата. Про деньги сказала... А он, дурачок...

— А что он следователю объяснил? Зачем ему деньги? — насторожился Мыльников.

— Соврал, что много проиграл, хотел вернуть...

Виригин призадумался. А ведь парень сдуру или с перепугу мог и правду сказать. Не только про соседа, но и про деньги для суда. А это уже не муки совести — на уголовку смахивает. Правда, не слыхать, чтобы адвокатов по таким делам привлекали. Но ведь не зря русский народ придумал поговорку про беду, которая с дотками приходит. Как вот к этой Горемычкиной, тьфу, Черемыкиной...

— Не совсем, значит, дурачок,— оценил Мыльников.— Сегодня же к нему съезжу.

— Борис Авдеевич, помогите... — Черемыкина протянула руки к адвокату, как к иконе.

От этой ее подобострастной позы и взгляда побитой собаки Виригину стало совсем не по себе.

— Конечно, поможем, чтобы по минимуму получил,— бодро пообещал Мыльников.— У нас в вашем районе хорошие связи. И в суде, и в следствии. Но придется платить.

— Сколько? — быстро спросила Черемыкина. Ждала этой темы. Еще бы.

— Тысяч в пять попробуем уложиться.

— Так много?..— ошарашено пролепетала женщина.

— Это как раз по-божески,— заверил Мыльников.— Здесь ведь вооруженный разбой. Не трава какая-то... Я поговорю с людьми, но, боюсь, дешевле не выйдет.

— Да пистолет-то игрушечный. Зажигалка,— Черемыкина как будто уменьшилась в размерах. Плечи опустились, лицо сморщилось, голос сел.

— Увы, для квалификации это неважно.

— Где же мне столько взять? — отрешенно спросила Черемыкина, обращаясь куда-то в пространство.

— Мы-то с Максимом Павловичем и бесплатно готовы вам помочь, но другие... Опять-таки, чтоб в тюрьме проблем не было. Там такое творится... В общем, не знаю, решайте.— Адвокат разговаривал с Черемыкиной строго, почти жестко.— Родители много на что идут, чтобы детей на свободу вытащить. Жилье меняют на меньшее, мало ли что... Вы только представьте, кем он вернется, если загремит за решетку. С таким-то характером.

В этот момент Виригин принял решение. И ему сразу стало хорошо. Нет, «хорошо» — не то слово. Решение было не простым и сулило проблемы-хлопоты. Но ему стало спокойно. Потому что, когда решение принято и цель известна, надо действовать. А действовать надо с холодной головой. Оставив размышления о хлопотах и проблемах на потом.

Виригин умел настраиваться. В «убойном» отделе перед опасной операцией он непостижимым образом собирался и становился спокойным и хладнокровным. Кроме разве что последнего своего дела — путешествия в Белоруссию с опасным бандитом на заднем сидении и Васькой Роговым в багажнике. Но тогда на кону стояла жизнь дочери...

А у Горемычкиной на кону — судьба сына.

И он, Максим Виригин, сможет ей помочь.

Ирина готовила обед. Овощной суп и макароны по-флотски. Скромно. В последние месяцы пришлось затянуть пояса потуже. Но ничего, теперь у Максима есть денежная работа. Если так пойдет, можно и мясо на рынке брать, и долг отдать до Нового года, а там и съездить куда-нибудь... Да, сапоги Юльке срочно нужны. Сегодня опять плакалась. Может, отщипнуть от этих долговых денег кусочек на сапоги?..

Но «отщипнуть кусочек» Ирина не успела.

В квартире появился Виригин — как все-таки ему идет этот костюм!

— Ир, ты еще долг не вернула?

— На выходные договорилась. А что? — удивилась Ирина.

— Придется подождать. Где деньги?..

— В шкафу, в коробочке. А что случилось? — всполошилась жена.

Максим подошел к ней, обнял, быстро поцеловал:

— После объясню.

Виригин прошел в комнату, вытащил из коробочки, где они хранили семейную заначку — зеленые бумажки — и снял трубку телефона.

Семен оказался на месте.

— Ты подъехать можешь? — спросил Максим.— Помощь нужна. Да, очень. Улица Дачная, дом семнадцать. Там зал игровых автоматов. Я у входа буду.

— Только жетонами запасись, пока я еду, чтобы времени не терять,— ответил Черныга. В коридоре встретил Шишкина. Тот шел от начальства. Злой, как черт. И с ходу набросился на Семена:

— Куда вы с Роговым веревку с суицида дели?!

— Я же объяснял... Проводили следственный эксперимент, выронили из окна. Васька побежал вниз — а там веревки уже нет...

— Да кому она нужна?! — рассвирепел Шишкин.— Это ж не от Есенина веревка!..

— Так наш суицидник тоже записку предсмертную в стихах оставил,— напомнил Семен.— «Прошу никого не винить, а меня поскорее забыть».

— Короче, чтоб сегодня же нашли!..

Семен вздохнул.

Виригин втягивал его в небезопасную авантюру.

Вот он покажет охраннику удостоверение, а охранник пойдет на принцип, сообщит следователю...

Может, надо было скрыть тогда — про убийство из виригинского пистолета? Работал бы сейчас Максим в главке, искали бы вместе стеклышки в Летнем саду...

Нет, все равно бы всплыло. При ежегодной проверке табельного оружия. Тогда и Семену каюк, и Макс бы пенсией не отделался.

В «Счастливом шансе» бодалось с фортуной двое мужчин. У одного по экрану скакала большая страшная обезьяна с корзинкой. Надо было ловить корзинкой падающие фрукты и овощи, хотя по кровожадной физиономии обезьяны казалось, что она предпочитает мясо. Причем человеческое. Другой играл в какие-то разноцветные кружки.

— Капитан Черныга из ГУВД,— Семен протянул охраннику удостоверение, но тот, по счастью, вглядываться не стал. А фамилию свою Семен произнес довольно невнятно. Хотя глупости все это — если разразится скандал, то найдут.— А это — майор Виригин.

— Скажите, вчера вечером вы дежурили? — спросил Семен у охранника.

— Я,— кивнул охранник.

— Вас как звать?..— поинтересовался Виригин.

— Дмитрий Алексеевич. Я сам в ГАИ работал,— сообщил охранник.— Сейчас на пенсии.

— Тем лучше. Мы, Дмитрий Алексеевич, по поводу вчерашнего парня.

— Грабителя с зажигалкой,— уточнил Виригин.

— Его же поймали. Прямо здесь.

— То-то и оно, а парень неплохой,— Семен подошел к щекотливому месту разговора.— Жаль его.

— Как это? — оторопел охранник.

— Адвокат его мать на две тысячи долларов надул,— взял инициативу в свои руки Максим,— та в долги влезла, чуть с жизнью не покончила, а Костя выиграть хотел и долг вернуть.

— Вот оно что... — протянул охранник.

— Такая история,— кивнул Семен.— А когда продул, от отчаяния и бросился. С зажигалкой.

— Я и удивился,— согласился охранник.— С виду нормальный парнишка.

Семен внутренне расслабился. Бывший гаишник оказался мужиком благодушным.

— Совсем еще глупый. А теперь адвокат из матери еще пять штук выкручивает.

Охранник присвистнул:

— У меня приятеля тоже один адвокат обобрал. Он из-за квартиры судился.

— Паразиты они, хуже зубных врачей,— скорчил рожу Семен.

— От меня-то что надо?..— спросил Дмитрий Алексеевич.

— Может, показания измените? — Виригин перешел к главному.— Вместе с кассиром. Мол, шутка все это.

Охранник ничего не ответил, задумчиво оглядел гостей.

— Костя нам заказное убийство помог раскрыть. Только это между нами,— соврал Виригин и не покраснел.

— Но мы уже всё подписали,— растерялся охранник.

— Скажите, что на шутку его обиделись и решили проучить,— предложил Виригин.— По-человечески вполне понятно.

— Вам ничего не будет,— авторитетно подтвердил Семен.

— И кассирша показания изменит,— продолжил Виригин.

Охранник помолчал. Выдержал паузу:

— Я-то ладно, но Оля... Я-то его уже наказал... дубинкой приложил как следует, а Оля чуть не пострадала...

Оба игрока не солоно хлебавши покинули «Счастливый шанс». Можно было спокойно поговорить с Олей. Поначалу она была настроена решительно:

— Нет, Дмитрий Алексеич, я не согласна. Зачем мне это?

— Оль, но парня-то жаль... — уговаривал охранник.

— А он меня пожалел? — возмутилась кассирша.— Я думала, умру от страха.

Виригин представил, что здесь вчера сидела бы не эта девица, а его дочь, которая ведь тоже думала устроиться в игровые автоматы...

— Дурак он,— сказал охранник.

— Вот и пусть сидит,— Оля была непреклонна.— Может, в тюрьме поумнеет.

— Оля, вы такая молодая, красивая. Ну, зачем вам по судам ходить, нервы трепать? Уж лучше на дискотеку,— вступил в разговор Семен.

— Меня и так не по-детски колбасит. Безо всякой дискотеки. Вся на таблетках. Пусть и он помучается.

— А если бы это был ваш жених? — Семен решил применить «психологию».

— Такой?! Никогда!! — возмутилась Оля.— Уж жениха-то я себе выбрать сумею!

— Не зарекайтесь... Вы знаете, он сильно помог милиции в одном важном деле...

— Любовь зла... — одновременно начал Максим.

Кассирша жестко перебила обоих:

— Я все сказала!

А его бы Юлька — пожалела парня? Поверила бы незнакомым людям? Тут дело еще и в том, что кассирша им не верит. Не верит словам — поверит деньгам?

Такая мысль... не шибко приятная. И думать об этом — душно как-то. Никогда Виригин такими мыслями в жизни своей не руководствовался. Но в «Счастливом шансе» она сработала.

Максим оглянулся, не зашел ли кто (дожил вчерашний майор!), вытащил из кармана тысячу долларов и неловко протянул Оле.

— Это вам.

То, что происходило, квалифицировалось как подкуп. С целью заставить свидетелей фальсифицировать показания и ввести в заблуждение следствие. Серьезная статья. Мыльников охотно бы взялся за такое дело: весит на несколько тысяч.

— Что это? — удивилась Оля.

— Деньги. Доллары,— пояснил Виригин.— Чтоб нервы успокоить. И осень скоро. У вас есть осенние сапоги?

Кассирша после некоторой паузы молча взяла баксы.

— Вот и чудесно,— сказал Семен.— Спрячьте подальше. Как ваша фамилия?

— А зачем? — испугалась Оля.

— Его Костя Черемыкин зовут, героя вчерашнего,— сказал Семен.— Он пришел поиграть в «Счастливый шанс» и влюбился в вас по уши. Каждый день ходил. Цветы, «пепси-кола»... А вы его отшили. Тогда он решил попугать. В шутку. А вы тоже рассердились и заявили. Все ясно?..

Оля подумала и кивнула головой. Переспросила:

— Костя Чебурашкин?

— Черемыкин... Так как ваша-то фамилия?

— Ледогорова...

Охранник проводил неожиданных посетителей на улицу. Любитель статистики Семен попытался выведать, сколько все же людей уходят из объятий «одноруких бандитов» с выручкой. Или хотя бы по нулям.

— В Америке вот закон, что восемьдесят процентов денег должно вернуться в качестве выигрышей. А у нас сколько, если не секрет? Восемь? Четыре?..

— А у нас не Америка,— уже не столь благодушно ответил Дмитрий Алексеевич.

Припарковавшись напротив изолятора временного содержания, Борис Авдеевич заметил под соседним передним сидением веревку. Удивился. Потом вспомнил — коньяк спускали наглецы из «убойного» отдела. Ухмыльнулся. Нос наглецам он уже утер. Сегодня узнают. Может, в следующий раз будут сговорчивее.

Мыльников выкинул веревку на набережную, где ее тут же подобрало лицо без определенного места жительства. Попробовало на прочность и оставило в хозяйстве. Мало ли...

Коньяк еще не выпили — в офисе стоит. А что отметить — есть. Первый тост — за дело Брилева. Там успех оглушительный. Можно поменять тачку на новую модель. Второй тост — за семью Черемыкиных. Пять тысяч тоже не будут лишними. В том, что мамаша принесет пять тысяч, Мыльников не сомневался. Не дура же она, понимает, что Косте на зоне — кранты. И что ей мешает и впрямь поменять квартиру на меньшую? Все так делают, когда припрет. Или на коммуналку. Лучше в коммуналке, чем на шконке.

Цирик у следственного кабинета поднял заспанные глаза:

— Так у него уже есть адвокат.

— Такого быть не может,— удивился Мыльников.

— Точно. Второй час сидит.

— Давай, открывай,— забеспокоился Мыльников.

Обнаружив в кабинете Виригина, он сразу почуял, что дело нечисто. Нутром почуял. Нахмурился. Виригин вывел коллегу в коридор, поведал об операции, которую провернул сегодня в «Счастливом шансе». У Мыльникова отлегло от сердца.

— Ну, ты молодец, Максим! Я бы не додумался! Вот что значит «профи»! Два часа — и дело в шляпе. Ты штуку потратил, с них пятерка — четыре тонны чистой прибыли. Тоже деньги, да, Максим? У нас коньяк в офисе стынет!

Он радостно хлопнул Виригина по плечу.

— Борь, я бесплатно...

— Н-не понял,— обалдел Мыльников.

— Мы же сами виноваты...

— Не понял,— повторил Мыльников изменившимся тоном. Хотя главное он уловил: деньги утекают. Теперь он жаждал подробностей.

— Мы же их в это втянули... деньги в долг взять.

Максим был уверен в своей правоте, но говорил все же чуть растерянно. В конце концов, он нарушил субординацию... А вот маститый адвокат ни в чем не сомневался. Глаза его словно заледенели.

— Мы виноваты? — медленно, по слогам произнес Мыльников.— В том, что этот лоботряс наркоту таскал, а потом на кассиров прыгал?!

— Я уже матери его позвонил.

— Да кто тебе... Ну, ты... — зашипел Мыльников.— Напрасно. Наше дело — клиентов из дерьма вытаскивать.

— Я думал — защищать,— парировал Виригин.

— Один хрен. Не цепляйся к словам! За это нам платят. А следствие и опера пусть сажают. Каждый должен заниматься своим делом.

— Вот это правильно,— уже увереннее подтвердил Виригин.

Мыльников взял себя в руки. Понял в одну секунду, что разговор бесполезен. Можно надавить на Максима, который, по сути, украл дело, с которым клиент пришел к Мыльникову, и теперь, по всем понятиям, должен возместить пятерку упущенной прибыли. Можно. Да еще и вдвойне предъявить — было бы честно. Для урока. За предательство.

Можно. Но не нужно. Лучше не связываться с героем, который еще в начале лета носил майорские погоны.

Да и вообще Борис Авдеевич был человеком не-злобным. И кредо придерживался: по возможности ни с кем никогда не ссориться. Сохранять, расходясь, ровные отношения. Любой человек может когда-ни-будь оказаться полезным. Особенно в их деле. А пя-терка... Ну и черт с ней. Бывают неудачи.

Хотя как посчитать. За дело Брилева он собирался отвалить партнеру по широте душевной не меньше той же пятеры. Так что арифметика осталась за ним. Плюс опыт приобрел: умнее надо подходить к выбору помощников.

— Дурак ты, Максим, и в Турции тебе никогда не быть,— сказал Мыльников уже беззлобно.

— На чужом горе не разбогатеешь,— ответил Макс. Мыльников усмехнулся.

— Шел бы ты лучше в сторожа. Или в дворники. Ты ответственный, у тебя получится.

— Я подумаю,— пообещал Макс.

Мыльников развернулся и пошел вон из «Крестов».

Вечером Максим позволил себе расслабиться. Ку-пил коньяк — не такой, как в главк приносили, раз в десять дешевле. Выпили с Ириной за ужином, закуси-ли лимоном и макаронами по-флотски. Максим рас-сказал жене историю вкратце — то, что можно было рассказать. Боялся, что расстроится — из-за денег, из-за работы. Но за долгие годы жена научилась его по-нимать. Она нежно потрепала его седеющие волосы...

После ужина Максим растянулся с газетой на дива-не. «Зенит», похоже, уже вступал в традиционную осен-нюю серию сплошных неудач. Видимо, Таня Буланова плохо влияла на своего супруга Влада Радимова.

Кто-то позвонил в дверь, Ирина решила, что это Юлька ключ забыла, пошла открывать.

Но это была не Юлька. В комнату влетел разъярен-ный Жора Любимов. Выхватил у Макса газету, скомкал, швырнул на пол.

— Курс валют изучаешь?!

Хотя в «Спорт-уикэнде» не публиковали курс валют.

— Ты что, очумел? — вскочил Виригин.

— А ты?!! — Любимов схватил хозяина за грудки.— Или крыша от гонораров съехала?!! Так я вправлю!!

Виригин инстинктивно вцепился в Любимова. Жора подсек его ногой. Макс упал, увлекая за собой Любимова. Жора рухнул на него, но Максим вывернулся, зато стол с глажкой полетел на пол. Ирина завизжала. Мужчины сели на полу, тяжело дыша.

— Ты объяснить-то можешь?

— А то ты не знаешь? — прищурился Любимов.

— Чего?!

— Про студента вашего.

— Про студента?.. А-а... Который из Летнего сада? — догадался Виригин.— Не знаю. А что с ним?

— Выпустили его,— Любимов, внимательно поглядел на бывшего коллегу недоверчивыми колючими глазами.— За полной невиновностью. Поздравляю, Макс!

Максим почувствовал что-то вроде негодования, приперченного щепоткой зависти.

— Я им не занимался.

— Только за дурака меня не держи! — посоветовал Любимов.— Они что же, сами в отказ пошли? Сами придумали, что их били?.. Это все вы насоветовали.

— Я не сволочь,— буркнул Виригин.

— А я нс идиот,— отвстил Жора.

Ирина стояла над ними, открыв рот. Переводила взгляд с одного на другого. Словно следила за мячиком в пинг-понге.

— У вас же, кроме признаний, вещдоки были,— напомнил Виригин.

— Были да сплыли. Благодаря вам.

— Пойдем-ка на кухню, Жора. Там и потолкуем.

— А драться не будете? — с опаской промолвила Ирина.

— Не бойся.

— На сегодня хватит,— подтвердил Жора.

Коньяк еще оставался. Любимов мельком глянул на этикетку. Максим разлил коньяк в две рюмки. Свою выпил, не чокаясь.

— Так что у вас «сплыло»?

— Не те осколки оказались,— пояснил Любимов.— Подменили. Не зря твой наставник намекал.

— М-да... Жора, клянусь, я не при делах.

Любимов промолчал.

— Ты уверен, что они от тех самых часов? — спросил Виригин.

— Максим, черт побери!..— снова разозлился Жора.— Ты же это давно знаешь. Уверен. Мы же примеряли!

— Значит, следак поменял! — вспомнил Максим хлыща из прокуратуры.— Тот еще тип. Маму родную променяет на бабки...

— Ишь ты, какой умный! — усмехнулся Любимов.— Ясно, что следак поменял. После беседы с адвокатурой. Много заслали?..

— Да я его один раз видел! В первый день. Потом Борька сам ему звонил. Ты мне веришь?..

Любимов опять промолчал.

— А денег... Борька говорил, что отец Брилева двадцать штук долларов обещал. Ну, я не знаю, сколько он следаку откатил...

Любимов только языком цокнул. И выпил свой коньяк.

Рогов тоже выпил. Только водки. Теща позволила ему рюмку под свежезасоленную капусту. Водка была вкусная. Как это Шишкин говорит, когда «убойщики» на банкет собираются... «Водка вкусна и полезна». Капуста тоже оказалась ничего.

— Ну, как, нравится? — спросила теща.

— Отлично,— одобрил Рогов.— К ней бы мясо на гарнир.

— С мясом сейчас опасно,— сообщила теща.

— Почему? — поперхнулся Рогов.

— Говорят, контейнер с вирусами потеряли. Так все коровы уже зараженные.

— А свиньи? А кролики? — спросил Рогов.— Вроде не было по сводкам такого происшествия...

— Так ото всех скрывают! Гласность-то кончилась...

В этот момент на кухню ворвался радостный Федор Ильич.

— Лифт пустили!

— Неужели?! — обрадовалась теща.

— Ёшкин кот,— воскликнул Василий,— это надо отметить.

— Точно! Там, в кабине, уже напрудил кто-то... Правил не читал. Но зато работает! Суда испугались! Спасибо Максиму. Вот что значит настоящий адвокат! Еще и компенсацию отсудим. Слышь, Васек! Шел бы и ты в адвокаты!

— Я бы этому адвокату!..— зло сказал Рогов, вспомнив события последних часов.— Не вздумай ему платить! Он и так хорошо имеет.

— Вообще-то он бесплатно... — растерялся Федор Ильич.

— То есть провалил ты «операцию внедрения»? — спросил Любимов.

— Какую операцию? — не понял Виригин.

— Ну, я как тебя понял: бывший «убойщик» внедряется в адвокатскую среду, чтобы доказать гипотезу бывшего товарища по работе, что адвокаты тоже люди... И не смог доказать. Провал,— резюмировал Жора.

— Да ну тебя...

— Ведь это финиш,— сказал Любимов.— Гуд бай, коллегия адвокатов!.. Руки никто не подаст.

— Бодрый был старт — такой и финиш,— усмехнулся Виригин.— Помнишь, что ты мне говорил, когда советовал труп с Мойки на себя взять? Что у меня в системе врагов нет...

— Вот. Теперь появятся,— кивнул Жора.

— Каждый должен своим делом заниматься.

— Ты это руководителям нашим скажи.

— Ладно... У тебя телефон его есть? Павлина этого?..

— Мобильный,— сказал Любимов.

— Давай...

Виригин набрал номер следователя Мурыгина. В трубке гремела громкая музыка. Видно, обогатившийся юрист культурно проводил досуг.

— Алло! Александр Васильевич? Это Максим Виригин, помощник адвоката Мыльникова, помнишь такого?.. Выйди в зону слышимости, будь другом.

Мурыгин куда-то отошел, музыка стала потише.

— У меня к тебе предложение интересное. Давай завтра пообедаем. Часа в два в «Садко» на Невском. Я столик закажу. Идет? Ну, это не телефонный разговор. Но предложение выгодное. Отлично. Тогда до встречи...

— Чего он там? — спросил Любимов.— Празднует?

— Празднует... У нас тоже еще по рюмке осталось,— Виригин разлил коньяк.

— Не забудет? Напьется сейчас...

— Про выгодное предложение-то? Вряд ли. Это — на уровне рефлекса. Деньги готовь, а то у меня пусто.

— Достанем...

Виригин рассчитал точно. Единственное, чего Максим опасался,— что Мурыгин позвонит Мыльникову (что вряд ли) или наоборот (что реальнее: у Бориса нюх есть). Но этого, по счастью, не произошло.

В «Садко» Мурыгина пригнал не только обещанный гешефт, но и жуткое похмелье. На службу он опоздал, промаялся три часа с больной головой, а потом нашел благовидный предлог и метнулся на Невский.

Стол уже был сервирован в отдельном кабинете, затянутом красным плюшем. Следователь — как в песне про чижика-пыжика — выпил рюмку, выпил две, но в голове не зашумело. Напротив, гул поутих. Мурыгин отправил в рот масленок, заел семгой, смачно отрыгнул. Улыбнулся, потянулся.

Глядя на него, Виригин подумал: «А ведь могла быть такая фамилия — Прокурорский. Есть же Преображенский. Или Вознесенский...»

— Ну, что, Сашок, еще по рюмахе?..— Виригин поднял графин.

Мурыгин кивнул. Виригин разлил. Выпили.

Виригин не любил пить по утрам. Вечером — да, как по маслу, а утром — все естество сопротивлялось. Но на что только не пойдешь ради торжества справедливости. Так что Виригин выпил и снова разлил.

— Так чего ты хотел? — Следователь похмелился и уже снова начал хмелеть.

Виригин достал из кармана конверт и положил на стол.

— Борис Авдеич велел передать.

— А чё там?..

— Премиальные за освобождение Брилева. Сверх договора. Батя его подкинул.

Мурыгин заглянул в конверт, на глаз прикинул сумму и с довольным видом спрятал его в карман мундира.

Неплохо денек начался! Можно сегодня, как и вчера, закатиться в «Палкинъ». Дорого там, но премиальные-то грех не обмыть...

— Приятно иметь дело с порядочными людьми,— Мурыгин поднял рюмку.

Виригин чокнулся. Но пить не стал, только пригубил. Кивнул:

— И нам с тобой приятно. Поэтому хотели бы продолжить.

— Смотря о чем речь,— заинтересовался Мурыгин.— Но предупреждаю: я по мелочам не работаю.

— Говорю напрямую, без намеков. Ты по полной «грузишь» обвиняемого, стращаешь его, а тут появляемся мы и успокаиваем: мол, не все так страшно, но нужно раскошелиться. Схема, хоть и старая, но безотказная.

— Да знаю я эти «разводки»,— хмыкнул Мурыгин.— Не зря в универе учился. А чё клиент-то натворил?..

— Партию пиратских дивиди не там купил... и не туда продать хотел. Новичок. Так что «запара» несильная будет.

— А это... сколько? — хмельной Мурыгин пошелестел пальцами.

— Треть от прошлой истории,— сказал Виригин и торопливо добавил, заметив, что Мурыгин капризно морщится: — Но тут ведь все по закону. С Брилевым все же случай особенный.

— Да уж... — Мурыгин налил сам себе.

— Но ты молодец,— Виригин сделал вид, что тоже пьет.— Я бы не допер!..

— Творческий подход! — усмехнулся Мурыгин.

— Печать переклеил?..

— Пакет по шву распорол, стекла поменял, а после утюгом спаял,— с видимым удовольствием отчитался следователь о своих творческих достижениях.

— Голова! — восхищенно воскликнул Виригин.— Это, знаешь, нужно торжественно отметить. Официант, шампанского!..

Вместо официанта в кабинете появились Любимов, сотрудник службы собственной безопасности в штатской одежде и двое понятых в поварских колпаках.

— Вам французского или бодяжного? — с иронией спросил Любимов.

Жору прокурорский узнал. С изумлением захлопал длинными белыми ресницами.

— Что это?..— упавшим голосом спросил Мурыгин.

— «Разводка»,— пожал плечами Виригин.— Мы же договаривались. Учти, все зафиксировано...

Максим вытащил диктофон. Человек в штатском показал Мурыгину удостоверение и сказал безразличным голосом:

— Служба собственной безопасности прокуратуры. Попрошу все из карманов.

Мурыгин попытался встать, но Любимов положил ему на плечо тяжелую руку, и хмельной следователь грузно шлепнулся на стул. Нехотя выложил на стол конверт с деньгами и бумажник.

Понятые поварята внимательно наблюдали, как человек из собственной безопасности достает и пересчитывает доллары.

— Это не мое... — вдруг всполошился Мурыгин и ткнул пальцем в Максима.— Это он подкинул. Он же адвокат!

Последнюю фразу следователь произнес как неопровержимый аргумент.

— Александр Васильевич, будьте разумны,— усмехнулся Любимов.— У вас же университет за плечами.

Новый преподаватель сопромата оказался покладистее. Сергею Стукалову и Евгению Коротченко сдача злосчастного экзамена обошлась в двести долларов с носа. Теперь они ждали у выхода из аудитории своего приятеля Брилева. Тот появился с довольной физиономией.

— Сдал, судя по роже? — спросил Стукалов.

— Три шара,— ухмыльнулся Брилев.

— «Содрал» или «проплатил»? — уточнил Коротченко.

— Батя вызубрить заставил.

— Фуё-моё! И ты смог... вызубрить?!

— Он убедительно заставлял.

— Ну, значит, ты хорошо сэкономил. С тебя пиво... Лето постепенно катилось к закату, хотелось подзаряжаться солнцем вперед, сидеть на лавочках, в парках, на газонах. Зимой на улице столько пива не выпьешь.

— В Летний пойдем? — спросил Брилев. И вдруг увидел Рогова с Любимовым. Они неторопливо шагали по коридору, поглядывали на портреты великих машиностроителей, которыми были завешены стены. Спокойно приблизились...

— Поздравляем,— сообщил Рогов.

— Вам чего? — удивился Брилев.

Достали эти менты. Отшили же их — нет, лезут. Надо бате пожаловаться. Пусть наконец исчезнут из его жизни. Неужели им еще неясно, кто в доме хозяин? Он повторил (уже со злобой):

— Чего вам?

— Сопромат сдал — можно садиться.

Любимов достал наручники. Стукалов и Коротков сделали по шагу в стороны. Непроизвольно.

Вечером теща мыла посуду, а Вася доедал свою порцию квашеной капусты и сожалел, что не зашел с Жорой отметить задержание. Второй вечер подряд теща без повода выпить не даст. А милицейские достижения Василия для нее не повод — они там каждый день кого-нибудь ловят. Если все отмечать, то и спиться недолго.

Но повод, как и вчера, появился в лице довольного Федора Ильича. В руках у него был лист с отпечатанным решением суда. Солидный лист — гербовая бумага, водяные знаки.

— Ну, что я говорил, выиграл! — с гордостью сообщил Федор Ильич.

— В лотерею, что ли? — не поняла теща.

— Сама ты лотерея! Процесс выиграл!.. Обязаны все до копейки вернуть! На, читай!..

Тесть обернулся к Василию, вымолвил важно:

— Претендент создал!..

— Отлично,— сказал Рогов.— Надо отметить.

Теща пыталась разобраться в длинном постановлении:

— Читать-то где?..

— Вот тут, внизу,— ткнул пальцем Федор Ильич. Теща нашла нужный пункт.

— Взыскать с ответчика двести сорок восемь рублей.

— Нашли управу! — довольно пробурчал Федор Ильич.— Впрямь, Василий, придется отметить...

— А то!..— Василий встал и двинулся к холодильнику.

— Погоди-ка,— остановила его теща и прочла дальше: — «Судебные издержки составляют четыреста рублей...»

Федор Ильич изменился в лице. Выхватил у тещи красивую бумагу. Нацепил очки. Вперился в строчки:

— Какие четыреста рублей?! На суде про издержки не говорили... Так... Где... Судебные издержки... Гм... Четыреста рублей.

Снял очки, заморгал растерянно.

— Доигрался! — прокомментировала теща.

— Васек, да что же это за суд? — возмутился Федор Ильич.

— Какой есть,— Рогов театрально развел руками.

— Я денег не дам! — решительно заявила теща.

— Да не волнуйтесь вы,— расплылся в улыбке Рогов.— Издержки ответчик оплачивает.

— Приятные сапожки,— растерянно сказала Ирина.— Откуда, Юль?

— Антон подарил,— Юля чуть заметно покраснела. То есть практически незаметно: в полусумраке коридора румянца на ее щеках было не видно. Только сама она почувствовала, как по лицу разлилось приятное тепло.

— Антон?! Да, но...

— Он «Джек пот» выиграл в игровых автоматах. Ну и вот, сапоги подарил.

Виригин открыл дверь именно на этих словах.

— Кто выиграл? Кто подарил?

— Антон Зеленин... Ты его помнишь,— Юля покраснела сильнее.

— Еще бы не помнить,— криво усмехнулся Виригин. Не так уж много молодых людей убивало мошенников из его пистолета.— Но он мало похож на человека, играющего в автоматах... Или что — игроманию подхватил?

А про себя удивился: «Надо же, значит, бывает этот самый «Джек пот». Не сто процентов обман».

— Не, пап, он первый раз,— торопливо сказала Юля.— Просто у него сегодня такой день был, когда все получается. Ну, настрой особый. На радио позво-

нил песню заказать — с первого раза пробился. А я
как-то пробовала — полдня на телефоне просидела.
Обертку от мороженого в урну кинул, метрах в трех
урна была — попал, представляете?

Юля не стала уточнять, почему у Антона сегодня
был «особый настрой». Родители слушали ее внимательно.

— Ну вот, мы шли мимо игровых, и он говорит —
спорим, с одного жетона «Джек пот» сорву...

— На что спорили-то? — как бы между прочим
спросил Виригин.

Юля опустила глаза, но тут же подняла, взглянула
на отца.

— На поцелуй.

— Ага,— уяснил Максим.— И кто же кого целовать
должен?

— Тот, кто проиграл,— потупилась Юля.

— Ясно. И что — сорвал?..

— Сорвал...

— Везет же людям... — Максим снял ботинки, пошел в ванную. Спросил по дороге: — Ир, ты ужинала?
Я дико голодный...

В коридоре Юля окликнула мать:

— Мам, меня Антон на Новый год в Турцию зовет.
Можно?..

Выгодный жених

«Начальник службы безопасности отеля „Приморский“»... Звучит. Глянцевая визитная карточка. В первый же день работы новому начальнику сделали две пачки по сто штук. Два новеньких, упакованных в тонкую пленку, плотных весомых параллелепипеда. Можно использовать вместо пресс-папье. Постучишь по полированной поверхности стола — звук раздастся приятный. Да и просто — солидная вещь.

Одну пришлось распаковать сразу — на новом месте ценились условности. Костюм, рубашка, галстук (желательно темных тонов), начищенные ботинки. Учтивые беседы ни о чем с топ-менеджерами. Подчиненных держать на расстоянии. Никакого панибратства. С другой стороны — если кто провинится, подзатыльника не дашь, а будешь проводить скрупулезное служебное расследование: туда рапорт, сюда рапорт...

Политес — вот что было самое трудное в работе. В кабинете, скажем, не рекомендовалось держать чайник — захотел почаевничать или покофейничать, кличь персонал.

Нет, даже не это.

Много свободного времени и мало конкретного дела. Все службы отеля — в том числе и подчиненная ему — работали как часы. Механизм отлажен. Предшественник повысился до замгендиректора: надежная «крыша» этажом выше.

На рабочем столе — новехонький компьютер. С Интернетом, разумеется. Когда надоедает с важным видом совершать обход, можно выйти в сеть и гулять по сайтам.

Каких только странностей нет в Интернете!

Вот сайт болельщиков «Зенита» — любителей кошек. Одновременно: и коты, и футбол. Есть список кличек, которыми поклонники петербургской команды награждают своих четвероногих любимцев. У одного фана есть кот Ширл, а у другого — кот Шкртел. Котов по прозвищу Боровичка зафиксировано два, Аршавиных тоже два, Крыжанцев три, Петржел и Малофеевых — по четыре. А один особо принципиальный болельщик в середине сезона переименовал животное: кот Быстров отныне откликается на имя Анюков...

Золотая осень прощалась с городом. Ослепительно желтые кроны деревьев дышали последней свежестью. Ожидали решающего порыва ветра, который превратит их сначала в шелуху, весело шелестящую под ногами, а потом, и совсем скоро,— в мокрые гниющие лоскутки.

Никита Уваров, оперативник управления по борьбе с преступлениями в сфере нравственности,— в джинсах и коричневом свитере, в больших черных ботинках, с небрежной небритостью на волевом широком лице шагал по Московскому проспекту. Мышцы, всего час назад взбодренные тренажерами, приятно подрагивали. Спокойная сила разливалась по всему телу. Спасибо пиву. Никита Уваров подошел ко входу в гостиницу «Приморская». То есть, в отель «Приморский». Это раньше он был гостиницей. Сейчас все больше отели. В Москве вот гостиница «Советская» тоже сменила пол — называется теперь отель «Советский»...

Швейцар в ливрее изогнулся подобострастной буквой неизвестного алфавита, улыбнулся той сладенькой улыбкой, искусством которой владеют только самые халдеистые сотрудники сферы услуг. Уварову всегда хотелось вдвинуть в такую улыбку кулак. Легонько. Конечно, он всегда сдерживался.

Швейцар распахнул дверь:

— Здравствуйте, Никита Андреевич.

— Здорово,— буркнул Уваров и нырнул в отель.

С другой стороны двери его встретил подчеркнуто строго одетый секьюрити, вежливо кивнул:

— Добрый день, Никита Андреевич.

Ему Уваров протянул руку.

— Привет. Шеф ваш на месте?

— Старый или новый? — уточнил педантичный охранник.

— Виригин.

— У себя в кабинете.

Прежде чем двинуть к Максиму, Уваров оглядел цепким взглядом холл в поисках своих подопечных. Две «девушки», сидя, беседовали на диванчике в глубине дальнего бара. Под электрической рекламой «Мартини». Лиц их не было видно, но Никита безошибочно узнавал свой контингент — по осанке, по движениям, по одежде.

Собственно, это не уваровский особый профессионализм, а профессионализм «девушек», которые должны быть узнаны даже самым лопоухим клиентом вне зависимости от декораций и обстоятельств. Если на известной аллее ЦПКиО летом можно ходить почти голой, то в отель «Приморский» ни супермини, ни чулок в сеточку не наденешь — охрана вежливо, но непреклонно попросит на выход. Тут требуется выглядеть респектабельно. Ну, прилично. Так что Уваров признавал за «девушками» и талант, и чувство стиля, и некоторых из них даже уважал — конечно, по-своему...

Так кто же это?

Уваров подошел поближе. Та, что в пол-оборота в длинном черном платье, это Лиля Грунская. Лет двадцать пять или чуть больше, приехала из Кемерово года три назад. Девка симпатичная, добрая, но очень глупая. Фигура на пять с толстым плюсом — Уваров однажды устроил ее стриптизершей в «Конюшенный двор», но уже через месяц она снова была «на местности». Хозяин «двора», приятель Никиты, толком и не смог объяснить причины увольнения. Так и сказал: «Нормальная девчонка, только очень глупая». Как глупость, даже выдающаяся, помешала вокруг шеста вертеться — поди пойми.

А вторая, что спиной, в бежевой блузке и светлой юбке до колен... Зинка Архипова!

Интересная встреча.

Уваров пошел к девушкам. Со стороны, они беззаботно курлыкали — того тоже требовали правила игры — но, бесшумно подобравшись вплотную, Уваров услышал, что разговор идет серьезный.

— Короче, не вернешь бабло, пеняй на себя,— злобно шипела Архипова.— Ни в один отель не зайдешь. Будешь на шоссе с дальнобойщиками...

Зинка знала, о чем говорила: на заре туманной юности, лет пятнадцать назад («девушка» Зинаида приближалась на всех парах к сорокалетию), два литовских дальнобойщика выкинули ее в зимнем лесу. Под новогоднюю елочку. Хорошо, гаишники мимо проезжали. Не задарма, но спасли. А в другой раз эстонский дальнобойщик расплатился с Зинаидой мешком сахара, который она потом волоком волокла полтора километра. А латыши как-то раз...

Уваров с интересом послушал бы и историю про бабло, которое надо вернуть, но тут Грунская его заметила, и Архипова тоже — вздрогнула и обернулась.

Вернее, обернулась и вздрогнула.

Встреча с Никитой Уваровым в ее планы не входила.

— Зинуля, девочка моя,— пропел Уваров, изображая улыбку, как у швейцара.

— Никита Андреич? — растерялась Зинуля, но тут же собралась и попыталась перехватить инициативу: — Никита Андреич, я вся от вас в аромате! Но это как же — у вас тоталук! Теперь так никто не ходит!

— Что у меня? — почти смутился Уваров.

— Тоталук! У вас жакет «Том Тэйлор» и штанишки «Том Тэйлор»! От одного дизайнера шмотье. Так не носят, Никита Андреич...

— Прокол,— развел руками Уваров.— А все с того, что я целиком в расстройстве. Второй месяц тебя жду. Все глаза проглядел.

— Я не могла... — стушевалась Архипова.— Меня не было...

— Не было... — цыкнул зубом Уваров.— Но теперь-то есть? Пойдем-ка, пошепчемся-ка. Извини, Лилечка, я твою подругу слегка арендую. Не против?

Лиля против явно не была.

Виригин теперь читал в мировой сети анекдоты. На «Анекдотов.нет» в хит-параде лидировала история про Красную Шапочку. Ее спросил в лесу Серый Волк: «Красная Шапочка, хочешь, я тебя поцелую в такое место, куда еще никто не целовал?» А та ответила, затягиваясь сигаретой: «В корзинку, что ли?»

— Здорово,— Виригин протянул руку.

— Привет...

Уваров уселся в кресло в углу. Зинаида мрачно опустилась на стул перед виригинским столом, не забыв, однако, отодвинуть его на полметра и вздернуть юбку так, чтобы были видны матовые ноги. Ноги у нее были сильно моложе лица.

— Как служба? — спросил Уваров.

— Вникаю,— лаконично ответил Виригин и вопросительно посмотрел на Архипову. Он ее видел в холле.— Что с ней? Украла бумагу в туалете?..

— Нет, у тебя не успела. И не успеет уже. В «Астории» три рулона унесла. Ее Зинаидой Архиповой зовут,— сообщил Уваров.— Подпольная кличка Заноза. Мастер международного класса. Запомнил?

— Дальше что? — улыбнулся Виригин.

— Ну, а дальше просьба к тебе от правозащитных в моем лице органов — не пускать означенную путану

Архипову в свой отель. Макс, предупреди своих секьюрити. И в другие гостиницы ей с сегодняшнего дня
вход заказан. Без дела не останешься — с дальнобойщиками работала, опыт есть.

— Никита Андреич... — погрустнела Заноза-Зинаида.— За что?

— А не фиг бумагу туалетную тырить. Гостиничный
бизнес культурной столицы в панике...

— Ага! — огрызнулась Архипова.— Скажи еще, зу-
бочистки в баре. Не томи: за что?

Никита обернулся к Максиму.

— Ты прикинь: пообещала мне бордель в Басковом переулке сдать и исчезла. На два месяца. А меня
начальство каждый день теребит, у них уже в плане
забито.

— Какой-то особый бордель?..

— Гниляки,— кивнул Уваров.— Заманивали низки-
ми ценами и фотографировали через щелку. А потом
фотографии выкупить предлагали. Тупой шантаж, но
выгодный. Сейчас таких развелось...

— Да, непорядок,— вздохнул Виригин, подыгры-
вая товарищу.— Идет, значит, мужчина культурно отдохнуть...

— После тяжких трудов на благо общества...

— Трудовую копейку в салон несет...

— А то и не копейку...

— Да. А то и весь трудовой цент...

— Точно. А тут, извините за выражение, папарацци...

— Это еще мягко сказано! Попорацци, от слова
«попа». И Зинаида, значит, их покрывает?..

— Да не было же меня! — сказала Зинаида обижен-
ным тоном. Будто ее действительно «не было». Совсем. На фотоны разлагалась. Или на ионы.

— Сейчас ты есть? — спросил Уваров.

— Так они с Баскова съехали!

— Куда?

— Бес их знает,— Архипова скроила расстроенную
физиономию.

— Нет, так дело не пойдет,— протянул Уваров.

— Слушай, может, на пятнадцать суток ее закрыть? — предложил Виригин.— За назойливое приставание к иностранным гражданам?

— Отличная мысль,— кивнул Уваров.— Как компенсация за моральный ущерб. В камере быстро совесть проснется.

— Не надо закрывать,— глухо заканючила Архипова.

— У тебя бланки есть?..— спросил Уваров.

— Были,— Виригин полез в ящик стола.

— Я не могу... — ныла Заноза.

— А негры есть в отеле? — Уваров продолжал общаться с Виригиным, не обращая на Занозу внимания

— Как снега зимой!

— Может, она к неграм приставала?

— Да наверняка...

— У них, между прочим... — обиженно начала Архипова, но замолчала.

Уваров взял чистый бланк протокола об административном правонарушении, пристроил его на папке, папку на коленях и начал заполнять.

— Архипова Зинаида Савельевна... Какого ты года?..

Архипова ничего не ответила.

— Родилась когда? Не стесняйся, свои все. Шестьдесят седьмого, что ли?

— А если я вам других? — нерешительно спросила Архипова.

— Кого «других»? — уточнил Уваров.

— Команду, которая иностранцев опускает. Мне одна девица по пьяни брякнула... — Архипова говорила медленно, продолжая раздумывать.

— Весь внимание,— Уваров отодвинул протокол.

— Западники — они туповатые. А у нас бабы красивые. Западники наших баб любят.

Уваров и Виригин согласно и синхронно кивнули головами.

— В жены берут,— продолжала Архипова.

— Бывает,— согласился Уваров.

Архипова покосилась на компьютер.

— Таких снусмумриков по Интернету и клеят. То да се. Шуры-муры. Фото, переписка. А когда жених созрел и прилетел знакомиться, его здесь шваркают. Как — не знаю. Грабят. Или динамят.

— Убийство возможно? — заинтересовался Виригин.

Архипова пожала плечами.

— Стосковался по убийствам? — усмехнулся Уваров.

— Заснуть без них не могу,— Виригин навострил авторучку.— Давай подробности. Что за люди?

— Имен не знаю,— Архипова мотнула головой.

— У-у-у, милочка... — только и протянул Уваров и вновь склонился над протоколом.

— Клянусь, не вру,— засуетилась Архипова.

— А девица, которая рассказала, кто она?

— Мы с ней в «Джет-сете» раз пересеклись. Зовут Ленка. Высокая такая. С брекетами. Можно там ее поискать...

— Негусто информации,— заметил Виригин.— К неграм моим ты на больше наприставала. Они знаешь какие нервные... Натуры тонкие.

Архипова помолчала. Потом спросила:

— Сайт «Зарубежные знакомства» можете открыть?

Виригин пожал плечами и стал искать сайт.

— И чего там? — спросил Никита.

— Она мне фотку одной из невест показывала. Может, там есть. Я узнаю.

Виригин вошел в «Международные знакомства». Куча женских портретов с краткими биографическими данными на английском языке. Английский Виригин в разумных пределах знал. Однообразные данные. То есть рост-вес-возраст-цвет глаз и волос разнятся, а остальное — как под диктовку. Порядочная, душевная, хозяйственная, верная, домашний очаг, разносторонние интересы, характер покладистый, здоровье хорошее, а сердце одинокое. И все поголовно без вредных привычек. Нет, вот Оксана Мищенко из Саратова пишет: «Имею все вредные привычки, которые, однако, могут превращаться в достоинства». Хоть внимание привлекает — нестандартностью. Он бы, Виригин, написал первым делом этой Оксане Мищенко.

Хотя сам он, конечно, никому бы не стал писать. Как можно выбирать невесту по Интернету? Бред. Что можно понять о русской женщине по фотографии или из письма?

С русской женщиной годами живешь и ничего понять не можешь...

Иностранцы, впрочем, много в чем чиканутые. Вот вчера один заселился — требует ночную экскурсию на кондитерскую фабрику. Будто бы во всем мире он ходит на ночные экскурсии на кондитерские фабрики. Хобби, видите ли. И скандальный такой, слюной брызгается.

Но тут их сотни... этих Оксан и Марин. Тысячи даже. Неужели находится столько зарубежных богатых дураков?

— А вы только питерские объявления откройте... — сказала Заноза-Зинаида.— Можно, я сама?..

Архипова встала, юбка закрыла ноги — больше они пока были не нужны. Виригин пустил ее к компьютеру. Та возилась минут десять. Нашла что-то:

— Вот! Соколова...

Виригин и Уваров подошли к экрану. Зинаида игриво прислонилась к Никите. Тот раздраженно дернул плечом.

— Надежда Соколова...

Соколовой было тридцать девять лет, сто шестьдесят семь сантиметров, пятьдесят пять килограммов. Порядочная, душевная, хозяйственная, верная, домашний очаг, разносторонние интересы, характер покладистый. Воспитательница детсада. Русые простые волосы, очень милое лицо, открытый взгляд, внушающий доверие.

Мошенники редко похожи на мошенников. Это делает их профнепригодными.

Раз на раз не приходится, впрочем. Вот тогда этот гусь Лунин Ирину очаровал, а Юльке, например, не понравился сразу... Виригин часто вспоминал о Лунине. Интересно же, каким был человек, которого ты будто бы застрелил, а на самом деле ни разу не видел.

— Точно она? — спросил Уваров.— Ошибаться, Зинаида, не в твоих интересах.

— Она, точно. Воспиталка...

— Вась, ты же вроде морковь не любишь? — то ли спросил, то ли укорил Любимов.

— С детства терпеть ненавижу,— согласился Рогов.— А что?

— А почему же ты ее взял?

Василий опустил глаза в свою тарелку. Действительно, он безуспешно пытался расправиться с морковным салатом. Хотя он не любил этот овощ с детства. К тому же повар столовой главка не был лучшим в городе специалистом по салатам. Почему же он взял морковь?..

Рогов перевел взгляд на поднос Любимова. Тот тоже ел морковный салат. Кроме того, Любимов взял котлету с пюре. И у Василия была котлета с пюре.

— Ага! — воскликнул Рогов, как Шерлок Холмс, открывший тайну пестрой ленты.— Просто я взял то же, что и ты!

— Догадался,— хмыкнул Любимов.— Молодец. Но почему ты так поступил?

— Я... автоматически. Задумался.

— О чем же?

— Ну, там... В сканворде вопрос.

— Что за вопрос?

— Да вот забыл! Как раз в очереди пытался вспомнить, что за вопрос. Хотел спросить кого-нибудь.

— Ясно.— Жора закончил с морковкой и приступил ко второму.— Сказать тебе, Василий Иванович, почему у тебя рост такой... незначительный?

— Нормальный рост,— обиделся было Рогов, но любопытство пересилило.— Ну, почему?

— Потому что ты за едой думаешь о сканворде.

— У меня с детства рост невысокий, а тогда и сканвордов не было, только кроссворды...

— Мужчины, не помешаю?

— Присаживаетесь, Сергей Аркадьевич,— ответил Рогов.

Егоров сел. Выглядел он как-то рассеянно. Посмотрел на тарелку с морковью, на тарелку с котлетой. Еще раз посмотрел. Потом взял стакан с компотом и стал медленно пить.

— Что с вами, Сергей Аркадьевич? — поинтересовался Любимов.

— Аппетит пропал.

— Заболели? — участливо спросил Рогов.

— Ох, Вася,— вздохнул Егоров.— Я ведь в штабную культуру душу вкладываю.

И вновь замолчал.

— Это правильно,— осторожно согласился Вася. Егорова он побаивался, а еще больше побаивался штабной культуры.

Егоров молчал.

— Душу. И что?..— осторожно спросил Любимов.

— Душу вкладываю и от других требую. Меня разбуди — любой приказ отвечу. От корки до корки. А они в нее наплевали.

— Кто, Сергей Аркадьевич?

— Да эти, проверяющие из МВД. Вот такую цидулю накатали,— Егоров вытянул руки в стороны, как рыбак, хвастающийся уловом. Имелся в виду размер нехорошей цидули.— Выявленных в штабе недостатков. Хоть бы сами что смыслили, сынки генеральские. А мне теперь выговор...

— Всего-то? — даже как-то разочарованно произнес Любимов.

— Легко говорить... — вздохнул Егоров.

— Сегодня объявят, через год снимут,— пожал плечами Любимов.— В первый раз, что ли.

— Лично мы,— откашлялся Василий,— считаем, что в нашем главке со штабной культурой все в полном порядке. И менять ничего не надо...

А то начнутся, подумал он, внеплановые мероприятия. Егоров и так умел привязываться ко всяким глупым формальным мелочам.

— У меня через два месяца очередное звание,— пояснил Егоров.

— Это уже хуже,— кивнул Любимов.

— Обидно до слез,— Егоров грустно смотрел на тарелку.— Котлета в горло не лезет. Дожил! Скажи кто, засмеял бы...

— Что «скажи»?..— не понял Рогов.

— Что котлета в меня не полезет...

Егоров залпом допил компот.

— Вам, Сергей Аркадьевич, отличиться надо,— подсказал Василий.— Сразу выговор снимут.

— Как тут отличиться? Приказы на английский перевести?

Вот уже и внеплановые идеи...

— Вот этого не надо! — быстро возразил Любимов.— Лучше тяжкое преступление раскрыть. Или вооруженного преступника задержать.

— Я же не опер...

— В жизни всегда есть место подвигу,— заметил Рогов.

— Придумайте для меня какой-нибудь,— попросил Егоров.

— Не вопрос...

Письмо «воспиталке» Соколовой составили быстро и в самых изысканных тонах. Не переоценивая своего английского, Виригин решил, что Соколова получит жениха с русскими корнями, знающего родную речь.

Ответа не было почти сутки. Дежуря в Интернете, Максим узнал за это время, что в городе более трехсот салонов интимных услуг, нашел сервис «сколько вам дней?» (вводишь дату рождения — тут же результат; сам Максим прожил, оказывается, пятнадцать тысяч девятьсот шестнадцать- можно скоро отметить круглую дату), даже в чат зашел... Правда, сразу вышел. Интерактива Виригин пока еще побаивался.

Когда завалился Уваров, Максим развлекался сайтом «сокр.ру».

— Что там? — с порога спросил Никита.

— Все геи,— просто сказал Виригин.

— Не все,— быстро среагировал Уваров и лишь в следующую секунду удивился.— А зачем нам они?..

— Кто?

— Ну... эти... все. Ты о чем вообще? Соколова ответила на письмо жениха?

— Нет еще. Я тут сайт нашел с сокращениями. ВСЕГЕИ — это Всероссийский научно-исследовательский геологический институт.

— Надо же,— удивился Никита.— Но это, надеюсь, не у нас? В Москве, надеюсь?..

— В Москве, в Москве,— успокоил Максим друга.

— А что там еще есть?

— А вот можно погадать. Нажми на кнопку — и тебе выпадет... аббревиатура.

Уваров нажал на кнопку.

— ЛСД! — прочел Максим.

— Ничего себе,— мотнул головой Уваров.— Это, скорее, в госнаркоконтроль. А что это значит?

— Лаборатория санитарной дезинфекции...

И тут — наконец! — Соколова ответила.

— Никита, письмо от детсадовской!..

— Ну-ка, ну-ка,— заулыбался Уваров.— И что там наша киска пишет?

— Так, коротко... Благодарит за внимание, просит фото прислать.

— Чье? Котика?

— Поросеночка... — поморщился Виригин. Иногда ему казалось, что Уваров перебирает со стилистикой своих подопечных.— Жениха, конечно.

— Придется подыскать. Попородистей. Есть идеи?

Идей пока не было, но срочно был нужен подставной жених...

Чтобы службист Егоров не услышал будильника — да сроду такого не бывало!

А тут, надо же, проспал. Видимо, от расстройства. Не хватало еще опоздать на работу. Сразу после выговора!

Завтраком придется пренебречь, но болонок — Пусю и Мусю — выгулять нужно. Сами они не умеют двери открывать и в лифте спускаться.

Быстро нацепив стеганые попоны (у Муси была красная, а у Пуси синяя, но они не слишком обижались, если одежку путали), Егоров выскользнул с собаками на улицу. Болонки, чувствуя, что хозяин торопится, довольно быстро справились с утренними делами.

Уже на обратной дороге к ним угрожающе подскочил крупный ротвейлер с неприятно перекошенной физиономией. Болонки завизжали. Ротвейлер не отставал. Его хозяин, мужчина в кожаной куртке и с бритой головой, безразлично стоял на другой стороне тротуара.

— Убери своего пса! — крикнул Егоров.

Хозяин ротвейлера ничего не ответил. Лицо у него было перекошено — точь-в-точь как у собаки. Известно, что эти существа за годы совместной жизни начинают походить на хозяев. Или же хозяева перенимают мимику у своей живности — неважно.

Однако правило это распространялось не на всех. Егоров, например, не был похож на своих болонок.

— Ты что, оглох?! — Егоров крикнул громче.

— Где хочет, там и бегает,— презрительно сплюнул бритоголовый.

— Тогда намордник надень,— возмутился начальник штаба.

— Дома командуй... болонка.

Егоров стал закипать. Конфликт намечался нешуточный.

— Ты как разговариваешь?..

— Да пошел ты... — снова сплюнул бритоголовый. Ротвейлер к этому моменту, перепугав Мусю и Пусю до полусмерти, перебежал тротуар и угрожающе встал рядом с хозяином.

Егоров посмотрел на часы. В жизни, утверждает Рогов, всегда есть место подвигу. Проучить мерзавца? Или все же успеть на службу — начальство может вызвать с самого утра... Ладно.

— Еще раз такое увижу, без пса останешься,— пригрозил Егоров и потащил болонок в сторону дома. Обернулся и добавил: — Или самому намордник одену.

«Ладно, пудель беременный...» — пробормотал бритоголовый. Вслед кричать не стал — западло. И догонять не стал — тоже время поджимало. Но Егорова он запомнил. И шмакодявок его — тоже.

Вызовов с утра не было, дела все были закончены, отчеты написаны, но сидеть сложа руки не пришлось — Егоров, которому пока не придумали подвига, размножил на ксероксе все служебные инструкции и разнес их сотрудникам. Чтобы у каждого над рабочим столом висело. «Когда одна инструкция на этаж в коридоре,— пояснил Егоров,— приходится возле нее толпиться».

Хоть бы раз кто столпился...

Вот Жора с Василием и лепили инструкции скотчем. Над бывшим столом Виригина места не хватило — пришлось снимать фотографию Тани Булановой.

— Как она, не знаешь? — спросил Рогов.— Вышла замуж за футболиста?

— Это Макс следил, позвони ему, спроси,— предложил Любимов.— Это он ей все женихов подбирал... Чуть не через Интернет...

Входивший как раз в кабинет Никита Уваров услышал окончание фразы и очень удивился:

— Откуда вы знаете?..

— О чем? — спросил Любимов.

— Привет, Никита! — обрадовался Рогов.— Какой у тебя клифт моднячий!

Уваров и впрямь раздобыл накануне черный замшевый пиджак. Покупать обновы сейчас денег не было, но выход всегда можно найти. Поменялся с коллегой, отдал ему куртку «Тома Тэйлора».

— Да это я... чтоб тоталука не было,— смущенно признался Уваров.

— Чего не было? — изумился Рогов. Такого слова он даже в сканвордах не встречал.

— Ну, не важно. Так откуда вы знаете — про знакомство через Интернет? Макс уже звонил?

— Как он там?

— Да ничего... На Интернет подсел. Сетевая зависимость, похоже.

Разобравшись, что никто ничего не знает, Никита в двух словах рассказал историю «любви» ушлой воспитательницы детского сада к несуществующему пока, но активно шлющему письма южноафриканскому бизнесмену.

— И она верит? — спросил Василий.— Ведь видно, что из России письма.

— А мы через Южную Африку гоним. Шлем Петрухе тексты, а он ей.

— Как он там? — спросил Рогов.

— Все с Шакилом воюет.

— Надо бы съездить помочь,— задумчиво протянул Рогов.

С уроженцем Петербурга, вождем одного из африканских племен Петром Нгубиевым Рогова познакомил Уваров, во время прошлогодней командировки в ЮАР[1]. В порядке укрепления интернационализма и прочего фройндшафта Рогову и Игорю Плахову пришлось вместе с Петрухой съездить на «стрелку» с Ша-

---

[1] Эти события изложены в книге «Мыс Доброй Надежды».

килом, вождем враждебного племени. Они изобража-
ли боссов русской мафии: о ней даже дикари в Африке слыхали. Сейчас эта история воспринималась почти романтически, но стоять тогда в окружении
страшных голых туземцев, вооруженных «калашами»,
было непросто — поджилки тряслись.

— От нас-то чего ты хочешь? — спросил Любимов.

— Фото.

— Чье? — удивился Любимов.

— Кого-нибудь из вас. Она прислать просит.

— И всё?..— подозрительно уточнил Жора.

Уваров замялся.

— Ну, для начала все. А через недельку подъехать.
Под видом жениха из ЮАР.

— Умнее ничего не придумали? — съязвил Любимов.

— А куда умнее-то? — обиделся Уваров.— Жених
русскоязычный, по этому параметру вы подходите...
оба. С легендой все тип-топ, а паспорт и прочее Пет-
руха уже выслал. Только фото переклеить.

— Сам бы и прилетел,— предложил Рогов.— Друзей проведал.

— Не может,— покачал головой Никита.— У него
разборки в разгаре.

— Это тебя Макс на нас навел? — буркнул Любимов.— Озарение пришло — от сетевой независи-
мости?

— Зависимости.

— Один черт!

— А чего не так-то? — не понимал Уваров.— Интересное же дело.

— Вот и женихались бы с Максом. Парни вид-
ные,— посоветовал Рогов.

— Мы в этой среде засвечены,— логично возразил
Уваров.— И опера мои из полиции нравов тоже.

— Хорошо устроились,— усмехнулся Любимов.

— Мужики, за ними «мокрухи». Источник сказала.

— Надежный источник?

— Зинка-Заноза.

— А-а,— иронично-уважительно протянул Любимов, словно имя Зинки-Занозы было известно всякому образованному человеку. И слово ее — ценилось.

— Дай-ка,— Рогов взял фото.— Сколько ей?

— Тридцать девять. Замужем не была. Работает воспитателем детсада,— отчитался Никита.— Нравится?

— Для меня старовата,— Рогов передал фото Любимову.

— Это подсадная утка, конечно,— сказал Уваров.— А вот кто за ней стоит...

Любимов вернул фото Уварову.

— Сил уже нет для ухаживаний.

— Да им на ухаживания начхать, им баксы давай! — воскликнул Уваров.

— И баксов нет,— добавил Любимов.

— Жора, баксы будут. Служебные. Давай, чего ты!..

— Никита, из меня актер никакой. Сам же знаешь.

— Может, Игорек тогда?..

— Он в командировке.

Уваров вздохнул.

— Погоди,— хлопнул себя по лбу Рогов.— Есть у нас для тебя выгодный жених.

Рогов на фоне пальмы. Рогов на фоне льва (лев, правда, далеко, но все же). Рогов и Плахов в компании чернокожих людей с копьями. Оскаленные улыбки варваров... Семен аж вздрогнул.

— Всё?

— Еще есть! — Василий протянул Черныге еще несколько снимков, с крокодилами. Вот крокодилы, в отличие ото льва, были совсем близко — в бассейне.

— Крокодильчики,— умильно сказал Рогов. Мечтательно улыбнулся. Семен посмотрел на Василия с опаской.

— В Африке акулы, в Африке гориллы... Я читал. И передачу «В мире животных» смотрел. А это что?..

Семен указал на вторую пачку фотографий.

— Это? А это Егоров наш.

Егоров в кабинете. Егоров на планерке. Егоров в кабинете. Егоров на совещании, опять в кабинете. Егоров для доски почета — этот снимок Семен сам когда-то делал.

С тех пор, как Рогов утащил из-под носа Семена суицидальную веревку, да так и не вернул, эксперт главка относился к Василию осторожно.

— Надо их совместить,— попросил Рогов.— Сможешь?

— Не понял? — удивился Семен.

— На компьютере,— пояснил Рогов.— Вместо меня вставить Егорова. Его лицо, то есть.

— Зачем?!

— Чтоб ему выговор сняли,— терпеливо объяснял Рогов.

— А тебе повесили? — Семен подивился Роговской логике.

— Да нет,— Вася досадливо поморщился.— Это оперативная комбинация. Якобы он жених из Африки. Мошенницу на него будем ловить.

— На Егорова ловить? Он же не оперативник. И вообще...

Егоров на оперативном просторе — такое и впрямь не очень укладывалось в голове.

— Зато у него выговор,— напомнил Василий.

— Ладно. Будем считать, что понятно.

— До вечера управишься? — обрадовался Рогов.

— С вас ящик бананов.

Егоров в выходном костюме стоял перед зеркалом в своей прихожей и, нервно поглядывая на часы, поправлял галстук и прическу. Галстук для операции «Жених» он покупал специально. У Егорова все галстуки были однотонные, аккуратные, культурные («скучные», сказал бы сторонний наблюдатель), но для жениха из Африки был уместнее пестрый. Егоров три магазина обошел. В одном даже обнаружил галстук с обезьянами и крокодилами, вроде бы подходящий по тематике. Но, поразмыслив, Сергей Аркадьевич решил, что это будет несколько нарочито. Поэтому остановился на расцветке «пожар в джунглях».

Хорошим актером Сергей Аркадьевич себя не считал. В армии в самодеятельности ему предложили однажды — углядев таинственное внешнее сходство — роль Ленина. Егоров подошел к делу ответственно, из всей палитры образа вождя мирового пролетариата выбрал наиболее запоминающийся элемент — картавость. И картавил на сцене столь старательно, что сидевший на первом ряду генерал, гость из округа, счел работу актера глумлением и издевательством. И просто погнал Егорова из сцены. Хорошо, что не из комсомола: комсорг Перетычкин уже через пять минут повесил объявление о комсомольском собрании, но генерал оказался отходчивым. Выпив после спектакля с командным составом, он лично приказал простить незадачливого лицедея.

Мысль Семена про «оперативный простор» тоже была вполне справедливой: Егоров откровенно предпочитал работу кабинетную и, так сказать, «коридорную», а в настоящем деле не пробовал себя очень давно.

И — несмотря на все вышеизложенное — он верил в успех операции. И даже был почти уверен. Потому что возмущение от несправедливого выговора перевешивало любые опасения, а мысль, что он не получит через два месяца очередное звание, была для административного ума Егорова категорически неприемлема.

Такого быть не могло!

Значит, он, Егоров, с заданием справится.

Только вот Васька Рогов, разгильдяй, опаздывал.

Егорову давно пора было ехать.

Наконец раздался долгожданный звонок в дверь, и на пороге возник запыхавшийся Рогов.

— Где тебя носит? — возмутился «жених».— Я к самолету не успею.

— Автобус прождал... — объяснил Василий.— Есть недостатки в системе городского транспорта.

— Запоминай,— перешел Егоров к делу.— Ровно через час собак покормишь, а в шесть гулять выведешь. Только к большим псам не подпускай. Головой за них отвечаешь, понял? У меня других нет.

— А где... собаки?

Слово «собаки» Василий произнес несколько неуверенно. По его мнению, к болонкам это определение было приложимо не в полной мере.

— В комнате отдыхают... Вот попоны,— Егоров ткнул в лежащие у двери попоны, а сам взял с вешалки дубленку.

— Не забудьте перед выходом снять, Сергей Аркадьевич. Вы же из Африки,— напомнил Василий.— Там довольно жарко.

— Я, Вася, географию изучал. Так, столица у них Йоханнесбург...

— Да не Йоханнесбург, а Претория,— воскликнул Рогов.— Вы запишите, чтоб не забыть.

Эти города все время путали.

— Не учи... — буркнул Егоров.— Скажи лучше, там кредитки в ходу? Я у приятеля взял для солидности.

В главке зарплату давали по старинке: наличными и по ведомости. И, кстати сказать, «по-белому»: со всеми вычетами, в отличие от многих фирм.

— В ходу. Не забудьте: там ренды, а не доллары. А вот я вам полтинник рендов принес. Держите. Будет чем похвастаться.

Рогов протянул Егорову пеструю бумажку.

— Лев нарисован,— уважительно глянул Егоров.

— А то! — сказал Василий.— И вы не тушуйтесь. Будьте львом!

Егоров вспомнил, что опаздывает:

— Вот, ключи от квартиры. Всё, кажется.

Рогов взял ключи.

— Вы не волнуйтесь, Сергей Аркадьевич. Думаю, до утра вернетесь.

— Надеюсь,— вздохнул Егоров.

— Про клофелин помните. Лучше совсем не пить.

Егоров кивнул. Он, в общем, особо не пил. А про клофелин помнил. И специально перед операцией с Семеном подробно побеседовал, что и куда злоумышленники могут подлить или подсыпать. Егоров все делал основательно.

— Сядем на дорожку.

Присел на табурет, достал из кармана свернутый портрет Надежды, вгляделся в лицо...

— Симпатичная, в моем вкусе. Жаль, что преступница.

— Жаль,— отозвался Василий. У него был переполненный мочевой пузырь, и он никак не мог дождаться, когда Егоров покинет квартиру. Наконец дверь захлопнулась. Василий бросился к туалету. Раздался звонок. Василий чертыхнулся, открыл дверь.

— Муся и Пуся! — сообщил Егоров.

— Чего? — удивился Рогов.

— Собак зовут — Муся и Пуся!

— Я знаю,— зачем-то сказал Рогов. Хотя не знал.

«Совершил посадку рейс авиакомпании „Эр Франс" „Париж—Санкт-Петербург"»...

Интересно, прекрасные девушки, объявляющие такими замечательными голосами прибытия и отбытия международных рейсов... так ли прекрасны они, какими нам представляются?.. Есть ли для них какой-то смысл в этих волшебных словах: «Париж», «Лондон», «Лиссабон», «Самарканд», которые им приходится произносить сотни раз на дню?..

За «Соколовой» следили Любимов и Уваров. Операция «Жених» началась.

— Вон она, с веником,— кивнул Уваров в сторону псевдовоспитательницы.— Вроде одна. Я все обошел, но так и не понял, кто ее прикрывает.

— Может, здесь и никто,— отозвался Любимов.— До города ей можно и без прикрытия. Ты с отелем договорился?..

— Там Макс на стрёме. Рвется в бой,— усмехнулся Уваров.— Говорит, по «мокрухе» стосковался — до слез. Сам готов горничную прирезать, чтобы самому потом расследовать. Чтобы все эти дела — суета, эксперт, понятые...

— Очень остроумно,— поморщился Любимов.— Смотри, вот штабист наш.

Перед выходом в зал Егоров еще раз посмотрел на портрет зловещей невесты. И она ему снова понравилась.

Он прикинул, достаточно ли импозантно выглядит. Галстук — удачное все же решение. Чемоданом с багажной биркой помахивать эдак небрежно... Дубленка перекинута через руку. И — опять же — букет. Алых роз.

На фотографиях, конечно, женщины, которые знакомятся через Интернет, а тем более мошенницы, обычно выглядят лучше, чем в жизни. Прихорашиваются или просто подсовывают снимки десятилетней давности. Егоров надеялся, что сейчас это правило сработает. Что Соколова окажется кривоносой мегерой, вызывающей стойкую антипатию. А то ведь трудно вести оперативную схватку с мошенницей, которая тебе симпатична.

Вон она... Сергей Аркадьевич удивительно легко опознал в толпе преступницу. Взгляд притянуло, как магнитом.

Чем ближе он подходил, тем больше было разочарование: Соколова выглядела даже лучше, чем на фото. Такие славные ямочки на щеках и лучистый взгляд... Этих теплых лучей безжизненный снимок передать не мог.

«Хорошо прикидывается, злодейка! — подумал внедренный Егоров, внутренне сосредотачиваясь.— Что ж, мы тоже не лыком шиты!»

Приблизился, улыбнулся:

— Надежда?..

— Пауль? — улыбнулась в ответ Надежда. Немножко неуверенно.

«Шалишь! Не проведешь!»

— Узнали? — Егоров протянул букет.— Вам из Парижа. Три часа там сидели.

Надежда зарделась — под цвет роз. Тоже протянула цветы:

— А это наши. Из Голландии.

— Очень красивые,— Егоров взял букет и поежился.— Холодновато у вас.

— Это не Африка. Здесь осень, снег... скоро будет,— пояснила Соколова.

Егоров накинул дубленку:

— У нас тоже в горах бывает. Куда сейчас?

— Пойдемте на стоянку,— указала направление Надежда. Они двинулись к выходу из здания аэровокзала.

Краем глаза Егоров заметил на стоянке Любимова и Уварова. Все в порядке, парни не дремлют. Номер такси он тоже, садясь в машину, на всякий случай запомнил, хотя это, вроде бы, лишнее. Но Егорову было приятно, что он осуществил это «оперативное действие».

Желтые «Жигули» вырулили со стоянки и понеслись к городу. Егоров с тревогой глянул в окно.

— Волнуетесь, Пауль?

— Еще бы! — отозвался «Пауль».— Впервые на второй, можно сказать, родине.

— У нас очень красивый город.

— Да, я видел много... открыток, картин.

И тут Егоров сообразил: он же забыл, что нужно говорить с легким хотя бы акцентом. Полдня тренировал с Никитой этот акцент, а при встрече — из головы вылетело.

Провал?!

Лоб Егорова покрылся холодным потом.

Но Надежда, кажется, провала его не заметила.

— В реальности Петербург еще краше, чем на картинках,— с гордостью похвасталась она.

«Перестраиваться поздно. Подозрительно. Буду говорить своим голосом»,— решил шпион Егоров.

— И вы в жизни, Надя, еще интереснее, чем на фотографии. Настоящая русская красавица.

— Спасибо,— отозвалась Соколова.

— И, судя по всему, очень умная,— добавил Егоров. Надежда ничего не ответила. Сергей Аркадьевич сразу начал анализировать, не ляпнул ли он чего-нибудь лишнего. Дескать, умная — значит, хитрая — а хитрая, то и мошенница наверняка...

— У меня в отеле «Приморский» номер забронирован,— доложил Егоров.— Через всемирный Интернет.

— А вы хотите в отеле остановиться?

— А где же еще? — не понял Егоров.

— Я думала — у меня...

Шпион изменился в лице. Вот оно! Ловушка!.. В гостинице он был бы под прикрытием Виригина. Там даже микрофоны в номере обещаны. С другой стороны, отказываться — значит, вызывать подозрения. Что за жених такой, что не хочет ехать к невесте? М-да. Дилемма, как говорит Семен Черныга. А решение нужно принимать немедленно!

— Неудобно как-то...

— Наоборот,— улыбнулась Надежда.— Вас там ждут.

— Кто ждет?

— Родственники.

— Ну, если ждут... — обреченно вздохнул Егоров. Остается надеяться на профессионализм оперов. А надеяться на этих разгильдяев... Вот Любимов на той неделе спиральный чайник включил в сеть, а сам сорвался на срочный вызов. И чайник задымил. Сгорел бы главк, не проходи Егоров случайно по коридору. Бумаг-то сколько!

Машина вдруг затормозила.

«Засада»,— подумал «жених». Но тут же увидел инспектора ГАИ в форме сержанта, который, помахивая жезлом, шел к такси. Рядом стоял милицейский автомобиль. Таксист опустил стекло.

— Инспектор ДПС Костомаров,— представился сержант.— Скорость превышаем.

— Не может быть,— возразил водитель.

— Желаете проверить? — инспектор кивнул в сторону милицейской машины.

— Не стоит.

— Так что будем делать?

Все ясно. Это не его, Егорова, пасут чужие, и не свои страхуют, это просто бабки с людей сшибают. Крысятников Егоров не любил. Сам не зарабатывал и другим не давал. Попытался разглядеть через стекло номер милицейской машины. Не вышло.

Водитель молча достал права и передал инспектору. Тот открыл права, увидал там сторублевую купюру, забрал, вернул права...

— Больше не нарушайте.

Инспектор исчез.

— Марамой,— водила зло посмотрел в зеркало.

— Зачем вы ему дали? — возмутился Егоров.

— А куда деваться? — ответил водитель. Но чуть позже, въезжая на Московский проспект, не выдержал и пожаловался.— Они ведь что еще придумали — наколки на правах делают. Ручкой или иголкой.

— Как это? Зачем? — удивилась Соколова.

— Так. Ставят прокол маленький в глаз. Или еще в каком темном месте, чтобы не заметно. А сами смотрят под углом. Отмечают так водителей, которые им не понравились. В глазу наколка — одно значит, на воротнике — другое... Общаются друг с другом. Фашисты. Ой, извините...

— Ничего, я не из Германии,— буркнул Егоров.

Здесь он с водителем не был согласен. Крысятничество крысятничеством, но что гаишники имеют права на свои сигнальные системы — почему нет? Предупреждают же водители на трассах фарами друг друга о постах...

На светофоре рядом с такси остановилась древняя хромая иномарка. Человек с бородой и в черных очках мельком глянул в салон желтых «Жигулей».

Поди пойми — вредный враг это или замаскированный уваровский опер?

Может, надо было все же в гостиницу?..

Надежда между тем рассказывала, что через исторический центр, уже изученный женихом по фото, сейчас они не поедут: дом тут недалеко, и там уже стол накрыт. А утром уж — по достопримечательностям.

«Ну-ну,— мрачно думал Егоров.— К утру ты меня хочешь сделать... достопримечательностью. Оперативных сводок».

Мимо «Приморской» такси проскочило, не останавливаясь. И чуть было не ушло на светофоре: Уваров едва успел вслед за желтыми «Жигулями» на желтый свет.

— Оппаньки! — хмыкнул Уваров.— Куда они?

— Не потеряй их. Ближе прижмись,— велел Любимов.— Может, подмогу вызвать?

Уваров глянул в зеркало заднего вида. Жора проследил за его взглядом. От стоянки «Приморской» отлепился и пустился в погоню черный джип.

— Это наши,— успокоил Уваров.— Не уйдет. Ты свяжись с Максом.

Любимов позвонил Виригину. Тот очень расстроился, что операция проходит стороной.

— Макс, ну ты включи Интернет, что ли,— хмыкнул Любимов.— Развейся... Там сайтов много.

Виригин выругался в трубке.

Такси больше не делало попыток оторваться. Никита спокойно «довел» «Жигули» до самого дома. Припарковался невдалеке. Черный джип проехал чуть дальше и остановился.

— Шестьсот рублей,— протянул руку таксист.

Пришло время применить фокус, придуманный Уваровым и призванный сбить преступников с толку. Егоров протянул водителю кредитку.

— Пожалуйста.

— Что это? — изумился водитель.

— Как что? Кредитная карта. Снимите сколько надо.

— Здесь такое не катит. У нас и приборов таких нет в машинах,— замотал головой таксист.— Давайте наличку.

Егоров, заметив, что машина прикрытия уже во дворе, и немного успокоившись, изобразил растерянность:

— Наличных у меня нет. Только ренды... У нас везде карты. И в такси тоже...

По идее, в этот момент на лице мошенницы Соколовой должен был изобразиться облом. Денег у клиента нет. Нужно теперь заставить его как-то снять со счета сумму, из-за которой преступники готовы рисковать. А до этого момента жених — в безопасности.

Соколова, видимо, мошенница опытная. Бровью не повела.

— Не волнуйтесь, Пауль, я заплачу.

Волоча к подъезду тяжелый чемодан, Егоров подумал, что и впрямь неплохо куда-нибудь съездить. Грустно было собирать вещи, зная, что на самом деле никуда не летишь... Вот и в ЮАР в прошлом году его на операцию не взяли. А хорошо бы забыть о делах и махнуть куда-нибудь дней на десять... да еще бы и с красивой спутницей... такой вот, как эта мошенница.

Сергей Аркадьевич посуровел, вспомнил о конспирации. Сделал вид, что поражен обилием надписей на стенке лифта. Шевелил губами, читая про себя.

— Надежда, а что такое ЦОЙ?

— Пауль, это музыкант такой был. Виктор Цой.

— Музыкант! — уважительно протянул Егоров.— А у нас имена музыкантов в лифтах не пишут... Только, извиняюсь, «фак». Ругательство.

Лифт остановился. Дверцы раскрылись. Из квартиры на лестничную клетку вывалилась, как показалось испуганному «жениху», целая толпа. Замелькали лица, руки, кто-то подхватил чемодан, Егорова втянули в прихожую. Сергей Аркадьевич затравленно озирался. Вот он и в логове врага. Сейчас его начнут пытать, убивать...

С другой стороны, чего убивать, если у него нет наличных?

— Знакомьтесь, это и есть Пауль,— звонко сказала Надежда.

Егоров выхватил из кармана южно-африканский паспорт, словно тот мог его защитить. Представился:

— Крюгер. Пауль Крюгер. Гражданин ЮАР.

Хотел открыть паспорт, но понял, что это лишнее.

— По-нашему, значит, Павел,— уточнила пожилая полная женщина в нарядном платье: красные маки на черном фоне.

«Зловещая расцветка»,— подумал Егоров.

— Моя мама, Екатерина Сергеевна,— представила женщину Надежда.

«Мама, значит. Ну-ну».

— А это папа — Владимир Афиногенович.

«Афиногенович! Придумают же... Еще круче было бы — Африканыч. Безобидный с виду папа».

Папа выглядел добродушным пьянчужкой. В застиранных тренировочных штанах, во фланелевой линялой рубахе.

— Можно дядя Володя,— дружелюбно улыбнулся Афиногенович.

— А это мой брат Роман. Он отдельно живет, но тоже пришел с вами познакомиться...

Тут Егоров напрягся. Брат, конечно, и есть исполнитель. Строгий, широкоплечий, внимательные умные глаза.

— Большая у вас семья,— сказал Егоров.

— И крепкая! — подтвердил Афиногенович.

— Вы говорите по-русски совсем без акцента,— с подозрением заметил Роман.

— У меня же мама была русская,— объяснил Егоров.— Царство ей небесное... Языку обучила.

— А отец? — спросил старший Соколов, если он, конечно, Соколов.

— Папа — бур. Потомок первых поселенцев.

Слово «бур» Егоров произнес несколько нерешительно. Конечно, все слышали краем уха про какую-то «англо-бурскую войну», но, узнав, что в ЮАР проживают какие-то бледнолицые буры, люди, как правило, не очень в это верили.

Странно звучит: папа — бур. Гораздо экзотичнее, чем БУР — барак усиленного режима.

— На каком же вы там языке-то говорите?.. — поинтересовался Афиногенович.

— На бурском. Помесь голландского, немецкого и французского...

«Только бы не попросили поговорить на этом... бурском».

За гостя вступилась женщина в маках:

— Хватит человека пытать, ему вздохнуть надо, душ принять. Раздевайтесь, Пауль...

Оказавшись в ванной комнате, Егоров стремительно закрыл дверь изнутри, включил воду и присел на край ванны — дух перевести. Господи, как хорошо остаться одному. Подумать минуточку. Оценить, так сказать, оперативную обстановку, пот вытереть.

Егоров огляделся. Ванная как ванная. Оранжевый коврик на полу. Шкафчики на стенках. Шторка на ванне — изрисована экзотическими рыбами. А на рыбах — замысловатые узоры. Такие путаные и замысловатые, что кажутся шифром. Может быть, это тексты? Шифры? Какие-то сообщения злоумышленников?

Тьфу, бред!

Егоров заглянул в мыльницу, в стакан с зубными щетками, сунул нос в шкафчики, в одном из них обнаружил аптечку — открыл ее. Бинт, йод, марганцовка. Попытался заглянуть, изогнувшись крючком, под ванну... Зачем он все это делал — непонятно. Если в ванной и были прослушивающие устройства, Егорову все равно бы не хватило квалификации их опознать и демонтировать.

Но «оперативные действия» как-то сами по себе успокаивали.

Егоров сделал душ «погромче», вытащил из кармана мобильник, набрал номер. Жора откликнулся немедленно.

— Это я,— прошептал Егоров.

— Как дела, Сергей Аркадьевич? — Голос Любимова звучал, показалось Егорову, слишком спокойно. Хорошо ему там... на свободе.

— Я у нее дома. Улица Дачная, дом двадцать два...

— Да мы знаем, Сергей Аркадьевич. Мы здесь под окнами стоим. И площадкой выше — наш человек.

— Их тут целая орава,— тревожно прошептал Егоров.— Два мужика, две женщины.

— Не бойтесь, но будьте бдительны,— успокоил его Любимов.

— Постараюсь...

Связь прервалась. Егоров спрятал телефон в карман. Ему хотелось раздеться, подставить тело под горячие струи, расслабиться...

Но расслабляться-то как раз было нельзя.

И одежда сейчас казалась панцирем. Без нее Егоров оказался бы совсем беззащитным. Враги могли бы вломиться в ванну, схватить его...

И потом — пора уже покинуть замкнутое помещение. На клетку похоже. Как в плену.

Поэтому Егоров посидел еще немножко на краю ванны, проверил, не оставил ли следов в аптечке и на стакане с зубными щетками, последний раз глянул на загадочные письмена на рыбах (нет, без шифра не разобраться!), кое-как смочил волосы на голове для маскировки и открыл дверь.

В комнате смеялись — Егорову показалось, что зловеще...

— Да, слушаю... — Любимов поднес трубку к уху.—
Да, Соколов Роман Владимирович. Посмотри по ад-
ресам: Дачная, двадцать два. Не живет? А, раньше
жил? Значит, он. И что? Понятно...

На улице было довольно зябко, но девочки во дворе еще прыгали через скакалку, а дворничиха, уже по-
косившаяся пару раз на незнакомую машину, даже ела
мороженое. Вообще синоптики обещали в этом году
позднюю зиму...

Уваров вопросительно глянул на Жору:

— Ну, что там за брат?

— Начинающий бизнесмен. Что-то насчет перера-
ботки макулатуры. В криминале не замечен...

— Занесло Егорова,— вздохнул Уваров.— Чего
же он в отель не поехал, а? Не насильно же она его
увезла?

— Собаки,— позвал Рогов.— Идем гулять!

Видимо, он сказал «собаки» не слишком уважительно. Болонки посмотрели на него и снова уткнули
мордочки в пол.

— Эй, вы! — повысил голос Рогов.— Как вас...
Мисси и Писси... Муся и Пуся...

Он загремел поводками. Собаки вскочили. С попо-
нами Василий возиться не стал. Егоров просто сказал:
«Вот попоны». Не говорил, что обязательно надевать.
Да и тепло на улице.

Тепло, свежо, самое то позволить себе бутылку-
другую «Невского светлого». Рогов уселся, отковыр-
нул пробку о край скамейки, блаженно потянулся...
Прямо перед ним резко затормозил «Москвич»-каб-
лук.

«Без номеров»,— автоматически отметил Рогов
профессиональным взглядом.

Из салона выскочили два мужичка явно бомжева-
того вида. В обносках, в каких-то доисторических за-
латанных сапогах. С запахом за пять метров... Ничто
не пахнет так гадко, как грязное человеческое тело, за-

пакованное в грязную одежду. Сотрудник убойного отдела Рогов и не такое на вызовах повидал, но труп-то, понятно, пахнет трупом. А тут — живые люди.

«Бомжи на „Москвиче“»,— удивленно подумал Рогов.

Тут один из бомжей выхватил слезоточивый баллончик и пустил струю в лицо Василию — издалека, неумело. Половина газа рассеялось, но для частичного ослепления хватило...

Рогов заорал, зажал руками глаза, бомжи схватили болонок, запрыгнули в машину и умчались...

Наверное, нет негостеприимных народов. Может, впрочем, где и есть, но Егорову они не встречались. Грузины не выпустят из-за стола, пока не иссякнет вино в бурдюках и красноречие у бесконечных тостующих. Узбеки умрут от обиды, если ты после плошки лагмана и большой тарелки чучвары откажешься от полудюжины палочек шашлыка. Вот и Соколовы не ударили в грязь перед лицом южноафриканского гостя. Соленые огурцы, квашеная капуста, маринованный чеснок. Сыр и копченая колбаса, ювелирно порезанные и уложенные гордыми веерами. Огурцы-помидоры. Салат оливье, святое дело. Винегрет. Пельмени. Кувшин с домашним вином. Водка с изморозью истомилась в холодильнике. И истомившийся Владимир Афиногенович во главе стола: сколько ждали африканца из Пулково, сколько ждали из ванной — пора бы уже налить да крякнуть.

Но у Егорова было чем отблагодарить хлебосольных хозяев. Добрую половину чемодана занимали грамотно подобранные подарки. Егоров доставал их — один за другим — с большим удовольствием, совершенно позабыв о том, что находится на спецоперации и что в водке может таиться клофелин, в вине дремать димедрол, а в пельменях сторожить цианистый калий. Подарки нравились хозяевам, и Егоров по-детски радовался за них и за себя.

Роману он вручил китайские бусы из черных каменных виноградин. Объяснил, что это магические бусы, которые носят лучшие воины или вожди племен. Про вождей нафантазировал от себя, но то, что бусы мужские,— в магазине гарантировали.

Сначала Роман отказался надевать на себя эдакое украшение, но Егоров удачно вспомнил о фотографии, где он (точнее, перемонтированный Рогов) был снят с мужественными туземцами, облаченными в подобные бусы.

Екатерина Сергеевна получила шляпку со страусиными перьями, тоже произведенную в КНР. Шляпка удивительно гармонировала с красными маками. Соколова сбегала к зеркалу, раскраснелась и прокомментировала: «Ой, меня сейчас хоть в Эрмитаж!»

На середину стола Егоров поставил пустое страусиное яйцо. Пошутил:

— На Пасху покрасите!

Надежде он подарил откровенную женскую фигурку из черного дерева.

— Тончайшая работа. Из племени, затерянного в непроходимых чащах.

Невеста смутилась. Опустила глаза.

Наконец, извлек бутылку вина в картонной коробке.

— Дядя Володя, а это вам! Из своего винограда.

— Спасибо, отведаем,— потер ладони старший Соколов.— А уж вы нашей водочки...

— У вас свой виноградник? — заинтересовался Роман.

Егоров вспомнил, что надо держать ухо востро. Ответил осторожно, согласно легенде:

— Плантация в Кейптауне,— кивнул на бутылку.— И завод по производству.

— Доход приличный?

«Чего он все вынюхивает?!»

— Не жалуюсь. А еще ферма страусиная. Страусятину не пробовали?

— Не приходилось.

— Советую,— порекомендовал Егоров, хотя сам бы есть не стал. Сергей Аркадьевич относился к людям, которые считают, что кур, рыб, коров, свиней, баранов есть можно и нужно, кроликов — туда-сюда, а крокодилы, страусы, змеи, кенгуру и собаки созданы вовсе не для этого.

— У нас, кстати, на деньгах звери изображены,— вспомнил Егоров и вытащил роговские пятьдесят рандов.

С купюры строго смотрела большая львиная голова. Несколько львов поменьше на заднем плане пили из ручья воду.

— Лев,— уважительно сказал дядя Володя.— Это зверь! Не то что некоторые... Это я понимаю!

Как там, кстати, собаки? Рогов уже должен был вернуться с прогулки.

Екатерина Сергеевна сняла шляпку и обвела рукой стол:

— Это все Надюша готовила. Она хозяйка отличная.

— Как моя мама,— улыбнулся Егоров.

— Не обращайте внимания, Пауль,— немножко зарделась невеста.— Они сейчас меня расхваливать будут.

Старшему Соколову надоели-таки пустопорожние разговоры, он принялся разливать. Женщинам — самодельное вино из графина, а себе и Роману — водку.

— Водочки? — спросил у гостя.

— Нет, нет... — Егоров едва руками не замахал.

Помнил про клофелин. И еще шутку мошенников, которую Уваров пересказал: «Водка без клофелина — деньги на ветер».

— Чего испугались? — удивился Афиногенович.— Это же наша, русская, из шопа. В России — первое дело...

— Я не пью.

— Вот молодец! — обрадовалась Екатерина Сергеевна.

— Совсем? — с подозрением спросил Роман. Он в
свою очередь относился к людям, которые недолюб-
ливали мужчин-трезвенников. Настоящий мужик меру знает, но чтобы не пить... Хотя — иностранец... Но
кровь-то русская!

— Подшит,— брякнул «Пауль»,— на всякий случай.

— Бывает! — Афиногенович взял красивую коробку.

— Открывайте — для дам... А я минералки с вашего
позволения.

Егоров налил в стакан минеральной воды. Заметил,
что отец и сын недовольно переглянулись. И пойми,
чего переглядываются: что гость не пьет или как ему
поуместнее врезать?..

— Ну... — старшему Соколову совсем не терпе-
лось.— Давайте за встречу!..

— Можно мне предложить тост? — Егоров поднял
минералку.

— Конечно! — подбодрил Соколов.

Егоров встал, прокашлялся. На самом деле, ему
сейчас хотелось выпить как никогда. Атмосфера располагала.

Атмосфера-то располагала, а ситуация не позво-
ляла...

И еще одна странная мысль пришла ему в голову.
Почудилось на секунду, что он — не замначальника
штаба, заинтересованный в подвиге на предмет избав-
ления от досадного выговора, а впрямь — бур-вино-
дел. Прилетевший к невесте непосредственно с черного континента. И она — не коварная мошенница, а
настоящая невеста из Интернета...

Вот была бы история!

Старший Соколов нетерпеливо кашлянул.

— Хочу выпить за русских женщин,— очнулся Егоров.— Прекрасных и душой, и телом, как античные
статуи. Я всю жизнь мечтал жениться на русской! Та-

кой, как моя мама. И вот я в незнакомой, но такой близкой для меня России. Рядом с прекрасной Надеждой. Шерше ля фам!..

— Душевно сказал,— одобрил отец, выпил и тут же разлил еще. Известное дело: между первой и второй — перерывчик небольшой.

Надежда с легкой улыбкой посмотрела на Егорова. Егоров чокнулся с ней, а затем со всеми остальными. Все сели, стали накладывать закуски... И в этот момент раздался звонок в дверь.

«Начинается!» Егоров внутренне вздрогнул, но постарался виду не подать. В общем, на лестнице наши люди, так что, если что... Да и не нужна тут злодеем подмога: их и так вон какая толпа.

— Я открою,— поднялся Роман.

Егоров напрягся. Старший Соколов выпил и налил.

— Пауль, а вы уже были женаты? — спросила Екатерина Сергеевна, подкладывая гостю грибочков. В грибах, как известно, и самих по себе опасных веществ хватает.

— Мама, я же рассказывала... — укорила Надежда.

— Был, но давно,— пояснил Егоров.— И не очень удачно. Есть взрослый сын, он в Мос... В Йоханнесбурге с семьей живет.

— Где, где? — переспросил Афиногенович.

— В нашей столице, дядя Володя.

— У вас же Претория столица,— удивилась Надежда.

«Прокол!»

— У нас вроде как две... Йоханнесбург и Претория — это как Петербург и Москва. Одна культурная, а другая... некультурная.

В комнату вернулся Роман. Спокойно сел за стол.

— Сосед по площадке приходил,— ответил на немой вопрос матери.

«Брешет!» — подумал Егоров.

— И чего хотел?

— Топор спрашивал...

«Топор???»

— Ты дал? — спросил отец.

— Нет.

«Конечно. Он и здесь пригодится!»

— Как бы я дал, батя? У вас же нет топора...

— Вот я и думаю,— кивнул Соколов.— Нет топора-то...

А Егоров не знал, что и думать.

Рогов отвлек дежурного по районному отделу милиции от важного дела. Дежурный читал детектив. Женский. Героиня уже отправилась на захват преступника, но читателю еще неясно, кто из двоих подозреваемых преступник. Самый напряженный момент. А тут этот коротышка опер со своими болонками. Возбужденный. Контуженный, наверное. Явно не в себе.

— Да мне любую машину! — горячился Рогов.— По дворам покрутиться! Я этот «каблук» запомнил! Вдруг найдем!..

— Говорю же: нет у меня. Шефа на совещание в Главк повезла,— невозмутимо отвечал дежурный. С контужеными надо спокойно говорить. Как с малыми детьми.

— А когда вернется? — не отступал Рогов.

— Часа через два, не раньше. Подумаешь, собаки... Нам людей не на чем искать.

— Да ты хоть знаешь, чьи они? — возмутился Рогов.

— Ну? — Дежурный заинтересовался.

— Егорова! Замначальника штаба ГУВД! Он у вас живет здесь!

Дежурный изменился в лице:

— Чего ж ты сразу не сказал?!

— Он вам устроит!..

— Ладно. На моей поехали.

Детектив подождет. А болонок Егорова поискать — почему бы и нет? Найдешь — благодарность схлопочешь. А не найдешь — будет что рассказать...

— Крокодила я не понимаю,— упрямо повторял Афиногенович, рассматривая в пятый раз африканские фотографии.— Никчемный зверь. Слон — да. Большой. Хобот, всё при всем. Тяжести опять же перетаскивает... Льва уважаю. Рычит. На полтиннике нарисован. А крокодила — нет, не понимаю....

Уже поздним вечером Егоров остался наедине со старшим Соколовым. С потенциальным, так сказать, тестем. Правильно, должен же между ними состояться серьезный мужской разговор.

Егоров очень устал. И в большой степени — от неопределенности. Он так и не понял, с какой стороны ожидать удара.

Они сидели за убранным столом. Женщины навели порядок и удалились. Перед Соколовым стояла пустая уже бутылка, последняя рюмка с водкой и тарелка с закуской. Перед Егоровым — кружка с чаем. Соколов говорил медленно, пьяно, заплетающимся языком. Но по существу.

— Дочь у меня отличная, но не везет ей. Как и тебе. Были у нее знакомые... — Тут Соколов скривился, словно водка кислая оказалась.— Все не то. Ей тепла надо. Как у вас... в Африке.

— Понимаю, дядя Володя,— шепнул Егоров.— Друзья-то у нее есть?..

— Есть на работе, но в основном бабы... Детский сад! Ты ходил в детский сад?

— Меня дома воспитывали,— уклончиво ответил Егоров.

— Во-от! — Соколов поучительно поднял большой палец, не совсем понятно что имея в виду. Взял со стола рюмку. С сожалением глянул на пустую бутылку. Отпил немного, поставил рюмку на место.

— Если у вас сладится, не пожалеешь,— продолжал Соколов.— А хочешь, к нам переезжай? Места хватит. Ей ведь не заграница нужна. А-африка-а... Слушай, а ты и впрямь из Африки?

Егоров насторожился. Но Соколов, похоже, просто удивлялся: надо же — белый человек, русский почти, а из Африки.

— У меня там бизнес,— повторил он.— Не бросишь...

— Бизнес, бизнес,— проворчал Афиногенович.— Вы с этим бизнесом все мужское порастеряете. Сын вон тоже полез, а семью не видит. Одни доллары на уме. Баксы! Я вот всю жизнь сварщиком на Балтийском оттрубил и не жалею. Плохо ли? Корабли строили, детей воспитывали, по путевкам профсоюзным ездили. Ты на Черном море был?

На Черном море Егоров был, и не однажды, но признаваться в этом Соколову не следовало.

Сейчас бы, конечно, одному остаться, на связь выйти, все обдумать как следует.

Будто бы угадав его мысли (что ни к чему, конечно!), в комнату зашла Екатерина Сергеевна:

— Володя, уморил человека! Хватит на сегодня.

— Ничего страшного,— вежливо ответил Егоров.

— Пауль, ложитесь, отдыхайте,— предложила хозяйка.— Я вам в комнате сына постелила...

Стены бывшей комнаты Романа украшали портреты хоккеистов и боксеров. Все с насупленными взорами, с широченными плечами, угрожающего вида.

Один хоккеист прямо в объектив клюшкой замахивается.

Будто врежет сейчас.

Егоров поморщился.

Разделся он, так сказать, наполовину. Вдруг придется вскакивать и обороняться?

Сергей Аркадьевич впервые разговаривал по мобильнику под одеялом. Вспомнил вдруг, как в детстве читал «Плейбой» под одеялом с фонариком. Однажды его отец поймал за этим делом и отобрал журнал. Сейчас важно не «проколоться»...

— Уже час, как улеглись,— тихо рапортовал Егоров в трубку.— Пока тихо.

— И что они вообще? — спросил Уваров.— Что говорят-то?

— Жить сюда сманивают,— прошептал Егоров.— Россия, говорят, настоящая родина слонов.

— А я думал, Украина,— удивился Уваров.— А дома... в ЮАР в смысле — всё продать, что ли?

— Ну вроде того...

— Типа, вы с деньгами приедете, а они тут вас — раз и два! И три...

— И три... Что же делать? — Егоров представил себя «обуваемым» африканским бизнесменом.

— Соглашайтесь, но не сразу,— порекомендовал Никита.

— Брат у нее подозрительный...

Дверь скрипнула. Егоров насторожился. Дверь стала тихо открываться. Боже мой, как в фильме ужасов!.. Сергей Аркадьевич отключился, сунул телефон под подушку и притворился спящим. В комнате возник старший Соколов.

Что же, он только имитировал опьянение? Да нет, шатается, как... Как пьяное привидение. Глянул на спящего мельком, открыл платяной шкаф, долго шарил внутри. Что он там ищет? Топор?!

Ничего не нашел.

Встал, пошатываясь, посреди комнаты. Может, он того... сомнамбула? Лунатик, в смысле.

Соколов двинулся к дивану. Егоров понимал, что с безоружным пьяным Соколовым он справится, но все равно картина была жуткой. Ну точно из кино.

Соколов приблизился вплотную и протянул к горлу спящего руки. Жених поднял голову:

— Ху из ит?!

Очень органично это выскочило — по-английски. Лучше бы по-бурски, но по-бурски он не знал.

— Тихо, тихо... — зашептал Соколов.

— Дядийя Володийя? — Неожиданно для себя Егоров заговорил с жутким акцентом. На сей раз, видимо, бурским.

Соколов, по счастью, внимания на это не обратил. Его другое интересовало.

— Паш, будь другом, встань на секунду с дивана.

— А что случилось?

— У меня там «малек» припрятан.

Не только начальник отдела штаба надеялся к утру вернуться домой. Любимов и Уваров — тоже. Увы! Злоумышленники не торопились.

Решили, видимо, прощупать «Пауля» до дна. Правда, с утра Рома вновь прибыл к родителям. На своем автомобиле — значит, пить не собирался.

Оперативники протирали глаза, жевали бутерброды с докторской колбасой, запивая чаем из термоса. Сзади маялся Вася. Он, хоть и в своей постели, но тоже провел бессонную ночь.

— До самой темноты искал. Ни тачки нет, ни болонок.

— Ну, и на хрена, думаешь, они им нужны? — зевнул Любимов.

— Жора, по виду бомжи, но на тачке. Может, эти... Егорова просчитали?

— И что?

— И собаки... чтобы опознать его?

— Чтобы болонки Егорова опознали?.. Ты, Вася, переработал. В отпуск куда собираешься? В ЮАР вот ты давно не гонял...

— Егорова не могли вычислить,— проснулся Уваров.— Может, на обед себе сперли?

— Болонки невкусные,— заверил Жора.— Сам ел...

— Да они на тачке были, Никита! — чуть не закричал Вася.

— И что, не обедать, раз на тачке? — Уваров дожевал последний бутерброд.— Тачку угнали...

Рогов схватился за голову:

— Все. Егоров меня убьет. Проще уволиться.

— Давай,— кивнул Любимов.— Дальше знаешь, как поступать. Сначала идешь в помощники к адвокату Мыльникову...

В этот момент из парадного показались Егоров, Надежда и Роман. Стали усаживаться в машину.

— А мы уж заждались... — Уваров повернул ключ зажигания.

Интересно, куда они? В банк?

— Всё, Вася, давай вылезай,— велел Любимов.

— Делать-то что?..— взвыл Василий.

— Болонок искать. Или других купи,— посоветовал Любимов.

— Точно,— согласился Уваров,— они же все одинаковые. Почти как африканцы.

— Пока не найду, его не отпускайте,— попросил Вася, вылезая из машины.

Рогов беспорядочно метался по кабинету Семена.

— А болонок сколько на свете, прикинь, сколько болонок, а? И надо же, чтобы пропали именно Муся и Пуся! — бушевал он.

— Красивые имена,— Семен оторвался от полива цветов.

— У него ж инфаркт будет, если не найдем!

— Скорее у тебя.

— Спасибо, утешил.

— Чего ты от меня хочешь? Если не утешения?

— У тебя же овчарка. Давай, поищем.

— Вася, Питер — не деревня,— поморщился Семен.

— Хотя бы в том микрорайоне.

— Ты у кинологов был?

— Был, конечно. Говорят, собакой собаку не ищут.

Это сработало. Навет на собак Черныгу реально возмутил.

— Чушь! Собакой все ищут! Смотря какая собака. У тебя есть что понюхать?

— Найдем,— обрадовался Вася.

Семен решительно поставил лейку.

— Придется им класс показать. Поехали.

— Надо же, в детский сад притащились,— почесал затылок Уваров.

Машина с мошенниками и Егоровым остановилась у забора детского садика.

— Она здесь работает? — уточнил Любимов.

— Да, в этом... Может, у них тут «точка»? Заманивают иностранцев и того...

Уваров поставил кулак на кулак и несколько раз повернул.

— Пытают...

— Точно. А детишки им помогают.

Уваров глянул за ограду. Двор был полон гомонящих разноцветных карапузов.

— Странно...

— Или на спонсорство хотят развести,— предположил Любимов.— То да се, какие милые детишки, ночных горшков не хватает, дай сто штук баксов на качели и юлу...

— А что? Идея! — воскликнул Никита так воодушевленно, будто сам решил воспользоваться рецептом изобретенной Жорой разводки.

Соколова с Егоровым, между тем, вошли внутрь. Поддельный «Пауль» тоже не очень понимал, зачем его привезли в детское учреждение. Сам-то он, придерживаясь легенды, просился в Русский музей.

То есть, «посмотреть, где работаю, с подругами познакомить»,— понятно, если б Надежда и впрямь была невестой. Но совершенно не укладывалось в схему, что она мошенница.

«Может, ошибка? — подумал Егоров.— Может, действительно невеста?» Он искоса глянул на Надежду. Та прямо лучилась.

Что за история...

— Дядя-иностранец! Дядя-африканец! А почему у вас нет косичек? А колечка, колечка в носу? А вас кусал попугай? А муха це-це? — Куча детишек окружила Егорова, стали дергать за пиджак.

Высокая черноволосая воспитательница скомандовала:

— Дети! А ну-ка дружно встанем в круг и споем дяде-африканцу песенку про слона.

Дети быстро образовали нестройный кружок и запели по взмаху руки черноволосой:

> Где баобабы вышли на склон,
> Жил на поляне розовый слон.
> Может, и был он чуточку сер,
> Обувь носил он сотый размер...

«Издеваются»»,— подумал Егоров. Голова у него слегка закружилась. Надежда смотрела на жениха с улыбкой.

> Глупые тигры, лев и шакал
> Двигались тише, если он спал...

«Шакал — умный зверь»,— захотел почему-то возразить Сергей Аркадьевич, хотя не имел никакого понятия об уровне интеллекта этого животного.

> Но наступили дни перемен,
> Хитрый охотник взял его в плен.
> И в зоопарке пасмурным днем
> Стал он обычным серым слоном...

И тут он обо всем догадался! Раскусил коварный замысел брачных аферистов! Вчера говорили про крокодила, которого старший Соколов, видите ли, «не понимает», сегодня поют про слона...

«Хитрый охотник» — это сама Соколова. Недаром фамилия у нее — Соколова. Сокол — птица охотничья, хищная.

Такими «фишками» мошенники просто сводят жертву с ума. А когда она ничего не соображает — берут голыми руками. Выманивают деньги. Заставляют продать всех страусов, виноградники, завод по переработке (Егоров уже думал об этих предприятиях как о своих, настолько вжился в роль).

Детей увели. Высокая черноволосая, представленная как подруга Людмила, сделала комплимент:

— Вы такой солидный, симпатичный, «Фаренгейтом» пахнете...

В этом Егоров не был уверен. Одеколон он взял у Уварова.

— Сразу видно: заграница! — добавила Анна, вторая подруга.

Егоров приосанился. Теперь он все знает, теперь они его не проведут.

— Держи его крепче, не выпускай! — посоветовала Людмила Надежде.

Намек: дескать, «плотный» клиент, нельзя, чтобы «соскочил».

— Надюша у нас умница,— Анна стала «пиарить» Соколову.— Лучший работник!..

Лучший работник! Сколько у нее на счету таких... «Паулей»? И что с ними становится потом? Убираются восвояси, обобранные до нитки, или остаются с перерезанным горлом в подвале детского сада?..

Да нет, не может быть! По всему видно — нормальные женщины. А Надя — просто чудо. С такой нежностью смотрит на детишек... Как Ленин... А могла бы ремнем... Интересно, а болонок она любит?

— Может, у вас холостые друзья есть? — игриво спросила Людмила.— Такие же загорелые и душистые. Из Африки.

— Обязательно,— наморщил лоб Сергей Аркадьевич.

Семен Черныга вроде бы холостой. Но у него овчарка. Стрельцов, кажется, собирался разводиться. Уваров вот холостой, но он засвеченный... Тьфу, они же не об этих спрашивают!

Или раскусили и уже об этих?

— У тебя же муж душистый! — напомнила Надя Людмиле.

— А я всех брошу и укачу,— беззаботно засмеялась черноволосая Людмила.— В Африку! Там хоть и жарко, но с водой перебоев нет.

— С какой водой? Ты о чем? — не поняла Надежда.

— Да, ты же знаешь! Второй день без воды сидим,— объяснила Анна.— Ни попить, ни умыться, ни каши сварить. Мы-то ладно, а дети... Вот, из дома приносим.

— А что случилось?

— Трубу прорвало. «Аварийка» приехала и все отключила. А кто делать-то будет? Сантехников нет сейчас, и еще сколько дней не появятся...

— Почему? — удивилась Надежда.

— А у них зарплата позавчера была,— объяснила Людмила.— Отмечают.

— Безобразие,— возмутился Егоров.

Поскольку в голове у него все окончательно запуталось, постольку он ухватился за понятную проблему. В детсаде нет воды, дети страдают, сантехники пьют. Им надо помочь. В смысле, не сантехникам, а детям.

А с аферой потом разберемся.

— И в администрацию уже звонили, и в милицию. Бесполезно,— пожаловалась Анна.

— Наша действительность,— развела руками Людмила.

— Разберемся! — решительно заявил Сергей Аркадьевич.— Надя, поехали.

— Куда? — удивилась Надежда.

— В ближайшую полицию.

— Пауль, вы же иностранец!

— Вот и отлично,— кивнул Егоров.

— Вас там слушать не станут,— махнула рукой Людмила.— Здесь не ЮАР.

— Посмотрим... Поехали!

Братец Рома, дожидавшийся в автомобиле, тоже удивился затее казавшегося ему по непонятным причинам сомнительным иностранного жениха, но спорить не стал. Так уверенно двинулся Пауль в «отделение полиции», так решительно отказался от помощи...

— Флаг ему в руки,— пробормотал Соколов-младший вслед южноафриканцу.

Надежда в тревоге сжала носовой платок. Не убили бы там жениха...

На дисплее уваровского телефона высветился номер Виригина.

— Макс звонит... — Никита повернулся к Любимову.— Переживает за тебя... Алло, привет. Да... Это ты откуда взял? Ах, из Интернета! Извини, забыл о твоем увлечении... Точно, бывают такие случаи. И что же думаешь, что и Егоров — из этих? Ну вот именно. Что? Хорошо, будем иметь в виду.

Уваров нажал кнопку отбоя и расхохотался.

— Чего он там еще вычитал? — заранее улыбнулся Любимов.

— О брачных аферах наоборот.

— Как это? — не понял Жора.

— Ну, вот у нас типа невеста плохая, а жених хороший. Жених — жертва. Так?

— Ну... — уклончиво сказал Жора. По его мнению, в отношениях между полами мужчина всегда оказывался жертвой. Но сейчас он не стал развивать эту свою теорию.

— А бывает наоборот. Русская невеста честно ищет жениха, а какой-нибудь финский или немецкий секстурист под видом жениха прилетает, невестой пользуется... почем зря, а потом улетает. Дескать, не подошла.

— Ловко! — оценил Любимов.

— И ничего не докажешь. А что — впрямь отношения не сложились. Дело тонкое, житейское.

— И что,— усмехнулся Жора,— Макс решил, что Егоров вошел в роль секс-туриста?

— И вовсю пользуется несчастной невестой, пока мы в машине ночуем...

— О, смотри-смотри! — перебил Жора.— Куда его понесло?

Егоров в этот момент как раз двинул из автомобиля в отделение милиции.

— Может, брать их пора? — почесал в затылке Уваров.

— Черт его знает,— отозвался Жора.— Ну-ка, я ему позвоню... Алло! Сергей Аркадьевич...

— Я в милиции сейчас,— раздался из мобильника голос Егорова.

— Да мы видим, не слепые... А что стряслось-то?

— Трубу в садике прорвало.

— Какую трубу? — удивился Любимов.

— Обычную. После объясню...

— Трубу прорвало или крышу снесло,— прокомментировал про себя Уваров.

А Егоров оборвал связь, потому что дежурный милиционер, услышавший фразу про прорванную трубу, уже привстал недовольно навстречу Егорову:

— Гражданин, мы про эту аварию знаем. Обращайтесь в жилконтору. Здесь милиция...

— И здесь милиция,— сухо перебил Егоров дежурного.— Подполковник Егоров. Замначальника штаба ГУВД.

— Здравия желаю, товарищ подполковник! — вскочил капитан.— Дежурный по отделу Пронин.

— Садитесь. Сантехники у вас, значит, пьют?

— Так точно, пьют, товарищ подполковник!

— А детишки в детсаду, следовательно, не пьют?

— Так точно, не пьют, товарищ подполковник!

— Ваши действия?

Дежурный не нашелся, что сказать. Покряхтел немного, но в итоге лишь руками развел.

— Чтоб через час были сантехники,— приказал Егоров.— Эти, другие, какие угодно. Я проверю. Или сами чинить будете.

— Ясно, товарищ подполковник.

— И еще... это... — Егоров перегнулся через стой-ку.— Вместе с сантехниками человека своего от-правь. Пусть там в подвале пороется на предмет это-го... А связь держите с майором Шишкиным из «убойного» отдела.

Егоров выразительно, но непонятно потрепетал в воздухе пальцами.

— На предмет чего, товарищ подполковник? — не понял дежурный.

— Чего-чего! — разозлился Егоров.— На предмет трупов, чего еще! Не ясно, что ли, показываю?..

— Ясно, товарищ подполковник.

Дежурный смотрел в спину Егорова круглыми вы-пученными глазами. Не сумасшедший ли?

Капитан осторожно отодвинул занавеску. Егоров или тот, кто себя за Егорова выдавал, сел в «фольксва-ген». Машина сразу двинулась с места. Через несколь-ко секунд от тротуара отчалил другой автомобиль — явно вслед за первым. Интересно...

Капитан подумал секунду, сделал звонок, убедился, что майор Шишкин существует, опять подумал. На-чальства на месте нету. Что ж, от греха подальше луч-ше починить эту трубу и проверить на всякий случай подвал детсада.

Шериф, овчарка Семена, псом был неглупым, но ленивым. Прямо под носом у него сцепились из-за че-го-то два грязных уличных кошака, а Шериф лишь поглядывал на них с любопытством и добродушно су-чил толстым хвостом.

— Хоть бы гавкнул, Шериф,— укорил его Черны-га,— позоришь.

Пес нехотя гавкнул, коты исчезли.

Вернулся Рогов, бегавший в квартиру Егорова за попонами.

— Вот,— Рогов отдышался.— Одна от Муси, другая от Пуси. Не знаю, от кого чья.

— А это нам параллельно,— важно успокоил Семен.— Нюхай, Шериф, нюхай.

Собака понюхала попоны и вопросительно уставилась на хозяина.

— След! Искать, искать! — приказал Семен.

Овчарка, натянув поводок, неторопливо побежала вдоль дороги.

— «Москвич» туда поехал,— обрадовался Вася.

— Взяла след, значит!

Придерживая овчарку на длинном поводке, Семен и Рогов бежали следом. Шериф не гнал, и бежать было почти приятно.

— Хорошо идем! — прокомментировал Семен.— Грамотно!

— Обучал его, что ли? — Рогов кивнул на Шерифа.

— Некогда особо. Но бабка его на границе служила. У самого Карацупы. Так что гены отличные. Оперативные! Смотри, ускоряемся!..

Шериф и впрямь ускорился, как лошадь, почуявшая родную конюшню. Тут и Семен почуял — не конюшню, но ароматный дым за поворотом. Собака резко свернула за угол. Так и есть: павильон кафе с рекламной картинкой — толстый усатый кавказец в белом фартуке гордо вышагивает с полным подносом шашлыков.

Другой, не нарисованный, кавказец в белом фартуке и в усах — а, может быть, тот же самый, что и на картинке, только изрядно похудевший,— жарил шашлыки на мангале у входа в павильон.

Шериф бодро кинулся к кавказцу и залаял. Тот растерянно замер. Рогов мгновенно схватил его за воротник:

— Попался, гад!!

— Что случилось? — испуганно вскричало лицо нетитульной национальности.

— У тебя из чего шашлык?!

— Из свиньи. А вы кто?

— Милиция.— Семен продемонстрировал удостоверение.— «Убойный» отдел.

— Я их не убивал, мамой клянусь! — засуетился кавказец.— Все на рынке купил. Чек есть, справка есть, все есть!

— А болонки где?! — Рогов так и не выпускал воротника кавказца.

— Какие еще болонки?! — торговец выпучил глаза.

— Беленькие!! — рявкнул Рогов.— Без попон! Писси и Мисси! Ну!

— Да вы что?! — возмутился кавказец.— Болонка на шашлык — фу! Натуральная свинина. Попробуй, да?

— Вась, отпусти его,— сказал Семен.— Наверное, Шериф ошибся.

Рогов нехотя отпустил кавказца, повернулся к приятелю:

— Ты что, его не кормишь?

Семен промолчал. Кавказец снял с приготовленного нового шампура свежий кусок мяса. Бросил собаке:

— Пусть покушает.

Шериф довольно проглотил мясо, восприняв его, очевидно, как поощрение за удачный поиск.

— Похоже, свинина,— сделал вывод опытный эксперт Семен.— Своих бы он есть не стал.

— Не стал бы,— подтвердил кавказец.— Не человек!

— Через два часа все сделают,— доложил Егоров, усаживаясь рядом с Надеждой на заднее сидение.

— Да ну! — не поверил Рома.

— Спорим? — предложил Егоров. Прозвучало это, конечно, как-то слишком по-русски. Роман коротко глянул на возможного будущего родственника, но промолчал. Не понимал он Пауля. Как отец — крокодила.

— А что ты им сказал? — Надежда впервые назвала Егорова на «ты».

— Ерунда, консулом пригрозил,— отмахнулся тот.— У нас в ЮАР уже почти вся полиция черные.

И то справляемся... Слушай, Надя. Мы дома были, в детсаду были, в полиции были... Покажи мне, наконец, город!

Роман высадил их на Заячьем острове, пожелал удачи. Уже почти сутки продолжалась операция «Жених», а Егоров впервые остался с Надеждой наедине. И удивительным образом в душе его немедленно наступили мир и покой. Словно там, внутри, части некоего неведомого паззла ловко улеглись на свои места.

Газоны Петропавловской крепости были сплошь покрыты золотым шелестящим ковром. Школьники-экскурсанты хватали листья охапками и обсыпали друг друга. Егорову немедленно захотелось заняться тем же самым. Надежде, наверное, тоже. Поскольку они переглянулись и рассмеялись.

Надя взяла Егорова под руку. Сергей Аркадьевич приосанился.

На колени Петра Первого, похожего на сушеную корюшку, один за другим садились индусы в чалме для проведения фоторабот.

Они вышли на прохладный пляж. Ветер трепал, словно бы перемешивая кресты и полоски, флаги на крепостной стене. Нева катила серые буруны, похожие на булыжники. Плохонький кофе, разлитый с уличного лотка в картонные чашечки, казался вкусным и приятно грел руки.

— А ведь Нева не река,— блеснул эрудицией Егоров,— в строго географическом смысле. У нее устья нет. Просто протока между озером и морем. Большой канал.

— Самый красивый в мире,— добавила Надежда.

— Да... наверное.

— Ты как будто всю жизнь в России, Пауль. Так быстро освоился.

— Мамины гены помогают,— поперхнулся Егоров.— И потом, я очень много читал, альбомов видел. И этих... видеофильмов.

— И детей, смотрю, любишь...

Получалось, что Россия и дети у Надежды стоят в одном ряду. Это Егорову понравилось. Спросить, что ли, про болонок? Нет, не надо.

— Они же такие беззащитные,— ответил Сергей Аркадьевич.

— С тобой, Пауль, так спокойно...

«Пауль Крюгер» промолчал. Ему тоже было спокойно и уютно рядом с этой женщиной.

Они вышли к площади перед Петропавловским собором. Тоже — спокойной и уютной.

— А это наш первый кафедральный собор,— пояснила Надежда.— Сердце города. И один из его символов. Высота около ста двадцати метров.

— Сто двадцать два с половиной. Построен по проекту Трезини в стиле раннего барокко,— отрапортовал Егоров.— А куранты в Голландии сделаны. Мастером Красом.

— Да, много книг ты прочел... — протянула Надежда.

— Много,— улыбнулся Егоров.— В Африке, знаете, вечерами сидишь на веранде, небо высокое, темное, гиены воют. Вот и читаешь. И мечтаешь. Будто там ангелы в космосе летают.

— А шутку про фигуру нашего ангела знаешь? — улыбнулась Надя.

— Нет...

— Ну, что фигура ангела на шпиле изображена в натуральную величину...

Они заглянули в собор, «почтили», как выразилась Надежда, царей. Потом вышли из крепости, пересекли Неву по Троицкому мосту и оказались на Марсовом поле.

На мосту напротив Спаса-на-Крови увидели свадьбу. Жених с невестой и гости вытянулись в длинную шеренгу поперек всего моста. По сигналу фотографа все дружно подпрыгнули. Эта «фишка» — свадебные снимки в прыжке — стала модной в Питере в прошлом сезоне.

Надя взяла Сергея Аркадьевича за руку.

Таких романтических прогулок Егоров не совершал много лет. Любимов, следовавший за ними пешком на расстоянии двадцати метров, только чертыхался. И, главное, никак не мог обнаружить других «хвостов», приставленных к гуляющей парочке «конкурирующей фирмой».

Добрались, наконец, и до Русского музея, в который Пауль Крюгер, по легенде, мечтал попасть с детства. Осмотрели выставку «Дорога в русском искусстве». Грустная оказалась выставка. На каждой картине либо покойник, либо нищие переселенцы, либо еще какие-то беженцы. Небо почти всегда свинцово-тревожное. Дождь непременно идет. Обязательно сидит в углу нахохленная взъерошенная ворона. Одна оптимистичная картина набралась на всю выставку: «Тропинка в лесу» Шишкина. Солнце светит, господа в нарядных шляпах гуляют с маленькой беленькой собачкой (тут Егоров вздохнул), все такое праздничное... Правда, не «дорога», а «тропинка», во-первых.

А во-вторых, как тут же выяснилось со слов подошедшего с группой курсантов экскурсовода, нарисовал эту картину с натуры художник Шишкин близ германского города Дюссельдорфа.

«И тут мошенничество»,— подумал Егоров.

Впрочем, за день, проведенный с Надеждой, он перестал вспоминать, что перед ним — зловредная опасная аферистка. Ничто ни во внешности ее, ни в поведении, ни в словах об этом не говорило. Опять же — он ходил сегодня в отделение милиции, и ни Надежда, ни Роман бровью не повели. И — если рассуждать логически — разумно ли втягивать в мошенничество целую семью?.. Владимир Афиногенович с его пристрастием к сорокаградусному духоподъемному напитку — какой он заговорщик?

Если они и мошенники — то это невероятно тонкая, невероятно сложная и коварная, иезуитская прямо-таки игра.

Глядя на лицо Нади через отблеск свечи, горевшей на ресторанном столике, Егоров не мог предположить, что она способна на такую игру. Полные губы, трогательные — не по возрасту — ямочки, светлые глаза, нерешительная открытая улыбка...

Теперь Егоров был абсолютно уверен, что это ошибка.

И не совсем понимал, как вести операцию дальше.

Принесли шампанского. Егоров решился выпить. Здесь, в общем, в любом случае можно было выпить: ресторан выбирал Никита Уваров.

Они сидели с Любимовым за столиком в дальнем углу, нервно курили, пили кофе.

— Для меня самое ужасное — это одиночество,— говорил Егоров с новой для себя, неведомой ранее искренностью.— Придешь вечером со службы... В смысле, с плантации. И поговорить не с кем. Одни собаки. Так и коротаешь вечера перед телевизором.

— Мне это близко и понятно,— с грустью призналась Надежда.

— Почему же ты одна? — осторожно спросил Егоров.— Красивая, умная...

Будто бы у красивых и умных всегда все хорошо. Будто бы им не труднее, чем стандартным людям, найти свое счастье. У них ведь и требования выше.

Надежда ответила не сразу.

— Так жизнь сложилась. А изменить ее трудно. Какую-то уверенность в себе потеряла.

— А если я к себе тебя позову? Поедешь? — и подумал про себя: «А куда же я ее зову? На плантацию?! Но ведь нет никакой плантации!»

— В Африку? Вряд ли, Пауль. Где я, и где Африка...

Мимо столика за Надиной спиной прошел в сторону туалета Уваров. Дескать, надо поговорить.

— Надя, ты мне очень нравишься,— вдруг признался Егоров.— Твои глаза... Твоя улыбка... И вообще, ты такая солнечная...

«Черт побери. Почти признание в любви».

— Спасибо, Пауль. Ты мне тоже нравишься,— улыбнулась Надежда.

Очень много лет ему такое не говорили.

Он, конечно, нравился своим болонкам. Когда корм приносил...

— Тогда почему?..— едва не вскрикнул Егоров.

«А что бы я делал, если бы она согласилась в Африку?!»

Любимов тоже прошел в сторону туалета.

— По многим причинам. Прежде всего, родители. Они уже в возрасте.

— У тебя брат вон какой... надежный.

— Брат братом, а ко мне они очень привязаны. Так ведь и я к ним тоже. Потом — работа...

— В ЮАР тоже есть детские садики,— быстро парировал Егоров, хотя вовсе не был в этом уверен.— Может, мне сюда переехать, а там все продать?..

«Что?! Что я собираюсь продать? И где?»

Любимов и Уваров вернулись к столику.

А потом снова по очереди прошли к туалету.

Но Егоров не мог оторваться от беседы.

— Не сможешь ты здесь,— покачала головой Надежда.— Даже со своими русскими генами. Здесь совсем другая жизнь.

«А кто трубу починил?» — хотел обиженно спросить Егоров, но спросил другое:

— Зачем же эти знакомства? Фото в Интернете?..

— Честно? — посмотрела в его глаза Надежда.— Тогда я должна тебе кое в чем признаться...

Внутри у Егорова все екнуло. И он как-то сухо, по-милицейски сказал:

— Слушаю...

— Это не я объявление дала. Это все девчонки с работы. Переживают за меня... что я одинокая. Вот и отправили без моего ведома.

— И переписывались они?..— ошалел Сергей Аркадьевич.

— Они,— потупилась Надежда.

Егоров притих.

— А мне перед самым твоим приездом признались,— закончила Надя.

— Я думал, все серьезно... — растерялся Егоров.— Ты мне понравилась...

Надежда глянула ему в глаза — почти нежно.

— И ты мне, правда, нравишься. От тебя теплом и добротой веет. Ты такой уютный.

— Я отлучусь на минуту,— Егоров выбрался из-за стола.

— Мы, думаете, шампанского не хотим? — хмуро спросил Уваров, когда Егоров наконец-то добрался до курительной комнаты при мужском туалете.— И шампанского хотим, и водки...

— А еще больше домой, поспать,— добавил Любимов.

— Да... Целый день ждем, пока вы шашни крутите!

— А что... заметно?

Любимов и Уваров переглянулись.

— Она не мошенница,— эмоционально заверил Егоров.

— С чего вы взяли?

— Сердцем чувствую! — воскликнул «Крюгер».— У нас с ней родственные души.

— Это не аргумент,— возразил Уваров.— Они так сыграют, Станиславский носа не подточит!..

— Да меня уже десять раз могли ограбить! А ей ничего не надо.

— Так у вас грабить-то нечего пока. Те десять тысяч рублей, которые вы с карточки сегодня сняли? Нет, у них комбинация посложнее...

— Да какая там комбинация. Я же не слепой,— горячился Егоров.— Она так на меня смотрит... А вот вы целый день следите — «хвост» есть?

— Нету вроде... — нехотя признался Любимов.

— А здесь, в ресторане?

— Тоже вроде чисто.

— Так все ясно! Сейчас пойду и во всем признаюсь! — решился Егоров.

— Стойте-стойте, Сергей Аркадьевич,— попросил
Любимов.— Спешить не надо. Пусть Никита еще раз
уточнит.

— Чего уточнять-то?

Для себя он уже все уточнил. А раз и «хвоста» не об-
наружили...

Они, конечно, бестолочи стоеросовые, но опыта
им не занимать, и преступлений много раскрыли.

— С источником своим покалякаю,— мрачно сказал Никита.

— Ну, калякай,— недовольно согласился Егоров.—
Только быстрее.

Он посмотрел на себя в зеркало. А что, очень
даже еще ничего. Благородная седина на вис-
ках. Осанка. Видный мужчина. Галстук, конечно,
дурацкий... Егоров пошел к выходу. У двери повернулся:

— А как там мои болонки?

— Толстеют,— соврал Любимов.— А вы, Сергей Аркадьевич, не расслабляйтесь, пожалуйста. В нашем
деле, сами знаете...

Егоров исчез.

— Похоже, влюбился,— ухмыльнулся Никита.—
Вот и мерещится.

— Ты зубы не заговаривай! — перебил его Любимов.— «Хвоста»-то и впрямь нету.

— И что?.. Так «хвост» им сейчас и не нужен! Клиент смирный, пасется себе, видно, что не сбежит. Она
с ним ходит, «пробивает» по всем пунктам. Тут большим баблом пахнет, а...

— Ты в источнике-то своем уверен? — снова перебил Любимов.

— Источник как источник,— уклонился от ответа
Уваров.— Не хуже других.

Конечно, в источнике он уверен не был. Ох, доста-
нется этому источнику по самую рукоятку!

— Езжай, потряси ее как следует, а я здесь прикрою,— велел Любимов.

— Потрясу уж... А его все равно домой нельзя. Из-за болонок. Васька умолял.

Он тоже глянул в зеркало. Мятая рубаха, свалявшиеся волосы, похмельная небритость... Он бы себя такого в приличный ресторан не пустил.

— Езжай-езжай... — поторопил Любимов.— Не тяни. А я еще кофе выпью.

Шериф бежал медленно, через каждые полминуты останавливался и оборачивался на хозяина. Что толку бегать? Шашлыка больше не дают. Домой пора. Дома есть хотя бы «Роял канин».

Семен тоже хотел домой. Все хотели домой.

— Видишь, след потерял. Так себе был след, Вася.

— Собака, значит, хорошая, а след так себе? — возмутился Рогов.

— Собака отличная!

— Ну пусть еще понюхает. Напоследок,— попросил Рогов.

— Ну, давай,— устало согласился Семен. Взял у Рогова попоны, дал понюхать собаке. Та скривилась, но понюхала. И вдруг взяла с места в карьер. Рванула к тающему в вечернем воздухе жилому массиву.

— Есть контакт! — просиял Семен.— Сейчас мы твоих болонок...

Шериф обежал вокруг дом, рванул в ближайшее парадное, понесся вверх по лестнице, высунув толстый язык. По цвету языка определяется здоровье собаки. У Шерифа язык хороший, розовый. Собака была здоровая и на пятый этаж взлетела легко. Рогов и Семен тоже высунули розовые языки, но им подъем дался сложнее.

Шериф встал на задние лапы, уперся передними в дверь, залаял.

— Здесь! — выдохнул Семен.— Звони!

Рогов нацелился звонить, но осекся. Сказал вместо этого:

— Ёшкин кот!

— Зачем кот? — не понял Семен.

— У меня ключ есть...

— Ключ?!

— Знаешь, чья это дверь? — сполз по стене Вася.

— Бомжей.

— Егорова...

Шериф заурчал, требуя вознаграждения. И был по-своему прав.

— Чего же ты не сказал? — взорвался Семен.— Зачем мы сюда лезли?!

— Да тут все дома одинаковые... Не узнал. Мы же из-за угла вывернули. А собака сразу в подъезд...

— Ага, собака виновата,— насупился Семен.

— Нет, что ты, собака суперская... — заторопился Вася.— Просто подлость закона.

— Чего «подлость»?

— Закон подлости, в смысле...

— Всс, на сегодня закругляемся,— сурово сказал Семен.— А утром еще разок попробуем.

Рогов облегченно вздохнул. Он боялся, что Семен вообще больше не согласится.

С сетевой зависимостью Виригин решил бороться радикальными дедовскими методами. Выдернул шнур из розетки. Хорошо бы еще было отверткой внутрь тыкнуть, памятуя о передовом опыте Семена. Но нехорошо — казенное имущество.

Трудная это вещь — Интернет. Как дети малые с ней справляются? Голова пухнет. Глаза болят.

Сегодня Виригин изучал свой гороскоп. Гороскопов в Интернете оказалось больше, чем звезд на небе. Они навзрыд друг другу противоречили. До конца года Виригину предрекали личную трагедию, новую любовь и скорбное бесчувствие одновременно. Много вечеров у домашнего очага и длительное путешествие. Удача в бизнесе соседствовала с предостережением от деловой активности. А жить Виригину, оказывается, следовало на Урале, на Аральском море или на Балхаше. В крайнем случае — в Индии или Тибете. Далековато. Лучше бы всего этого не знать.

К вечеру заявился взъерошенный злой Уваров. Рассказал, что операция разваливается. От кофе отказался.

— Все адреса Занозы проверил, всех знакомых обзвонил, — бушевал Никита. — Глухо. Куда же она нырнула?

— Да куда угодно. Город большой. Важен вывод: похоже, надула нас твоя Зинка.

— Ну, если так... — зарычал Уваров, — то она совершила большую ошибку.

— Ты ведь Лев по гороскопу? — начал было Виригин, но заставил себя замолчать.

— А чего?

— Да так...

Уваров задумался о чем-то. Потом оживился:

— Слушай, ты Лильку Грунскую знаешь? Такую блондинку с короткой стрижкой? Работает иногда у вас.

— Бывает тут Лилька-блондинка. Фамилии не знаю. Глаза у нее такие глупые.

— Точно, она! — оживился Никита. — А сейчас ее нет? Я знаю, чем ее цепануть, а у нее может быть связь с Занозой.

Виригин взял со стола трубку радиотелефона, нажал кнопку вызова:

— Сережа, ты Лильку-блондинку сегодня не видел?

— Она сейчас здесь, — глухо ответила трубка. — В баре сидит с арабом.

— Давай ее ко мне!.. — обрадовался Виригин. — Араба? Нет, араба не надо.

— Араба не хочешь? — деланно удивился Уваров. Глаза его повеселели.

Такси не останавливались. Частники тоже. Егоров голосовал уже минут десять — глухо. Все проносятся мимо. Как чувствуют. Чего чувствуют?

Странные лезут в головы мысли. Скажем, водители могут чувствовать, что он, Егоров,— не тот, за кого себя выдает. Они не знают, что он сотрудник милиции, выдающий себя за страстного русского бура. Поэтому им кажется, что он — грабитель, выдающий себя за мирного пассажира.

Все это немного фантастично, конечно, но ведь даже, кажется, ученые доказали, что существует и телепатия, и энергетическая интуиция, и прочий черт в ступе. Иначе чем объяснить, что такси проносятся мимо?..

Вот снова — начала машина притормаживать, но рассмотрел водитель Егорова — и поддал газу.

Галстук, что ли, пугает?

Можно было бы сейчас признаться во всем Надежде и отвезти ее домой на оперативной машине.

И что?

И больше ее не видеть?

— Можт, на метро проедем? — предложила невеста.— Здесь всего три остановки.

— А это не опасно? — среагировал вжившийся в роль Егоров. Надоела роль — хуже горькой редьки. Но все же приятно, что так грамотно среагировал. Есть еще порох в пороховницах.

— Думаю, нет,— покачала головой Надежда.

— У нас белые только на такси... — задумчиво протянул Егоров.

— Заодно метро наше посмотришь. Говорят, одно из красивейших в мире.

— Ах да,— «вспомнил» Егоров.— Я же читал! Метро у вас какое-то необычайное. Что ж, тогда рискнем.

Войдя в вестибюль станции, Егоров стал восторженно вращать головой и цокать языком. Постовой милиционер, узнав высокого начальника, не удивился его странному поведению. Милиционер хотел поймать взгляд Егорова, чтобы отдать честь. Но чтобы поймать взгляд, милиционеру пришлось бы залезть на потолок: Егоров пристально изучал люстру.

— Опустишь его в щель и пройдешь,— Надежда вернулась от кассы, где покупала жетончик.

Егоров вперился в жетончик. Кругленький... Отчаявшийся постовой отдал честь егоровскому затылку. Егоров, старательно преодолевавший турникет, этого не заметил.

Но невеста заметила.

— А тебе, Пауль, уже честь отдают!

— Кто? — встрепенулся Егоров.

— Там милиционер наверху.

— Может, в Африке был? — предположил Егоров.

Надежда рассмеялась.

«Ну не мошенница она, не мошенница,— уже в десятый раз уговаривал себя Егоров.— Ничего не заподозрила... Или это просто гениальная игра?»

Какой-то крохотный уголок для «гиены подозрений» в его душе еще остался.

Грунская явилась расфуфыренная: накрашенная, в красной блузке, в красных колготках. С дурацким бантом на башке. С обломом в глазах — жаль араба-то. Хороший араб. Там Розка Гулькина или Машка Мультимедия ему не дадут заскучать. Араб уже готовый был — почти пел. Ждать не станет.

— Хороший клиент обломился,— беззлобно пожаловалась Грунская.— Нефтяной такой...

— Ничего, Лиля,— ободрил Виригин.— Дай Бог, не последний.

— Ты с Занозой уже рассчиталась или нет? — Уваров взял быка за рога.

— А откуда вы знаете? — Лиля открыла рот ровным колечком.

— По штату положено. Не ты одна на работе.

— Да пошла она... — с какой-то плаксивой, ненастоящей злостью произнесла Грунская.— Одолжила мне штуку баксов, я вернула, а она еще на штуку напрягает. Как это называется?

— Полное отсутствие совести,— с легкой иронией ответил Виригин.— В переводе на русский — беспредел...

На самом деле он Лилю понимал. Сам только что рассчитался с долгом.

— Да еще и бандюками пугает, стерва,— надулась Лиля.

— Так в чем же там «тема»? — не понял Уваров.— Если ты отдала?

— За то, что с возвраткой опоздала. Всего на два дня. Прикиньте, да?

— Свинство какое! — театрально возмутился Уваров.— Значит, мы с тобой, Лиля, друзья по несчастью.

— Она и вас напрягает? — удивилась Лиля.

— Хуже. Обманула.

— Это она запросто,— кивнула Лиля.

— Так давай друг другу поможем? — вкрадчиво предложил Уваров.

— Как? — немного напряглась Грунская.

— Мы с тебя долг снимем. Закроем эту «тему».

Грунская помолчала. Спросила нерешительно:

— А я что же?..

Виригин вытащил фото Надежды Соколовой, протянул Грунской.

— Кто это?

Лиля взяла фото.

— «Училка» какая-то.

Виригин и Уваров переглянулись.

— Почти угадала, Лиля. Воспитательница в детском саду. Никогда не встречала?

— Не-а,— протянула Лиля.— Я и в детский сад не ходила. С бабулей сидела.

Лиля поправила бант. Упущенного араба было жалко.

— Якобы мошенница,— пояснил Виригин.— Знакомится через Интернет с иностранными женихами, заманивает сюда, а здесь их «разводят».

— Это Заноза заливает?..— усмехнулась Лиля.

— Она.

— Ха!

— Что «ха»? — нахмурился Уваров.

— Вы гляньте на фотку. Какая из нее мошенница? Вот про детсад — похоже на правду...

«И почему ее дурой считают?» — подумал Уваров.

— Заноза сама этим промышляет,— продолжала Грунская.— Мне девчонки наши шепнули.

— Лиля, где она сейчас? — Уваров наклонился к «девушке» низко-низко, едва не задохнувшись в плотном запахе духов.— Я просто сгораю от нетерпения. Дрожу весь, веришь?

И вздрогнул всем телом. Лиля отпрянула. Уточнила деловито:

— А как вы долг снимите?

— Посажу ее к едрене фене!

— Точно?..

— Точнее некуда! Она меня лично «кинула».

— Верю,— кивнула Грунская.— Она в частной гостинице на Пушкинской «зависает».

Глаза у хоккеиста — того, что клюшкой с плаката замахивался,— были грустные.

Грустно так висеть годами на стене и замахиваться клюшкой.

И у Надежды глаза были грустные. Она сидела на сложенном диване, где вчера спал Егоров, вертела в руках чайную чашку. На журнальном столике стоял старый фаянсовый чайник. Печенье на блюдце...

Егоров смотрел в окно. Глупо как-то все... Вдали белели купола Пулковской обсерватории.

— А это что за строения? — спросил он.— Такого вида космического.

Надежда подошла, встала рядом.

— А оно и есть космического... Знаменитая Пулковская обсерватория.

Он слегка касался плечом Надиного плеча. Это было очень приятно.

— А там дальше — махнула рукой Соколова,— город Пушкин. Бывшее Царское село. Янтарную комнату недавно восстановили... А еще дальше — Павловск. Такой парк красивый...

Закат сегодня был тревожный, фиолетовый. Расплывался по небу, как клякса.

— Много у вас всего.

В Павловске он не был лет сто. В Пушкине — лет девяносто.

— Поживите у нас, не спешите,— предложила Надежда.

— А смысл? — буркнул Егоров.

— Можно вот в Павловск съездить. На электричке. А в Петергоф «метеоры» еще ходят. За двадцать минут, ветер в лицо! Когда теперь сюда выберетесь?

— Я вообще-то не за этим летел.

А ехидный внутренний голос поддразнил: «Да ты совсем не летел».

В комнату зашел Соколов-старший. Довольный. Обратился к Надежде:

— Подружки твои из садика звонили, благодарили. Дали им воду.

— Это все Пауль,— Надя улыбнулась и кивнула на Егорова.

— Да знаю! — радостно сообщил Владимир Афиногенович.— Молодец! Это по-нашему. По-питерски! Говорю тебе, переезжай. Может, отметим это дело?

— Спасибо, дядя Володя,— отказался Егоров.— Что-то не хочется.

— Папа, Пауль устал... — начала Надежда.

— Ухожу, ухожу...

Уваров со своими операми рванул на Пушкинскую, а Виригин подумал-подумал, позвонил Ирине, что задержится, и двинул к дому Соколовой. За рулем оперативной машины он обнаружил сильно помятого Любимова. Махнул рукой. Примостился на переднее сидение. Сзади шмыгал носом Рогов. Простудился чего-то. Все как встарь. Все на месте... Виригин закашлялся.

— Ну что, полные мы идиоты? — зевнул Любимов. Виригин не ответил.

— Или наполовину?

— Никита Занозу искать сорвался, а я к вам,— сказал Максим.

— Значит, надула? — перебил Любимов. И слово он другое произнес — не «надула» вовсе.

— Выходит так,— согласился Максим.— Ткнула в первую попавшуюся.

— А я двое суток без сна и пищи. И Вася весь в мыле.

— Ну, извините, «прокололись»,— вздохнул Максим.

— Ничего себе у вас «прокольчики»! — язвительно прокомментировал Рогов.

— Ты, Макс, совсем нюх потерял. Ладно, этот... нравственник. Но ты-то должен соображать!

Теперь Виригин думал, что должен был, конечно, соображать. На основании слов одной бессмысленной потаскухи столько народу на уши поставили...

— И болонок потеряли... — Рогов словно бы продлил вслух Максову мысль.

— Не по мне там работа,— признался Виригин.

— Мало платят?

— С этим не обижают,— Виригин признался, сколько. Рогов лишь присвистнул.

— Тогда что? — спросил Жора.

— Не могу я халдеем быть. Тошно,— вздохнул Максим.

— Какой у нас Максим Павлович разборчивый,— восхитился Рогов.— Адвокатом не нравится, в отеле не нравится...

— Капризный! — в тон добавил Любимов.

— Как барышня.

Помолчали.

— Тут вот что... — начал Любимов.— Раньше времени не хотел говорить... Сан Саныч о тебе спрашивал, не хочешь ли вернуться. Слышишь меня?

Максим отвернулся. У него зачесался глаз.

— Егорова обрадуйте,— сказал Максим.

— Правильно... — Любимов вытащил мобильный телефон.

— Жора, ты что? — испугался Рогов.— Я же собак не нашел. Хоть еще денек. Ему же ничего не угрожает. Пусть поживет у нее.

— Тогда сам говори,— Жора передал телефон Рогову.

Немножко злая шутка, конечно, оставлять Егорова в неведении. Но он ведь на работу выйдет — тут же двадцать новых инструктажей введет. Вот только если Василий Иванович и завтра собак не найдет — будет не до шуток.

В комнате совсем потемнело. Свет включать не хотелось. Или не было сил. Чай остыл давно. Егоров чувствовал себя... пусто как-то.

— Пауль, а давайте я вас с другими подругами познакомлю.

Ей тоже было пусто, и понимала она, что говорит немножко не то. Но что-то хотелось для Егорова сделать.

— Мне других не надо.

И тут же сильно разозлился внутренне на Любимова с Уваровым. Сколько они еще проверять своих источников будут?

А тут из-за них такая женщина страдает... Ну их... Дело ясное, можно завершать операцию. Он, как старший по званию, принимает такое решение.

Егоров раскрыл рот, чтобы не торопясь рассказать Наде историю. Спокойно, от начала до конца. Она умная — поймет. Сердиться не будет.

И тут зазвонил телефон. Егоров яростно нажал на кнопку приема.

— Хеллоу. Ху из ит? Я... Я...

Надежда все же решила включить свет. Зажгла уютный торшер у дивана. Силуэт стоящего у окна Егорова высветился — и Вася Рогов сразу увидел и узнал знакомую фигуру. Еще раз представил, как будет с ним объясняться... Нет, только не это. И выпалил как из автомата:

— Никита с источником встретился. Там серьезные люди. Все железно. Они опасны. Будьте бдительны. Если что, мы рядом.

Любимов, зевая, завел мотор.

— Поехали спать.

Егоров так и застыл с трубкой в руках. Проследил бессмысленным взглядом за какой-то машиной, медленно выехавшей со двора. Не заметив, как она похожа на знакомый оперативный автомобиль.

«Они опасны». Надежда опасна? Папаша ее смешной опасен?.. Бред.

Бред, ставший явью.

Сергей Аркадьевич в этот момент не боялся опасности. Он был готов встретиться с ней лицом к лицу. Готов был к схватке. В конце концов, он милиционер, хоть и штабной. Опасность входит в правила игры. (За плохие «цифры» убить могут.)

Он боялся другого: потерять то, что... То, что не успел найти.

Егоров медленно повернулся к Надежде.

Попытался найти на ее лице следы порока. Полные губы, казалось, таят коварную усмешку. Светлые глаза скрывают хладнокровную жестокость. Ямочки на щеках — изощренная маскировка.

Интересно, а у него-то самого что происходит с лицом?

Ничего хорошего, судя по взволнованному голосу Надежды:

— Что-то случилось?

Ночью, борясь со сном, прислушиваясь к каждому звуку за дверью, Егоров думал... Бог знает, что он думал.

Что человек мог оступиться — и его (ЕЕ!) можно образумить.

А если он (ОНА!) оступилась уже настолько, что надо наручники надевать...

Что же, ведь можно сбежать вместе.

Далеко-далеко.

В Африку...

Сергей Аркадьевич все же уснул. И видел он во сне крокодила. И крокодила этого — не понимал.

Что видела во сне овчарка по кличке Шериф, никому неведомо. Видимо, что-то приятное. Во всяком случае, у пса было отличное настроение. Коротко, будто для формальности, он нюхнул уже хорошо знакомые попоны и припустил, как стрела. Рогов и Семен едва удерживали длинный поводок.

— Опять шашлык учуял,— скептически предположил Вася.

— Не оскорбляй. Я его покормил.

Действительно, мимо кафе Шериф промчался, не сбавляя скорости. Вчерашний кавказец приветственно помахал им дощечкой, которой разгонял жар. С недоумением покачал головой вслед загадочной экспедиции.

Шериф подбежал к неказистой «хрущевке». На металлической двери, ведущей в подвал в торце дома, был нарисован череп с молнией. Череп как-то криво и издевательски улыбался. Рядом с подвалом стоял джип.

— Похож на твой «москвич»? — Семен кивнул на джип.

— Опять, что ли, не туда привел? — Рогов почесал в затылке.— Электростанция какая-то...

— Пойдем, проверим.

Семен двинулся к двери. Она оказалась не заперта. Где-то в глубине подвала звякало стекло. Семен приложил палец к губам — и Шериф тоже двинулся очень тихо, будто на цыпочках. В очередном проеме открылся настоящий цех по производству фирменной водки.

Большая ванна со спиртом, ящики, батарея пустых бутылок, станок для чеканки пробок, коробки с этикетками и т. п. Промышленное производство. До восьми лет организаторам и по благодарности в личное дело Семену и Василию.

Под руководством лысого верзилы в кожаной куртке два уже известных Рогову бомжа трудились, не покладая рук. Один черпал грязной кружкой жидкость из ванной и заливал его в бутылку через воронку. Другой поднимал ящик. Видимо, собирался нести в джип.

— Коньяк тоже грузить или только водку?

— Пока только водяру... — лениво велел хозяин.

— А кружку западло купить чистую или хотя бы эту помыть? — возмущенно спросил Семен.— Ни стыда, ни совести! Вот раньше цеховики...

Преступная троица повернула к пришельцам вытянутые лица.

— Ты, бля... — начал бритоголовый.

— Стоять, милиция! — Рогов выхватил пистолет.

Бомж с ящиком пропищал что-то и поднял руки вверх. Стеклянный грохот сменился клубом пыли. Второй бомж оказался порешительнее — выхватил откуда-то ломик, но был стремительно атакован Шерифом.

Рогов схватил бомжа одной рукой за отворот куртки, а второй — прицелился в висок. Бомж вновь запищал.

— Муся и Пуся! Быстро!

— Н-не п-понимаю,— прозаикался бомж.

— Болонки где, скотина?..

Бомж кивнул на дверь кладовки. Рогов распахнул дверь. Муся и Пуся, жалобно повизгивая, выползли на волю, но, завидев Шерифа, вновь забились в кладовку.

— Нашлись... Живы!!!

— Не бойтесь, ребята,— Семен притянул к себе пса, почесал ему за ухом.— Умница, Шериф. Я ж говорил: гены...

Потом перевел взгляд на ошарашенного хозяина.

— Ну и на хрена они тебе?..

— Хозяин шибко крутой,— тихо ответил бритоголовый. Кажется, он еще не осознал, что происходит.— Хотел этого козла на место поставить.

— Теперь тебя поставят,— пообещал бритоголовому Рогов.

— Скорее, посадят,— уточнил Семен.

— И в учебник по экономике попадешь. Или в книгу Гиннеса. Потерять такой бизнес из-за двух маленьких собачек...

— Нормально,— рассмеялся Семен.— За Мусю — водку, за Пусю — коньяк.

Юкио, японский жених Занозы, терпеливо ждал в кресле, пока портной крутил-вертел на невесте роскошное свадебное платье.

Добыча платья растянулась на несколько дней. Сначала обошли несколько магазинов готовой одежды, но идеального варианта найти не смогли. То жмет, то висит, то топорщится, то рюшечки не те или не на том месте, то фасон слишком старомодный, то, наоборот, слишком современный...

— Это первое и, надеюсь, последнее свадебное платье в моей жизни! — убеждала Зинаида.— Оно должно быть совершенным!

Юкио был полностью с ней согласен. Японская культура ценит совершенство превыше всего. Совершенен классический японский храм: все пропорции выверены до последней доли процента. Совершенна священная гора Фудзи: солнце уделяет одинаковое время каждому из ее склонов. Совершенна Зинаида: любовь, которую Юкио обрел в загадочном северном Петербурге.

Они уже отчаялись найти совершенное платье (а без него ведь могла сорваться свадьба!), но совершенно случайно наткнулись, гуляя по центру, на это небольшое ателье. Портной Емелин, лауреат и дипломант конкурсов, предлагал на выбор несколько типов основ, а потом доводил платье до ума в соответствии с пожеланиями жениха и невесты.

Они не торопились. Юкио, потомок самураев, умел ждать, а Зина, хоть и горела от нетерпения, хотела добиться максимального результата.

Сам Юкио — по российским понятиям — мог жениться в любом своем повседневном костюме. Каждый из них стоил годовой зарплаты водителя такси, например.

Но для невесты шить — «строить», как говорили в Японии — платье полагалось специально.

Сегодня была третья — и последняя — примерка.

Занавеска шелохнулась.

«Внимание»,— улыбнулся Емелин.

Юкио привстал в предвкушении. Занавеска упала, и перед ним возникла восхитительная Зина-сан. Даже Зина-чан — так можно было называть близкого, дорогого человека...

— Ну как? — спросила Заноза на своем хорошем, но немножко преувеличенно «правильном в произношении» английском.

— Превосходно! — возгласил Юкио, вскакивая с кресла. И добавил по-русски, с большим акцентом: — Очень хор-росо.

— В талии не жмет? — согнулся в поклоне портной-лауреат Емелин.

— Все в норме,— небрежно бросила Архипова.

Продефилировала туда-сюда мимо Юкио, чмокнула его в щеку, расплылась в улыбке...

— Да, дорогой?.. Наше платье готово!

— Да, дорогая... — и сладко повторил по-русски: — Дор-р-рогая!

Архипова скрылась в кабинке. Юкио вытащил из бумажника кредитку. Протянул Емелину. Портной засунул кредитку в кассовый аппарат, пододвинул Юкио прибор для набора пин-кода. Юкио быстро набрал знакомые цифры.

Ему и в голову не могло прийти, что прибор этот к кассе подключен не был, а был лишь призван зафиксировать цифры пин-кода. Под наборной панелью располагалась пластилиновая пластина.

На этом приборе уже обожглись как следует два итальянца, один американец и один грузинский еврей. Пора осваивать и азиатские деньги...

Емелин залихватским жестом выдернул из кассы чек и протянул его Юкио.

Согнувшись в три погибели, японец тоже вежливо поклонился.

Свадьбе ничего не мешает.

Платье куплено.

Дело сделано.

Утром Надежда предлагала поехать в Павловск. Разумеется, Егоров отказался. Перспектива оказаться наедине с преступницей в огромном парке его не прельщала. Под каждый куст прикрытие не посадишь.

Сам предложил Эрмитаж. Там он тоже не был лет двести. Повод совместить приятное с полезным. К тому же искусство будто бы имеет свойство облагораживать душу, а это кстати: после такого удара по лучшим чувствам и трепетным эмоциям.

Надежда не возражала: Эрмитаж так Эрмитаж. Егоров был молчалив. Как-то расхотелось ему говорить. О чем?

Входя в музей, вспомнил, что прочел в газете «Мой район» репортаж об эрмитажных кошках. Будто там их официально пятьдесят штук. В штате, типа. В смысле, на довольствии: на такое количество зверей выделяется жратва. А кошки в благодарность шугают крыс. Крысы разбегаются по соседним домам, в частности, оккупировали знаменитый «собчаковский» дом на Мойке, где проживает актер Боярский. У него, якобы, крысы утащили любимую шляпу, и актер пожаловался губернатору. Тема для беседы очень даже подходящая, но Егоров вовремя вспомнил, что в ЮАР «Мой район» не поступает, а Боярского никто не знает. Снова приходилось настраивать себя на конспиративное поведение.

Очень жаль, что Соколова оказалась мошенницей...

Она тоже была в этот день замкнутой и молчаливой. Чувствовала, что с Паулем что-то не то, но объясняла это «не то» по-своему.

В Эрмитаже все было по-прежнему. Полно посетителей и целое море шедевров и ценностей. Экскурсовод втолковывал курсантам (кажется, тем же, что были накануне в Русском), что, если у каждого экспоната задерживаться на одну минуту, на осмотр коллекции уйдет одиннадцать лет.

«Строгого режима»,— усмехнулся про себя Егоров. Даная, блудный сын, красные танцующие люди, мужик, разрываемый змеем, мумия лошади, огромные вазы из малахита — все на месте. Вокруг «Мертвого мальчика на дельфине» крутился Любимов, подмигивал. Егоров отстал от Надежды, сделал вид, что рассматривает мальчика.

— Все, Сергей Аркадьевич,— шепнул Любимов.

— Что такое? — напрягся Егоров.

— Она не мошенница. Информация липовая.

— Правда?!

Он знал это! Он ей верил! Мир вокруг мгновенно изменился. В душе зазвучала музыка. Даже мертвый мальчик с дельфина показался живым.

— Настоящих уже вычислили,— добавил Любимов.

— А я вам что говорил! — чуть не закричал Егоров.

В ногах появилась легкость необыкновенная — вслед Надежде Егоров был готов скакать как... как Пушкин!

— Я бы не спешил ей признаваться,— остановил его Любимов.

— Почему? — удивился Егоров.

— Она вам, вижу, нравится... — начал Любимов.

— Прекрасная женщина! — воскликнул Сергей Аркадьевич.

— Потому-то неизвестно как отреагирует,— продолжил Любимов.— И еще...

— Что «еще»?

— Как к милиции относится,— закончил Жора.

— Нормально относится! — вспылил Егоров.— Милиция помогла воду в садик дать! И вообще она... законопослушная гражданка!

— Я бы на вашем месте в Африку вернулся. Срочно, под любым предлогом.

— Так ведь... — Егоров растерянно развел руками. Он вдруг почувствовал себя стариком. Будто он помолодел на несколько лет за эти два дня, а сейчас, за две минуты, постарел на несколько десятилетий.

— Пусть все уляжется,— обосновал Жора.— После объяснитесь.

Егоров его не слышал. Велел сухо:

— Через полчаса позвони мне.

— С билетами я решу, будут, как настоящие,— деловито продолжал Любимов.— В аэропорту тоже все устроим...

— Ты на машине?

Любимов кивнул.

— Ну, встань там справа...

Идя к выходу, Любимов притормозил у скульптуры с другим мальчиком. Его привлекло название: «Мальчик, вытаскивающий занозу».

Любимов усмехнулся.

Операция по вытаскиванию «Занозы» вступала в решающие стадию.

Кто действительно был в Питере в натуральную величину, так это не ангел, а Пушкин Александр Сергеевич, но не тот, что во дворе своего дома, и не тот, что машет рукой на площади Искусств, а тот, что скромно высится в маленьком сквере на Пушкинской улице. Сквер этот облюбовали две группы граждан.

Во-первых, местная полубомжеватая публика, вдохновляющая себя на дальнейший интерес к жизни настойкой боярышника и стеклоочистителем «Снежинка».

Во-вторых, с недавних пор сквер стал местом встречи петербургских растаманов. Береты красно-желто-зеленых полосок — рекламирующие не светофоры и, соответственно, не ГАИ, а флаг государства Ямайка. Одежды типа «хламида», тонкие многочисленные косички-дрэды. Песни Боба Марли из магнитофона и прочие составляющие растаманской культуры. Это к ним Александр Сергеевич обращался в «Здравствуй, племя младое, незнакомое»...

Две группы граждан особенно не враждовали, а иногда и имели точки пересечения: кое-кто из детей алкоголиков носил «семафорные» береты.

Из сквера идеально просматривался вход в маленькую частную гостиницу «У Сергеича», а с помощью хорошего бинокля можно было рассмотреть, что происходит в номере, где квартировала Заноза.

Никита Уваров выбрал маскировку под растамана. Нацепил берет, дурацкую хламиду, парик с косичками, взятый напрокат в театральной студии. Даже забавно. И растаманы оказались ребятами неплохими. Слегка заторможенными, но добрыми.

Такси тормознуло у самой ограды сквера. Когда Заноза, опершись на руку галантного Юкио, выбиралась из автомобиля, Никита запросто мог к ней прикоснуться. Это, впрочем, было не нужно. Важнее было услышать, о чем они говорят.

— О, Юкио, у нас завтра трудный день. Послезавтра свадьба, нужно успеть обзвонить всех гостей! Ляжем сегодня пораньше, да? Закажи в номер пару бутылок шампанского... Лапушка, снусмумрик мой желтенький...

Кроме снусмумрик, Никита ничего не понял.

Он подождал, пока японец с «невестой» не поднимутся в номер, а потом звонил в дверь: примут ли «У Сергеича» делегацию богатых растаманов из Австралии?..

Нэцке, амфоры, навигационные инструменты Крузенштерна, античные статуи, мазня авангардистов, нефритовые колонны, флейта Пана, портреты героев двенадцатого года в одноименной галерее — все на месте. А сердце не на месте.

Надя смотрит с немым вопросом.

И никакие слова в голову не приходят. Только глупости всякие.

— Надя, а ведь Екатерина Вторая в Эрмитаже умерла?

— Она... эээ... — смутилась Надежда.

— Наденька, я знаю, что императрица умерла в туалете! Но ведь туалет находился в Эрмитаже?

«Тьфу! О чем это я... Что за детский сад...»

— Да, наверное.

— А в каком именно туалете, науке известно? Он сохранился?

— Я не знаю,— растерялась Надя.

— Сейчас у бабушки спросим...

Егоров ринулся к смотрительнице и стал выяснять, где здесь туалет, да не простой туалет, а тот самый, где испустила последний дух императрица Екатерина по кличке Великая. При этом у него вновь открылся бурский акцент. Надежда и смотрительница смотрели на «Пауля», разинув рты.

Зазвонил мобильник. Егоров ждал звонка, но все равно вздрогнул.

— Хелоу,— закричал Сергей Аркадьевич.— Я, я... Пуркуа?

Смотрительница замахала на странного посетителя руками, требуя выключить телефон: «Нельзя, нельзя». При этом, полагая, что иностранец лучше поймет с акцентом, смотрительница вычурно коверкала русское слово: «Нэлсиа-а!»

Егоров ринулся в соседний зал, продолжая кричать в трубку:

— Майн готт... Я, я... О'кей!

Надежда догнала «Пауля» у павлина с часами. «Пауль» тяжело дышал и пялился в потолок.

— Пауль, что с вами?

— А-а... Надо срочно лететь,— выпалил Егоров.— Проблемы с банком и налоговой службой.

Он решил воспользоваться советом Любимова.

— Это серьезно? — упавшим голосом спросила Соколова.

— Могу все потерять. Вино, страусов, репутацию! — с отчаяньем валял ваньку Егоров.— Где у вас самолетные кассы?

— Совсем рядом, на Невском...

Надежда подумала — а ведь если Пауль все потеряет... Страусов и вино... Что ему останется тогда делать? Возвращаться в Россию.

И на мгновение ей захотелось, чтобы Пауль все потерял. Они придумают, чем ему здесь заняться. Он такой деловой, решительный — может к Роману в партнеры пойти.

Или подучиться немного — и экскурсии водить.

Но тут же устыдилась своих желаний.

Она желала Паулю только удачи.

Любимов загнал машину аж к Александрийскому столпу, куда заезжать категорически было запрещено. Остановился в тени грандиозной колонны. С некоторой опаской: со школы Жора знал, что столп ничем не крепится, фундамента у него нет, и держится он исключительно за счет своей тяжести. Странно это, конечно. Но если столько лет не упал, то и сегодня, скорее всего, устоит...

Милицейская машина, возмущенная наглостью неизвестного водителя, взревела и рванулась к Любимову с другой стороны площади. Жора вышел навстречу коллегам, успокоил. Они, оказывается, тоже слышали про то, что колонна стоит сама по себе, но решительно в это дело не верили. Считали байками для развлечения туристов.

Егоров и Соколова появились довольно скоро. Раскрасневшийся Егоров шел чуть впереди, решительно размахивая руками.

— Заработать хотите? — спросил Егоров, наклонившись к окну.

— Смотря куда надо,— зевнул Любимов, вживаясь в образ бомбилы.

Егоров вопросительно глянул на Надежду.

— Сначала вон туда, на Невский к авиакассам, а после на Дачную.

— Садитесь,— кивнул Любимов.

До центральных авиакасс доехали за минуту. Егоров нырнул в дверь, Любимов и Соколова остались его дожидаться. Жора внимательно рассматривал Надежду в зеркало. Он впервые мог видеть ее вблизи. Что же это за женщина, растопившая сердце сурового замначальника штаба...

Надежда поймала его взгляд, вздрогнула.

— За границу летит? — спросил Любимов.

Если бы операция «Жених» продолжалась, этот вопрос был бы «прокольным». Ну с чего случайному водителю догадаться, что пассажир побежал за заграничным билетом? Но теперь же было все равно...

— Да, он там живет,— печально ответила Надежда.— В Южной Африке.

— Ого! — присвистнул Жора.— В Африке... А вы что же?

— Я здесь... остаюсь... — вздохнула Надежда.— Порой обстоятельства сильнее нас.

Появился Егоров с билетом в руках (тоже абсолютно ненужная уже конспирация — не полезет же Надежда его проверять), открыл дверцу, забрался на заднее сидение...

— Придется через Лондон. Не люблю я это «Хитрово»...

«Хитроу» никто в главке не говорил. «Хитрово» — оно как-то по-нашему, по-домашнему...

— Когда вылет? — спросила Надежда, отводя глаза.

Оказывается, она надеялась краешком души, что билетов не будет.

— Через три часа,— Егоров посмотрел на часы.

— Только вещи успеть забрать,— вздохнула Надежда.

— И с родителями попрощаться... Я, пожалуй, с дядей Володей выпью по рюмке...

Надежда чуть не заплакала.

— Куда ехать? — спросил Любимов.

— На Дачную через магазин, а потом в Пулково.

...И ведь надо же, дяди Володи, как назло, дома не оказалось. Ушел к товарищу в стоклеточные шашки играть. Мобильника у старшего Соколова не было, а телефона товарища Екатерина Сергеевна не знала.

— Самолет ждать не будет,— вздохнул Егоров.— Вот так получилось... не по-русски как-то.

Проводы — вещь вообще тяжелая. Разлука ты, разлука, чужая сторона... А уж тем более в такой безнадежной ситуации. Все слова сказаны, все признания сделаны, все...

Нет, конечно, не все признания сделаны и не все слова сказаны, но сейчас-то их говорить — бесполезно. Зачем? Только травить себя. Что толку в разговоре, который не будет иметь продолжения?

Посадка заканчивалась. Операция «Жених» — вместе с посадкой.

И что дальше?

Конечно, они будут жить в одном городе...

И вполне могут встретиться на улице. Или в Эрмитаже. Около «Блудного сына». Или в Павловске — надо же когда-нибудь туда доехать. Белочек покормить...

Егоров представил себе сцену встречи.

Невидимая красавица сообщила по радио, что пора лететь в Лондон.

— Пауль, мне жаль, что так сложилось.

— И мне... жалко.

Егоров неловко взял Надину ладонь в обе руки. Неловко поднес к губам, неловко поцеловал...

— Зато теперь я буду знать, что где-то на краю земли есть человек, который обо мне думает.

— И любит,— вдруг признался Егоров.

«Господи, что же это я говорю... На старости лет...»

— Идите, вам пора,— быстро ответила Надя.— Увы, параллельные прямые не пересекаются.

Поцеловала Егорова в щеку, развернулась и стремительно пошла к выходу. Не оглядываясь.

Егоров смотрел ей вслед.

Посадка закончилась... Но ему не надо было никуда лететь.

«Кидать» дурачков-иностранцев, охочих до русских прелестей, оказалось очень и очень выгодным бизнесом. За два года работы в этой сфере Зинка Заноза почти на квартиру накопила, о чем раньше и мечтать не могла. Конечно, годы уходят, стоило заняться этим раньше, но хорошо, что хоть на излете свезло. Некоторые «девушки» так и стоят на трассе до самой пенсии. Которая, кстати, жрицам первой древнейшей профессии не полагается.

Единственное, что раздражало,— с иностранцами долбаными приходилось спать. Оно, конечно, привычка давняя, но иногда это обстоятельство доставало. Вот этот коротышка-японец — все не мог поверить, что такая большая женщина, и вся его. Все обнимал и щупал, щупал и обнимал... Тьфу. Вот и сейчас, проснувшись «У Сергеича», Архипова обнаружила, что Юкио сопит, обхватив ее ногу, как обезьяна дерево...

Проснулась она от сильного стука в дверь. Юкио тоже открыл глаза — насколько смог. Архипова, пробормотав недовольно: «Кого черти носят», накинула халат и пошла открывать.

На пороге стоял невысокий, но очень широкий человек устрашающего вида. Медузно-прозрачные небольшие глаза ползали, как тараканы-альбиносы, по низкому лбу. Одет человек был не по погоде: в линялую синюю футболку. Короткие волосатые и очень крепкие руки украшены целой галереей татуировок...

По всем понятиям, его не должны были пускать в гостиницу, а уж тем более в такую маленькую. Но человек, очевидно, знал волшебное слово.

— Ну, здравствуй, голуба,— прохрипел пришелец, и лицо его искривилось в угрожающей улыбке.

— Витя?! — вскрикнула Архипова так громко, что пьянчужка в сквере пронес мимо рта пузырек с настойкой боярышника.

— Ты откуда, Витя?..— Архипова вся затряслась и перешла на визг.

— С кичи владимирской,— прохрипел «Витя».

Схватил Зинаиду за руку и втолкнул в глубь комнаты. Юкио, собиравшийся встать на шум, завидев гостя, замотался в одеяло и сел в углу постели.

— Дед Мороз узкопленочный,— удивился гость.— Так-то ты меня ждешь, кобыла лядащая?..

— Зина, ху из ит? — пискнул «узкопленочный», почуяв, что в воздухе запахло керосином.

— Это мой бывший жених. Он мафиози, сидит за убийство. Я думала, он в тюрьме,— на дрожащем английском пояснила Зинаида и обернулась к Вите.— Ты почему не в тюрьме?

— Отпустили в самоволку,— усмехнулся Козлов, разминая толстые пальцы.— За примерное поведение!

— Его выпустили... — перевела Архипова.

На кресле было аккуратно разложено свадебное платье.

— Скажи, что у нас завтра свадьба,— пролепетал Юкио.

— У нас завтра свадьба,— перевела Архипова.

— Что?! С этой мартышкой?!!

Козлов сбросил платье на пол, потоптался по нему и запнул под кровать.

— Я же не знала... — оправдывалась Архипова, запахивая поминутно распахивающийся халат.

Козлов отвесил Архиповой пощечину, Заноза улетела в угол. Юкио вскочил, закричал:

— Прекратите, я вызову охрану!

Козлов ладонью толкнул японца в лицо, Юкио упал на кровать. Козлов мотнул толстой шеей и выхватил из-за пазухи нож. Не финку какую-нибудь, не заточку, а огромный мясницкий тесак.

Юкио заурчал с непонятными интонациями.

— Дорогой, не связывайся! — метнулась Зинаида к японцу.— Это монстр! Годзилла! Витя, умоляю!..

Зинаида прыгнула к Виктору, который мрачно проверял острие ножа, сбривая волосинки с левой руки.

— Где ты его нашла? — спросил Козлов, кивая на Юкио.

— В Японии,— промямлила Зинаида.

Козлов оттолкнул Зинаиду вроде бы и не сильно, но та снова полетела в угол. Подошел к Юкио, взял его за отворот пижамы, притянул к самому своему лицу...

— Слышь, каратист... Катись отсюда к японой маме, если жить хочешь. Это моя баба. Понял?

Козлов швырнул Юкио на кровать, как котенка.

— Он хочет, чтоб ты сегодня уехал, иначе убьет обоих,— быстро затараторила Зинаида по-английски.— Сначала меня, потом тебя, или наоборот, это для него не имеет принципиального значения.

— Но у нас свадьба!..

— Сейчас не до свадьбы. Уезжай, любимый! Я хочу тебя спасти!

И Архипова умоляюще протянула к Юкио руки.

— Позовем полицию! — воскликнул японец.

Расслышав знакомое слово, Козлов молча поднес нож к горлу японца. Японец заклокотал.

— Это не поможет,— заплакала Архипова.— Это же русская мафия! Прошу, уезжай! Я тебе позвоню.

— Кончай с ним бакланить! — рявкнул Козлов.— Собирай шмотки!

— Сейчас, Витя...

Слезы текли рекой. По этому делу Архипова была непревзойденной мастерицей. Причем она сама не смогла бы сказать, как это у нее получается. Надо было заплакать — плакала. Надо было зареветь — ревела. Надо зарыдать — рыдала. Сколь угодно долго и сильно.

Архипова судорожно затискивала вещи в пакеты. Не забыла и о свадебном платье — выжулькала его из-под кровати. Юкио в ужасе взирал на происходящее.

— Любимый! — причитала Архипова.— Я хочу, чтобы ты жил! Я тебе позвоню!

— Харакири! — подтвердил Козлов, вращая перед носом японца страшным тесаком.— Якудза хренов!..

— Он велит, чтобы к вечеру тебя не было, любимый,— перевела Зинаида.

Козлов вытолкал Архипову в коридор. Едва оказавшись за дверью, она не только мгновенно перестала плакать — слезы удивительным образом высохли. Архипова сморщилась, выдернула руку.

— Дурак... Не мог потише хватать? Синяки будут.

— Ничего, до свадьбы заживет! — хохотнул Козлов. Даже будто бы и вполне добродушно.

— До свадьбы, блин... А работать как?

— Отпуск возьмешь,— вновь жизнерадостно улыбнулся Козлов. Они неторопливо спускались по лестнице.— Зато он точно улетит и больше не сунется. Придурь узкопленочная...

— Что, неплохо сняли?

— Неплохо,— небрежно бросил Козлов.— Шестьдесят семь тонн.

— Нормалек,— обрадовалась Заноза.— Можно и в отпуск. А на билет-то самураю оставили?..

— Конечно. Мы ж не звери! — хохотнул Козлов.

— Ты знаешь,— начала жаловаться Архипова,— у него штучка такая маленькая... Я и так, и эдак...

И остановилась, как вкопанная.

Навстречу поднимался (она узнала его, несмотря на дичайший маскарад) Никита Уваров, а вместе с ним еще какой-то невысокий кент тревожной наружности. Васю Рогова Зинаида не знала, да это было не так уж и важно.

— Ну, здравствуй, Зинуля... — приветливо улыбнулся Уваров, тряхнув косичками.— Какой у тебя приятель солидный. Познакомишь?

— Здрасте... — пролепетала Архипова.

— Вы случайно, не в загс собрались? — поинтересовался Уваров.— Только там сегодня санитарный день. Можете не спешить.

— Я вас сам обвенчаю.— Рогов достал наручники.

Козлов глянул вниз. За дверью маячили милицейский микроавтобус и какие-то люди. Он вздохнул и протянул руку. На ней захлопнулся второй наручник.

На улице было очень тепло, будто бы не поздняя осень сейчас, а весна. Две вороны бились за хлебную корку. В сквере ранний пьянчужка мычал невнятное регги. Виригин курил сигарету и вежливо беседовал с переводчиком-японцем. Переводчик нервничал: недавний новичок, с уголовкой в Петербурге он еще не связывался.

— Обыкновенные нормальные жулики,— успокаивал его Максим.— Могли бы убить, а они только деньги отобрали...

Рогов вывел задержанных из дверей, подтолкнул к микроавтобусу. Заноза хныкала. Козлов залез молча, резанув собравшихся коротким холодным взглядом. Переводчик поежился.

— Порядок? — спросил Виригин.

— Окольцевали,— кивнул Рогов.

Уваров тоже скользнул в автобус. Там уже куковал в наручниках портной Емелин. Увидал подельников, отвернулся.

— Нельзя, Зина, оперов динамить,— укорил Уваров Занозу.— Я-то ведь с тобой по-хорошему...

— Я не динамила,— не слишком уверенно ответила Архипова.

Виригин затушил сигарету, кивнул на Емелина:

— Портняжка ваш уже облегчился. Дело за вами...

Козлов с ненавистью глянул в затылок «портняжки». Тот, хоть и не видел взгляда мрачного Вити, вздрогнул. Есть люди, взглядом прожигающие стены... Ничего, у Козлова будет несколько лет для практики.

Рогов достал из машины сверток и отправился с переводчиком в отель. Они едва убедили Юкио открыть дверь. Тот не верил даже своему соотечественнику, натурально вообразив, что по-японски заговорил злодей Козлов, решивший все же расправиться с незадачливым женихом. Решили уже открывать дверь гостиничным ключом, но тут Юкио все же взял себя в руки.

Первым делом Рогов попросил его позвонить в свой банк. Юкио долго ворковал по-голубиному по мобильному телефону, дважды продиктовал номер кредитки, закатывал глаза, издавал гортанные непонятные звуки... Наконец отключился. Жалостно посмотрел на Рогова. Произнес длинное страстное кусю-мисю-каря-маря.

— Осталось восемьсот долларов, а было семьдесят тысяч,— перевел переводчик.

Рогов кивнул. Сказал зачем-то:

— Вот тебе и суши, вот тебе и сашими...

Велел переводчику не переводить.

Юкио снова сказал: кусю-мисю-каря-маря.

— Это невозможно,— перевел переводчик.— Никто не знал его пин-код. Даже родная бабушка...

Рогов вытащил из свертка прибор для набора пинкода. Тот самый — для перераспределения трудовых и нетрудовых доходов любителей русских невест.

— Знакомая штука?..

Юкио внимательно посмотрел на прибор. Спросил, можно ли взять в руки. Повертел, обнаружил пластилиновую пластину, издал протяжный боевой клич.

— Это из ателье,— перевел переводчик.

— Наше ноу-хау,— не без некоторой даже и гордости порадовал Василий.— У вас в Японии еще не додумались. С его помощью пин-код узнали, а деньги через банкоматы сняли. Сегодня ночью.

— Но карта всегда при мне! — воскликнул Юкио, выслушав перевод.

— Пусть невесте спасибо скажет,— пояснил Рогов.— Пока он спал, она ее напарнику передала, а после вернула. Мы со вчерашнего дня за ними следим. Он у нее не первый.

Юкио схватился за голову.

Он расстроился больше, чем в первый момент из-за денег.

Он проиграл больше: проиграл любовь.

Хорошо, все же, что теперь не надо по всей строгости соблюдать законы самурайской чести. А то пришлось бы делать харакири.

— Деньги мы изъяли, правда, в рублях,— успокоил Вася.— Надо съездить написать заявление в милицию.

Юкио безучастно кивнул головой. Одно заявление он здесь уже писал...

За соотечественника забеспокоился переводчик:

— А что же он будет делать с рублями? Столько рублей...

— Полтора миллиона где-то,— равнодушно кивнул Рогов.— Матрешек пусть купит. Для бабушки...

Муся и Пуся, во-первых, были обижены на хозяина. Бросил на произвол судьбы, оставил какому-то недотепе, и вот результат: чуть не умерли от страха, досады, голода и темноты. Во-вторых, от болонок пахло самогоном. И походка у них была несколько нетверда, особенно у Пуси, который постоянно натыкался на ножку кухонного стола. Видимо, давали знать о себе алкогольные пары.

Но на Егорова все это не произвело какого-то особого впечатления. Он злился на Рогова, утешал и кормил болонок как-то автоматически. Мысли его были где-то далеко. Он даже — невиданное дело — забыл перед прогулкой облачить болонок в попоны.

На углу собачки тревожно затявкали. Егоров, доселе пристально изучавший узоры на асфальте, поднял голову и увидел знакомого ротвейлера. На сей раз, правда, в наморднике и на поводке. Егоров проследил взглядом за поводком и обнаружил на другом его конце лысого человека в кожаной куртке. С ним тоже произошла перемена: улыбался как-то подобострастно. Сказал:

— Доброе утро.

Взгляд Егорова потеплел.

— Вот,— кивнул на ротвейлера.— Совсем другое дело. Теперь не страшно. Можно гулять сколько угодно.

— Только до суда,— вздохнул бритоголовый,— под подпиской...

Максим Виригин помнил поговорку: возвращаться — плохая примета. Помнил и помнил, никогда к ней никак не относился. Примета и примета, поговорка и поговорка...

Но сейчас, воткнув компьютер обратно в розетку и восстановив подключение к Интернету, он набрал поговорку в поисковом окне.

Девять тысяч семьсот двадцать шесть упоминаний! Есть материал для размышлений.

Что же там пишут умные люди?

«Иначе действительно есть опасность вернуться не в лучшие времена, а возвращаться, как бытует поверье, плохая примета»,— бубнил политический обозреватель.

«Я оставил титул чемпиона Европы, и возвращаться к нему не собираюсь»,— решил, как отрезал, боксер Виталий Кличко.

«Я редко вновь встречаюсь с той же самой девушкой. Не зря же сказано, что возвращаться — примета опасная»,— делился опытом ловелас на каком-то глянцевом сайте.

Все не то, не то...

А вот интереснее, дискуссия на форуме: «Вот все говорят: плохая примета, плохая примета, а что значит — никто не знает!! Пример: возвращаться плохая примета (а конкретней?), зеркало разбить — плохая примета, бабулю с пустым ведром на лестнице увидел — плохая примета!? Почему?»

И тут же следовала ссылка на интервью Председателя Общества Ниспровергателей Примет. Оказывается, есть и такое.

Хорошее, наверное, общество.

Виригин нажал на ссылку...

По коридору родного главка Егоров шел неуверенно. Удивительное дело. Раньше он чувствовал себя здесь полновластным хозяином, и это все остальные становились слегка неуверенными, увидав бравую фигуру Сергея Аркадьевича. Но теперь у него появился странный комплекс самозванца. Вот, форму надел, а все кажется, что на шее болтается дурацкий галстук «пожар в джунглях». А в голове вертится не менее идиотская фраза милого дяди Володи: «Крокодила — нет, не понимаю...»

— Заходите, Сергей Аркадьевич,— приветливо крикнул Жора Любимов из приоткрытой двери.

Егоров зашел. Вася сидел за столом, склонившись над бумагой.

— Мы, Сергей Аркадьевич, в рапорте указали, что вы серию тяжких преступлений раскрыли.

— Не надо было,— махнул рукой Егоров.

— Зато выговор снимут,— подбодрил его Любимов.

— Мне уже неважно.

Любимов хотел сказать что-то вроде «время лечит», но вместо этого спросил:

— А звание?

— Да что звание... Не ради званий живем же!

Рогов и Любимов переглянулись. Вот уж нельзя было предположить, что человек так изменится.

— Лучше скажи, она переживала, когда я билет покупал? — спросил Егоров у Любимова.

— Чуть не плакала,— отрапортовал Жора.— «Обстоятельства,— говорит,— сильнее нас»...

Дверь приоткрылась, заглянул Уваров.

— Привет, «убойщики». Егоров не у вас? А, Сергей Аркадьевич! Короче, все нормально. С Петрухой я связался, он ей напишет. Сегодня же по имейлу. Может, и написал уже. От имени друга.

— Почему «друга»? — изумился Сергей Аркадьевич.

— А у вас будто бы сердечный приступ случился, и вы в коме,— сообщил Уваров и расплылся в улыбке: дескать, хорошо придумал!

— Как?! — еле вымолвил Егоров.

— Так ей спокойнее будет,— заявил специалист по сфере нравственности.

Рогов только пальцем у виска покрутил.

А Егоров сорвался с места и побежал. С такой скоростью, будто хотел опередить электронное письмо.

Букет купил у метро. Огромный, на все деньги.

Дверь открыла Надежда. Застыла в недоумении. Произнесла медленно:

— Пауль?..

Некоторое время они молча смотрели друг на друга.

— Надя, иногда прямые все же пересекаются.

Надежда не ответила. Смотрела и улыбалась.

— Меня Сергеем зовут.

И чуть было не спросил: «А тебя?»...

Содержание

Литературно-художественное издание

Кивинов Андрей, Дудинцев Олег

ВЫГОДНЫЙ ЖЕНИХ

Ведущий редактор *А. В. Лебедев*
Ответственный редактор *О. Ю. Крашакова*
Художественный редактор *Д. А. Райкин*
Технический редактор *В. В. Беляева*
Верстка *О. К. Савельевой, И. В. Довбенко*
Корректор *В. Н. Леснова*

ООО «Издательство АСТ»
170002, Россия, г. Тверь, пр. Чайковского, д. 27/32
Наши электронные адреса:
WWW.AST.RU E-mail: astpub@aha.ru

ООО «Астрель-СПб»
197373, Санкт-Петербург, Комендантский пр., 34,
корп. 1, ЛИТЕР А
E-mail: mail@astrel.spb.ru

Отпечатано с готовых диапозитивов
в ОАО «Рыбинский Дом печати»
152901, г. Рыбинск, ул. Чкалова, 8.